A E
& I

La provincia perdida

Autores Españoles e Iberoamericanos

Héctor Aguilar Camín

La provincia perdida

Fotografía de portada: National Geographic / Getty Images /
RVG Images
Fotografía del autor: *La Compañía de los libros* / Jorge Vertiz

© 2007, Héctor Aguilar Camín

Derechos reservados
© 2007, Editorial Planeta Mexicana, S.A. de C.V.
Avenida Presidente Masarik núm. 111, 2º. piso
Colonia Chapultepec Morales
C.P. 11570 México, D.F.

Primera edición: junio de 2007
ISBN-10: 970-37-0604-4
ISBN-13: 978-970-37-0604-4

Impreso en los talleres de Litográfica Ingramex, S.A. de C.V.
Centeno núm. 162, colonia Granjas Esmeralda, México, D.F.
Impreso y hecho en México - Printed and made in Mexico

www.editorialplaneta.com.mx
www.planeta.com.mx
info@planeta.com.mx

Para Ángeles Mastretta

Al lector

El tiempo ha borrado las fechas de las cartas que siguen,
escritas por un servidor leal de la república a su autoridad. De
cuál república se trata, o de cuál autoridad, es imposible decirlo.
Tampoco puede saberse cuál es la provincia de que se habla. Sólo
hay la evidencia material de estas cartas y a ellas ha de atenerse
el lector, como se atiene quien las edita, el suscrito Pedro Arenas,
historiador en ciernes, quien las encontró el año que corre en
los archivos fantasmales, hay que decirlo, de su maestro muerto.
Carece el editor Arenas de grados académicos que validen el rigor
de su transcripción. Tiene en cambio un pelo fino, que algo dice
quizá del cerebro que hay debajo; una mirada que no duda
de poner en cualquier parte, y una caligrafía minuciosa,
donde las erres se alzan como educados terraplenes.
Son estas las prendas visibles que Arenas puede ofrecer
como garantía de su solvencia íntima, es decir, de la verdad
posible, incluso incomparable, de estas cartas, y esta obra.
He añadido un epígrafe, y no digo más.

Pedro Arenas, H.e.C. [*]
rúbrica

---

[*] Historiador en Ciernes.

Epígrafe
(del editor)

Y pues nadie es sabio en tierras que desconoce, aunque
sean las de su patria, ni diestro en las pasiones que le son
ajenas, aunque broten de su propio pecho, aconseja el saber del
viajero no cambiar burro cierto por centauro imaginado, sino
persistir en las propias cosas y no cambiarlas, salvo porque el
mismo cambio de ellas se imponga con su peso. Así se me han
impuesto a mí las cosas que pude ver en las jornadas de este viaje
variopinto, el cual no fue, después de todo, sino hacia el fondo de
mí mismo, lugar donde no había otra cosa, una vez hurgado, que el
grande vacío y la redonda inutilidad de las cosas aprendidas. De
nada servían aquí esas cosas sino para medir las que me faltaban
por aprender, y eran tantas como las estrellas en el cielo, o los pelos
de los puercoespines que son plaga de los montes y metáfora moral
de estas tierras. Llegado a cierto punto me dejé saber, loco como
estaba, que las cosas de la tierra habían entrado en mí, a la
manera del gusano del gorgojo en el grano de troje, poco a poco,
comiéndome el seso con sus mandibulillas combatientes,
llenándome los sueños de cosas verdaderas y las vigilias
de imaginerías, y a mí todo de lo que nunca
había sido ni soñado ser.

Juan de la Angosta: *Viajes extrangeros por mi patria* s.f, s.e
[Miscelánea de autores inéditos y muy raros de la
Antigua Biblioteca del Arzobispado]

Carta 1

Excelencia:

Hace cuarenta días que siguiendo sus instrucciones me puse camino a la Provincia de Malpaso, en el límite septentrional de nuestra república. He cruzado desde entonces nueve ciudades, ochenta y siete pueblos, infinitos ranchos, y la improbable colección de hombres y mujeres a los que con humildad, más que con orgullo, llamo ahora mis paisanos. Tengo por primera vez en mi cuerpo la memoria física de la patria. Me atrevo a decir que no es como quería nuestro poeta, luminosa y diamantina, sino opaca y polvorienta, lo mismo que sus caminos, a tal punto llenos de hoyancos y bandidos, que es inexplicable que persistan. Inexplicable también es que yo haya podido sortearlos en mi carretón de buhonero para llegar adonde hoy me encuentro, a las puertas de la provincia cuya lealtad a nuestra causa debo refrendar.

Por los mismos caminos de oprobio que refiero a su excelencia he podido ver la grandeza salvaje de la república, su índole embrionaria de tamaño imperial. Y me ha robado el alma pensar en su prosperidad futura, cuando los sueños colectivos que salen del escritorio de su excelencia, bajo la forma de decretos de gobierno, empiecen a cumplirse, a llenar con su fluido las arterias de este cuerpo bárbaro que el destino ha puesto en nuestras manos, como quien pone un saco de diamantes sin pulir en las manos de un niño, pues niña es nuestra república y sin talla ninguna el territorio que miden sus fronteras.

Un perímetro montañoso rodea esta provincia por tres de sus costados y la arrumba por el cuarto en el mar, como si quisiera, en efecto, mantenerla lejos de nosotros, en una grande isla continental. Sólo puede entrarse en dicha isla, de playas largas y valles ondulados, por el cañón llamado de Malpaso, que da nombre a la tierra y justifica el suyo. Todo lo que en ese estrecho se camina es un riesgo de paso al abismo, sea por el humor de los hombres que lo cuidan, sea por sus paredes inseguras, flojas como la voluntad de nuestros aliados y porosas como nuestra conciencia nacional. El más mínimo eco de una bestia que gruñe o un viajero que maldice su suerte puede despeñar grandes aludes sobre la vía del paso. La sorpresa acecha ahí en todas partes, y yo tuve la mía.

En un recodo del desfiladero, luego de los guardias de las últimas garitas que soborné con aguardiente, saltaron a mi carreta dos jóvenes famélicas. Hacían grandes aspavientos con sus brazos, pidiendo clemencia y exigiendo justicia. Había en sus ojos un brillo y en sus piernas un vigor contradictorio de sus hambres. Traían unos bules de agua fresca, que echaron sobre mí como una cascada. Largos días de soledad y desierto curaron aquellas aguas inesperadas. Tuve un vahído de alegría y no supe más de mí. Abrí los ojos al techo de hojas y ramas de un jardín donde corría la brisa, como si estuviéramos junto al mar, pero estábamos sólo bajo el emparrado de la choza donde viven las mujeres, en un altozano desde el que puede verse, a la izquierda, la última curvatura del desfiladero, y a la derecha el trazo de la planicie parda donde empieza la provincia de Malpaso. Ésa fue mi primera visión del mundo al despertar. Y es aquí donde empiezan los asuntos extraordinarios de mi travesía, porque volví a dormirme, confortado como estaba, y al despertar de nuevo, sobre el mismo catre, bajo el mismo emparrado de espigas mecido por la brisa, abrí los ojos a unos terraplenes verdes llenos de árboles frutales. Un agua invisible corría por una acequia abundante. La planicie parda de horas antes era ahora un valle fértil y la choza de las mujeres una hacienda de buena envergadura, probada por el mugir de muchas e inconcertadas vacas.

Pensé desde luego que soñaba, pues toda mi evidencia anterior de aquellos días era la del terreno yermo e incivil de la república. Fue en el sueño, si eso era, que se presentaron ante mí, reales como las cosas sólo pueden ser en sueños, mis dos asaltantes del desfiladero. Vestían las mismas telas ripiosas en el cuerpo, pero el polvo había desaparecido de sus caras y sus pelos. Eran nítidas ahora sus facciones de muchachas, lo mismo que sus ojos maliciosos de adultas, en una mezcla cuyo encanto ni aun la severidad republicana de su excelencia podría desconocer. Riendo, mientras traían al camastro un mazo de tortillas y unas frituras de chapulines, dijeron llamarse Cahuantzi una y Bernarda la otra. Hacían honor a sus nombres.

Cahuantzi es una india cobriza, de ojos tan negros que no tienen otro centro que el brillo de la luz en ellos. Sus dientes blancos deslumbran al reírse, y se ríe a todas horas. Bernarda es mestiza de dominancia española. Tiene los ojos amarillos de coyote, la nariz recta, la mirada desafiante, risueña de las pasiones de los hombres y como por encima de ellas. El padre de ambas, preso por vicisitudes de la discordia que recorre la provincia, es un indio alzado, principal de su tierra, hombre de orgullo, independencia y riesgo, llamado Anselmo Yecapixtle. Tuvo a Cahuantzi con una pariente nativa, muerta en una oleada de viruelas a los días de dar a luz. Bernarda nació de una tránsfuga española, hija refractaria de un capitán cuyas fechorías de guerra dejaron larga huella de sangre en estas tierras.

Las hermanas mismas me contaron sus historias, cruzando sin cesar miradas de inteligencia, como midiendo el largo de la cuerda que debían soltar para no perder mi atención, a la cual ayudaban con sus viandas y sus cuidados, y con los sorbos de un sotol terroso que tenía un dejo final de aguardiente. Toda la tarde hablaron de su tierra. Creí sacar de sus cuentos más verdades sobre las complejas tareas que nos esperan adelante que de todos los informes con que los esforzados ministerios de su mando me proveyeron al salir, de modo que no se perdió en este remanso concentración ni tiempo. Se obtuvo en cambio un retrato cabal de la provincia cuya lealtad a la república debo asegurar.

Al anochecer, la humedad del aire hacía una niebla en las alturas del cañón. Un concierto de grillos y unas piruetas de luciérnagas completaban la visión de un entorno de bosque feraz. Cahuantzi y Bernarda cantaban canciones melancólicas en la lengua de la tierra, ignota para mí. Algo tenían esas tonadas tristes de ensalmo hipnótico. Bajo su influjo me quedé dormido. Soñé que el paso del desfiladero era un río donde se bañaban al amanecer Cahuantzi y Bernarda. El desfiladero fue entonces un río y las hermanas chapotearon en él como sirenas torpes, eufóricas de sus tratos con el agua. Desperté, sin embargo, en un camastro ardiente, con las primeras luces del amanecer. Todo era otra vez frente a mí el desierto pardo, seco y ululante; se habían disuelto los árboles y las verduras del valle, la hacienda rica, el mugir próspero de las vacas. Las hermanas acudieron al pie del camastro donde estaba, sucias otra vez de los brazos y el rostro.

—Ayer había bosques verdes y valles húmedos allá enfrente —reclamé—. Había libélulas y cigarras de buena vegetación. Ahora sólo hay el desierto. ¿Vi lo que digo o lo soñé?

—Ves lo que quieres ver, quieres ver lo que ves —dijo Cahuantzi, abriendo la cueva luminosa de su sonrisa.

—Y ahora tú dinos qué buscas aquí —exigió Bernarda—. Has recibido todo de nosotras, nada nos diste a cambio.

—Soy comerciante —mentí.

—Tahúr —se rio Cahuantzi.

—Abro esta ruta al comercio.

—Estafador —dijo Bernarda.

—Tengo en el carromato telas que darles para un vestido —sugerí.

—No necesitamos telas —dijo Cahuantzi.

—Tengo lámparas para la oscuridad.

—No usamos lámparas aquí. No hay querosén que las encienda —dijo Bernarda.

—Tengo espejos, sartenes, palanganas.

—Ya hurgamos tu carromato cosa por cosa y no hay nada en él que pueda interesarnos —sentenció Bernarda—. Salvo una cosa: tú.

—Páganos contigo —se rio Cahuantzi.

—No estoy en venta —dije.

—Que nos pagues con tu compañía, quiere decir mi hermana —explicó Bernarda.

—No puedo quedarme con ustedes —advertí.

—Nadie quiere que te quedes, nagualón —dijo Cahuantzi—. Queremos que nos lleves contigo a buscar a nuestro padre.

—Nuestro padre está preso injustamente —dijo Bernarda.

—Y no sabemos dónde —siguió Cahuantzi.

—Te diremos los caminos y las gentes de la tierra si nos llevas a buscarlo —ofreció Bernarda—. Seremos tus servidoras y guardianas, si nos llevas contigo.

Fue extraño o quizás lógico que luego de tantos días de camino solitario no opusiera resistencia a la proposición de las hermanas. Quedaba persuasivamente en mí la dichosa memoria de sus tratos con el agua. Acaso este golpe de frescura en medio del desierto, junto con los auxilios que me brindaron en mi desmayo, parezca a su excelencia, como me lo pareció a mí, razón suficiente para la decisión

17

que he tomado de llevar conmigo a estas hermanas, a las que llamo desde entonces mis virgilias pues espero que me guíen, como al poeta inmortal, por los infiernos previsibles de la provincia. Quiero decir, señor, que cedí a los encantos de estas virgilias para proveerme de auxilio en tierra desconocida, a sabiendas de que sus encantos pueden nublar mi entendimiento, si no lo han nublado ya, y alegrar de más mis sentidos, al punto de distraerme de la única misión de servir los mandatos de su excelencia y los intereses de nuestra causa. No será así, como irá viendo usted por mis relatos puntuales y por los frutos, que espero inminentes, de la tarea que ha puesto en mis manos.

Soy de usted, sin distracción ni duda
rúbrica

Carta 2

Excelencia:

Fue guiado por las hermanas que llamo mis virgilias como di los primeros pasos en el corazón de esta tierra, y en el conocimiento de ella. Juntando lo que las hermanas dijeron sin parar mientras avanzábamos, fue haciéndose claro para mí el cuadro a la vez radiante y desolador que presenta la provincia.

Luchan aquí, como allá, los ejércitos de la república contra los de la tiranía, es decir, los ejércitos de nuestros sueños recíprocos, pues ni tiranía ni república hemos tenido bien a bien en estas tierras, sólo las distintas formas de gobiernos paralíticos y pueblos desamparados que han podido hasta ahora salir de nuestra historia, tan oscilante como irresoluta.

El hecho es que penan y mueren en estos lugares tantos hombres y bestias inocentes como en cualquier otro lugar de la patria. El bando del movimiento, que es el nuestro, tiene aquí paladines que se dirían tuertos en tierra de ciegos, siendo entre ellos el menos tuerto y el más poderoso jefe don Pastor Lozano, llamado Gran Pastor. El bando de la tiranía, que en realidad es el de la tradición, lo tiene esta provincia puesto en manos de un indio viejo llamado Tata Huitzi, del cual es guerrero mayor el padre preso de mis virgilias. Este indio viejo, calmo y necio, amotina pueblos en defensa de sus costumbres indefendibles, con tan firme determinación que prefiere perderlo todo a arrodillarse un poco.

Pastor Lozano es señor de los desiertos y los puertos. Tata Huitzi controla las montañas y los valles. En ambos dominios es difícil trazar líneas claras de pertenencia o lealtad. El espíritu conservador de valles y montañas infecta puertos y desiertos, y la semilla liberal de éstos prende en aquéllos, de modo que el sentimiento universal de la provincia es el recelo y su estado crónico la división. Es normal toparse con garitas de mandos alternos, tan pronto de un bando como del otro. Un paisaje frecuente de esta tierra, en medio de su inmensidad majestuosa y sus cielos deslumbrantes, es el de pueblos quemados que aparecen aquí y allá, por todas partes. La peste de cada día es el paso de los ejércitos yendo de un sitio a otro, de la desbandada al refugio, de la victoria a la persecución del enemigo, sin haber tenido hasta ahora una batalla decisiva que fije las aguas.

Del cuadro descrito podría inferir el observador agudo un estado insoluble, y la irrelevancia de mi encomienda. Por mi parte llego a la conclusión contraria, como supongo que habrá llegado su excelencia, mucho antes, desde su alto mirador. La situación es tan equilibrada que cualquier peso o azar, incluso el de mi persona, puede inclinarla a nuestro favor. Y es este sitio residual el que busco para mí, mientras escucho las visiones terribles y sin embargo risueñas de mis virgilias, que hablan por los codos pero ven por los ojos, escuchan por los oídos y recuerdan, con memoria de viejas, hechos y gentes de la provincia.

Hablan también de ejércitos cuya entidad etérea no me atrevo a llevar a la atención de su excelencia, porque no juzgue que hay en esas visiones credulidad simple de mi parte o complicidad de varón encandilado. Dicen mis virgilias que son creencias fuertes de estas tierras la existencia de luces que marchan solas por el monte, mujeres traslúcidas que cruzan los campos llorando la muerte de sus hijos, brujas que embrujan pueblos, tesoros enterrados que brillan en la noche, animales que se vuelven hombres y hombres que se disuelven en animales.

Para llegar a la casa grande donde es fama que duerme Pastor Lozano, en las goteras del puerto capital de la provincia, hay que viajar largamente, cruzar los valles que siguen a las montañas y pasar al desierto, que se extiende sin obstáculos hasta la planicie costera, donde la tierra vuelve a ser húmeda y verde.

Al fin de una de nuestras jornadas, en el confín caliginoso del crepúsculo, vimos en un hermoso valle la costra de una ranchería, con el penacho de humo delatando su quema reciente.

—Es donde Pujh —se afligió Cahuantzi.

—Donde María Solís —coincidió Bernarda.

—Son nuestros tíos de las ánimas —explicó Cahuantzi para mí.

—Podemos llegar ahí. Tienen un pozo y son de fiar —dijo Bernarda, indicándome que fuera.

Habíamos evitado cuatro pueblos que no eran de fiar para mis virgilias, y escaseaban agua y provisiones, así que me dirigí presto al pueblo confiable. Salieron a recibirnos dos mujeres llorosas, tiznadas del incendio. Hablaban con grandes lamentos en la lengua de Cahuantzi, explicando su desgracia. Era esta: una banda republicana había caído sobre el pueblo al amanecer, matando a todos los hombres que opusieron resistencia, y a los que no también. Se habían llevado a los animales de corral, los granos de las trojes y el sueño de los moradores. Sólo respetaron a las mujeres, a sus hijos pequeños y a un puñado de hombres viejos, entre los cuales Pujh, el marido de la tía de mis virgilias, María Solís. Llegamos hasta la casa de Pujh y María Solís, con Cahuantzi y Bernarda llamándolos a gritos desde el patio. Un hombre enorme con los pelos a las espaldas apareció en el dintel de la pocilga. Tenía los ojos llorosos. Hablaba como quien delira, maldiciendo que lo hubieran perdonado. Entendí después por qué: no habían tomado su vida ni quemado su choza, era una insultante excepción de la desgracia. Pero decía en su soliloquio:

—Ay de los que siempre buscan más, de los que no quieren sus años jóvenes y no aceptan su vejez. Ay de los que se insatisfacen apenas saciados, de los que no tienen suficiente con el día para sus afanes, ni con la noche para sus sueños; de los que no saben estarse quietos, ni respetan las fronteras del mundo que los vio nacer. Ay de los insaciables, de los insomnes. Ay de los pares de Pujh, de los iguales de Pujh, porque de ellos es la tierra con sus plagas, el cielo con sus infiernos, y el horror y la gloria.

Se entenderá mi perplejidad ante las palabras de este hombre que lo había perdido todo, hasta la ocasión de una muerte digna, y sin embargo hablaba de sí mismo como de un adelantado trágico, émulo de los arquitectos de la especie. Por la noche, frente a la hoguera, oímos las quejas de las mujeres. A partir de ese día eran viudas de sus hombres, huérfanas de sus padres, pastoras de niños y ancianos, sin hombres de su edad.

—Llegaron con las sombras de la madrugada prendiendo fuego a las casas —dijo María Solís—. Nuestros hombres salieron a resistir, pero fueron abrumados hasta rendirlos. A mi sobrino le quitaron medio brazo de un golpe de machete; la vida se le fue en un chorro por el muñón. A Epifanio lo atropellaron con los caballos, lo llevaron rumbo al potrero dándole coces, le rompieron los brazos, le estallaron un ojo, y dejaron tirado en el barro su cuerpo, el más duro de la comarca, vuelto un saco de huesos. A Matías lo tomaron del pelo y le tajaron la garganta. A Fulgencio lo separaron de sus partes nobles mientras lo sujetaban innoblemente de las piernas y los brazos. Los verdugos se rieron de su cobardía porque se había rendido, pensando conservar la vida. Todo el amanecer persiguieron y mataron. Ya estaba el sol alto en la mañana cuando reunieron a los hombres rendidos. Los llevaron al potrero. Les cortaron la cerviz uno por uno, con un puñal de dar puntillas. A la vista de sus madres, de sus hermanas, de sus hijos. También a la vista de Pujh, mi marido, a quien juzgaron viejo para ser peligro. Fue así como le arruinaron la vida: perdonándole la muerte. Éstas son las grandezas que ofrecen los hijos de la república, las grandezas del degüello y el saqueo. Malditos sean en su causa y en sus cuerpos. En sus vidas y en sus muertes. Malditas sean sus madres, sus abuelas, cada una de las mujeres que sirvieron para traerlos al mundo.

Eso dijo María Solís frente al fuego mostrando una rabia sin término, o un dolor sin resignación, como prefiera su excelencia. Los deudos repitieron con ella el anatema contra la república, es decir, contra los responsables de aquellos actos. Me encontré yo también repitiendo la salmodia. Viendo que maldecía por imitación, Cahuantzi vino con su bule y me hizo beber. Apenas entró en mí la fragancia de su bebedizo se me nubló la vista, y no supe más. Tiempo después, no sé cuánto, abrí los ojos a un bosque cerrado, oscuro de tan verde. Me miraba cabeceando una lechuza que me pareció disertaba sobre profundas cuestiones. Creí entender algunas palabras de su discurso, redondas de tan guturales y plenamente dichas por su gorgorear de loro. María Solís estaba a mi lado. Cantaba unas canciones dulces en elogio de la diosa de la sal que había traído el sabor al mundo y de la diosa de las aguas, que apagaba los estragos de la sal. Al ver que yo abría los ojos, calló sus cantos. Me miró beatíficamente. Sus ojos eran oscuros y verdes como el bosque que nos rodeaba. Se habían ido los tiznes de su rostro.

—Sólo estos cantos nos quedan —dijo—. Y la inmortalidad de la venganza.

No me tiembla la mano ante el peligro, señor, pero las emociones duras, al igual que los litigios del corazón, avivan mis ganas de irme a otro sitio. Cuando eso pasa, sin darme cuenta, me pongo a silbar, y no silbo entonces otra tonada que el himno de la república. Debo llevar grabado ese sonsonete en la pianola de mi alma, pues suena sin premeditación dentro de mí, pese a la pobre calidad de sus estrofas, o acaso por ello. Desde que había puesto por primera vez su perfil de bronce frente al mío, con los ojos bizcos por la cercanía, Cahuantzi entendió esta peculiaridad de mis timideces y me dijo, con su aliento de frutas: "No chifles eso, buhonero. Lo odia la mitad de estos pueblos y a la otra mitad no le gusta". "Me sale, no lo premedito", expliqué. "El niño llora hasta que deja de llorar", me riñó entonces Bernarda, sugiriendo grandes obligaciones de madurez. Ahora, frente a María Solís, Cahuantzi volvió a urgirme a que callara mi silbido, y para defenderme de su urgencia no tuve otro recurso que silbar otra vez, sin darme cuenta, la tonada de nuestra causa, que manda en mí.

Apunto estas minucias por dar a usted garantías de la fidelidad de mi relato, y de su propósito invariable, que es servirle, pese a las divagaciones que puedan imponer a mi propósito las extravagancias de estas tierras, donde impera, sin embargo, una claridad de emociones que no hallará su excelencia en aquel lado.

Soy de usted, minuciosamente
rúbrica

Carta 3

Excelencia:

Esperamos dos días en el pueblo quemado, oyendo quejas y acompañando duelos. Al anochecer del tercer día, los tíos de mis virgilias nos ordenaron partir. María Solís vino a verme al carromato para informarme de su decisión. Me sentó en el piso frente a ella, y dijo las siguientes palabras, en su mayor parte incomprensibles para mí:

—Recuerda los muertos de este lugar, que son los míos, y yo te acompañaré. Recuerda el dolor que ves, y estaremos contigo en las horas de apuro. Todo pesa en esta tierra, todo tiene derecho y revés, lo que se anota de un lado cuenta en el otro. En nuestro llanto vive la risa, en nuestro odio el amor. Pero hablo ahora del lado del amor. Digo esta historia para que la lleves en tu recuerdo mientras caminas por estas regiones, que no has vivido y no puedes, por tanto, recordar. Digo que en el principio fue la lujuria. La lujuria nos engendró a todos, reunió a los que estaban separados, haciéndolos desearse y ejercer su deseo. La lujuria me llevó a Pujh y Pujh a su causa que es la de los naturales de esta comarca, los nacidos en ella hace tanto tiempo que ni ellos mismos pueden recordarlo. Yo soy forastera de siglos aquí, toda mi gente es forastera. Niña todavía, corriendo de la mano de mi madre, vi a Pujh bañándose en el mercado, y me prendé de sus vergüenzas, que eran un orgullo, con su miembro morado y sus pelotas negras. Deseando ese miembro me hice mujer. Apenas tuve edad dejé mi casa buscando a Pujh, y al encontrarlo encontré mi casa. Casé con él, tuve hijos, y mis hijos tuvieron mujer. Luego fue la discordia que dura hasta hoy, la discordia que lleva por nombre el de Pastor Lozano. Maldito él y sus armas. Todo lo que su nombre toca, maldito sea. Entrarás en sus dominios a los muchos días de tu camino. Verás muchas cosas pero las principales no las verás, porque son invisibles, salvo para quienes saben ver. Cahuantzi y Bernarda serán tus guías, y tú su ciego fiel. Sólo así podrás ver, perder la ceguera. Verás que los que matan y roban en estas tierras pierden por la noche lo que ganan de día. Cuida a mis sobrinas, y ellas te cuidarán.

No dije nada ni silbé nuestro himno. Fui capaz de aportar un silencio. Esa misma noche salimos del pueblo arrasado. Había luna llena y un frío terso, purificador. En bajar de las montañas a los valles ocupamos cinco días largos, que las cantimploras de mis virgilias acortaron con sueños frescos y alucinaciones imborrables. En la última ondulación de los valles, antes de iniciar el descenso a los desiertos, me llevaron a un mirador. Cahuantzi dijo:

—Eso que ves hasta donde se pierde tu vista, son los dominios de Pastor Lozano, carcelero de nuestro padre. La causa de la república que lo mueve es la que ha traído la discordia a nuestras tierras.

No juzgué propicio el momento para explicar a mis amigas las diferencias que puede haber entre la bondad de una causa y la imperfección de sus instrumentos. Lo cierto es que el ideal de la república parece no haber encontrado aquí los medios justos que necesita para abrirse paso. No ha traído por ello la prosperidad que su sola implantación desborda en otros lados. Nuestro sueño de libertad ha tratado de imponerse aquí con los medios de la tiranía. Por eso la causa de la república no se ha impuesto, sino que reina, precaria y sangrientamente, sobre un territorio que podemos controlar pero no gobernamos, en el que andamos no como dueños serenos, sino como déspotas que huyen tanto como persiguen, y mandan sólo sobre aquello que pueden oprimir.

—La causa que ellos llaman del progreso, sólo ha hecho progresar aquí las muertes y las calamidades —remató Bernarda.

Y yo callé de nuevo.

Bajamos del último valle hacia el desierto. Anduvimos cuatro jornadas por el llano árido, durmiendo en el carromato, evitando los caseríos que no eran de fiar. Al cabo de la quinta jornada aparecieron unas colinas en el horizonte.

—Atrás de esas colinas está la capital de la república de Pastor Lozano —dijo Bernarda—. Su ciudad es una cárcel, un cuartel y un burdel. Ahí hemos de saber de la prisión de nuestro padre, para ponerlo libre, con tu ayuda.

No negué ni afirmé, pero algo leyó Bernarda en mi silencio, pues me torció la oreja como a un perro al que se escarmienta correctivamente. Al terminar la sexta jornada llegamos a las colinas, que marcaban el fin del desierto. Caía la tarde cuando me subieron a un cerro de buena altura desde donde podía verse la ciudad de Pastor Lozano, la capital de la provincia. Flotaba encalada y blanca en la distancia, cubierta por una niebla tierna. La miré largamente, con el gesto melancólico habitual en el que mira largamente, mientras Cahuantzi y Bernarda echaban unos huesos adivinatorios para saber la suerte que tendríamos al entrar en ella, esa misma noche. Los huesos eran de un ancestro nonato, de un gato y un conejo centenarios, y unos cartílagos fósiles, herencia de sus madres difuntas. La edad de los huesos garantizaba, según ellas, una potente adivinación del porvenir, por sus potentes anclajes en el pasado. Dijeron que el pasado hace futuro y el futuro pasado. Que el pasado es porvenir y el futuro será pasado. También: que el pasado es futuro en ciernes y el futuro, pasado en busca de su forma. Me surtían mientras tanto de su mágico sotol que iba abriendo en mi cabeza las grutas encantadas.

La luz de la tarde se fue, cayeron las sombras sobre la aglomeración blanca que era la ciudad. Su blancura de tiza fue dejando de ser tangible y empezó a ser fantasmal. Vi y entendí entonces lo que me había advertido María Solís, a saber: que nuestros partidarios en esta tierra "pierden por la noche lo que ganan de día". Vi que una bruma envolvía la ciudad con un vapor de muselina. Era un encaje irreal, del que sólo se exceptuaban unos cendales oscuros que se volvieron poco a poco, ante mis ojos, los brazos de dos mujeres gigantes suspendidas en el aire, a lo ancho del valle, tenues como la misma niebla que sus brazos cernían como si tendieran un velo nupcial sobre una ciudad de juguete.

—Ahora la ciudad es nuestra —dijo Bernarda.

—Ahora podemos entrar —dijo Cahuantzi.

Bajamos de la colina donde estábamos por el corazón de una noche sin luna, una noche cerrada en la que sin embargo era posible verlo todo, como si las cosas se iluminaran desde su interior para nosotros. La ciudad dormía toda bajo el manto de las gigantas vaporosas, salvo por unos entendidos animales, mezcla de zorros con murciélago, que parecían esperarnos en distintas esquinas para llevarnos con su paso de canes trotones el tramo que les tocaba, hasta el lindero de los siguientes guardianes, como llamaban mis virgilias a los dichos animales. De guardián en guardián, trotamos por la ciudad dormida, ellas a pie, siguiendo a esos curiosos perros que lo miraban a uno como si hablaran, yo en mi carromato traqueteante que había dejado de sonar y se deslizaba por las calles pedregosas como sobre un aceite invisible. Llegamos a un mercado que se pobló de presencias a nuestro paso, saludando nuestra entrada como la de un ejército triunfal. Saludaban en realidad a mis virgilias, cuya oscura preeminencia me quedó clara entonces, pues recibían cariños de niñas consentidas de la comarca. Atrás del mercado había una casa grande de arcadas interiores donde abrieron para mi carromato y mi caballo un buen establo y para mí el primer cuarto y la primera cama que puedan llamarse tales de toda esta travesía. Bernarda y Cahuantzi quedaron instaladas en el otro extremo de la casona. Apenas se lavaron de los polvos del camino vinieron a verme con viandas reparadoras y la mejor ofrenda de todas las que hubiera recibido en ese viaje. Amanecí con su olor en mis dedos, envuelto en una beatífica melancolía. Pensé entonces que había entrado a la ciudad de Pastor Lozano bajo el manto de la noche, aliada de nuestros enemigos, por lo cual nuestro aliado podía recelar, y procedí a escribirle esta relación, para que nada falte en la mirada de su excelencia de los detalles, aun si son imprudentes, de mi travesía.

Soy de usted, imprudente quizá, pero invariable
rúbrica

Carta 4

Excelencia:

Es el caso que todo lo que tuve, vi y referí a usted la noche de nuestra entrada a los dominios de Pastor Lozano, se había disuelto a la mañana siguiente. No desperté en los aposentos que recordaba, sino bajo el sol ulcerante de estas tierras, con los labios secos, uncido a un cepo, junto a mi carromato. Mis custodios dijeron que me habían sorprendido en lo alto de una de las colinas que rodean la ciudad, perdido el juicio, hablando de gigantas que echaban mantos de muselina sobre la capital de la provincia. Dijeron que venían conmigo dos jóvenes andrajosas a las que habían recluido en el convento, las cuales gritaban y soliviantaban más que mi cabeza perdida. Sentí llegada la hora de revelar mi identidad y entregar a mis captores mis cartas credenciales. Saqué del doble fondo de mi cinturón el documento con que me honró para esto su excelencia. No creyeron aquellas letras, entre otras cosas porque no sabían leerlas, pero al final del día, cuando empezaba a entrar la noche nuevamente, vino un hombre entendido que me preguntó el nombre completo de su excelencia, y el de su esposa, y también, hay que decirlo, el de la concubina de su excelencia, a todo lo cual respondí con precisión de enterado, aclarando en todo momento que el nombre de la concubina de su señoría lo tomaba no de mi personal conocimiento, sino de los

31

panfletos contrarios al gobierno de la república que circulan en todas partes, como una muestra más de la liberalidad sin igual de nuestras leyes.

Debo decir que la respuesta que me hizo creíble a mis captores fue precisamente aquello que no sé sino por la perfidia de nuestros enemigos, a saber, el nombre de la sedicente concubina de su señoría, que dios guarde, y a su excelencia, si la tiene, le conserve mientras le conforte. Cualquiera que haya sido el acierto de mis respuestas en la materia, fueron esas las que dieron verosimilitud a mis cartas credenciales y no al revés, como habría sido en cualquier otra parte. Fui llevado entonces a los patios traseros del palacio de Pastor Lozano, donde me bañaron a cubetazos de la fatiga del camino y de las torturas a que me habían sometido. Pregunté, desde luego, por el destino de mis virgilias. Me dijeron que estaban mejor tratadas que yo, pues no era a ellas a quienes les tenían recelo, sino a mí. Me fueron puestos en la mano mis documentos y en los oídos la advertencia de que nada dijera al Gran Pastor sobre los malos tratos a que había sido sometido, lo cual empezó a mostrarme en carne propia que el verdugo del bando de mis virgilias era a su vez víctima de la perfidia de sus partidarios, quienes herían en su nombre pero cuidándose de que él no lo supiera, doble traición que sublevó mi espíritu y me determinó a no callar.

Fui vestido razonablemente por mis torturadores, quienes me llevaron a un salón donde otros esperaban audiencia, hundidos en sí mismos, recelosos de los demás. Todos se portaban así, menos una mujer que cantaba canciones de cuna y arrullaba un bebé en su regazo. Creí recordar en su rostro de mustia los gritos de una celebrante de mis virgilias de la noche anterior. Ella miró en mis ojos ese atisbo y lo calló con un dedo que cruzó primero sobre sus labios y metió después, como un chupón disciplinario, en los labios mamones de su cría. Los esperantes de la audiencia entraban a ver a Pastor y salían tan pronto como entraban, serenos

32

unos, sombríos los más, algunos llorando, los otros masticando sus mercedes. Nadie parecía salir de aquella sala feliz con lo obtenido. Era una corte de quejas con un juez de sentencias que incluso cuando absolvía dejaba en su veredicto una tachuela. Sólo la madre cómplice entró feliz y regresó feliz, como bendecida por los hechos. Al cruzar junto a mí, que caminaba al encuentro del aliado, me dijo en el oído la razón conspirativa de su júbilo: "Ya estás aquí y todo cambiará con tu presencia". Quise pedirle una explicación de tan enigmáticas palabras, pero iba ligera en su gozo y yo inexorable rumbo al momento que había esperado durante toda mi travesía: entrevistarme con nuestro aliado.

Pastor Lozano me recibió de pie, apoyando los puños sobre un escritorio de tablones largos como lajas de río. El pelo hirsuto del pecho le saltaba por la camisola. Exudaba todo él un aura de ebullición, amenaza y misterio. Le extendí las cartas con que su excelencia me honró y lo estudié mientras leía. Concluí en esa primera revista lo único que su físico estrambótico permite concluir, a saber, que Pastor Lozano es una contradicción encarnada. Su pecho es monumental pero sus piernas son de cigüeña. Su cabeza tiene una melena de león y su rostro parece una miniatura de pájaro, sus ojos son tristes y su nariz altiva, su frente es panorámica pero su mentón tacaño, sus brazos de mono grande terminan en unas manos de pianista niño, y sus piernas flacas, de fraile mendicante, están cosidas por nervios gruesos como las sogas que sostienen el velamen de las grandes carabelas. Leyó las cartas y me midió después con sus ojos lúgubres. Le presenté verbalmente los saludos de su excelencia, repitiendo su mensaje letra a letra. Añadí:

—Me pide el presidente de nuestra república que no juzgue usted por los escasos medios de este emisario la fuerza del compromiso de nuestro gobierno con su mandato aquí. Téngame como mensajero solitario de un apoyo incondicional.

—¿Cuántos rifles de apoyo incondicional recibiré del gobierno de la república? —preguntó Pastor Lozano, con tono a la vez colérico, descalificador y funambulesco.

—Por lo pronto mi pistola y mi persona —dije yo, malversando un entusiasmo—. Y un puñal de pelar reses.

Debió ser risible mi tono, estrafalaria mi enjundia o ridícula mi determinación, porque Pastor me miró unos momentos con ceño sulfúrico, y luego empezó a reírse, y no paró. Vino hacia mí tosiendo, contagiado por su misma risa, alargando la mano convulsa para acercarme a sus carcajadas. Había transcurrido la mañana, se iba la tarde y llegaba la hora de cenar. Pastor me echó un brazo de mono sobre los hombros y me llevó a la habitación vecina, donde le habían dispuesto un banquete. Me hizo sentar a su lado, dispuesto a compartir su plato conmigo: una ración de carne seca y unas legumbres chupadas, que acompañó generosamente con una garrafa de aguardiente. Comió y bebió en silencio como si no estuviera yo ahí. Luego me dijo:

—Has cruzado por tu propio riesgo esta comarca, y eso ya te recomienda. Dime lo que has oído y visto en el camino.

Le conté abreviadamente lo que he referido en detalle a su excelencia, salvo la historia de mis virgilias, que es del resorte privado. Hablé en particular de las bandas de la república que pasan por los pueblos sembrando luto y destrucción.

—También te recomienda la claridad de tus palabras —dijo Pastor cuando terminé. Luego habló así:

—Cuando liberé la provincia para establecer la primera república en estas tierras, lo hice sin matar ni dañar. Reuní las voluntades de todos, establecí la ley y castigué sólo a quien la violaba. Todo quedó en paz. Pero poco a poco fue cayendo sobre esta tierra el embrujo de los inconformes. Viejos de cuerpo y espíritu, molestos con el nuevo orden, empezaron a escanciar por las noches un atole de su invención. Digo atole como quien dice inquina, prevaricación, maledicencia o rumor. Es el hecho que todos los que bebían aquel atole por la noche, renegaban al amanecer. Renegaban de la ley y de mí, y desconocían mi mandato. Empecé a ser visto como un loco, primero; luego, a ser desobedecido como un espantapájaros. Para dejar de ser el loco desoído tomé de los mismos polvos que venían en el atole y empecé a mandar como ellos querían, como mando ahora, con la arbitrariedad del que se sabe insustituible y la crueldad del que quiere ser temido. Para mantener la provincia en poder de la república he roto los ideales por los que luché. Tuve que hacerlo. Ésta es la historia del rey sabio que para gobernar un pueblo loco se hizo loco también y empezó a ser nuevamente respetable para sus súbditos. Pero no para todos. Las cosas han llegado aquí a un punto de pleito irreversible. Se acerca la campaña decisiva de ese pleito, así que llegas en el momento preciso, aliado, con el soplo de la república a tu espalda, un resuello simbólico si se quiere, del tamaño de tu mosquete y tu daga de pelar, pero excitante como un buen agüero. Así te recibo y te incluyo: como un signo propicio de los tiempos. Ve, descansa unas horas. Mañana irán a buscarte mis enviados y sabrás con exactitud el tamaño de la guerra que se avecina.

Hice lo que me indicaba, sin decir palabra, ni preguntar a dónde dirigirme. Salí de su casona ya de noche y caminé al mercado. Me tomaron entonces de nuevo las cosas de la tierra, que contaré circunstanciadamente a su excelencia en pliego aparte, para no abultar ni atrasar éste.

Suyo soy, en manos de nuestro aliado
rúbrica

Carta 5

Excelencia:

Como dije, salí de noche del palacio de Pastor Lozano. Al dar la vuelta en una esquina me desbandó un remolino. Cuando pude abrir los ojos, heridos de tierra, nuevamente cubría la ciudad una luz íntima, afantasmada, y estaba mirándome con los ojos encendidos un perro guardián que esperaba para guiarme. Guiado por el perro, llegué otra vez al mercado. Estaba en sombras. Apenas puse el pie en sus espacios vacíos, mis virgilias me tomaron por el cuello y unieron a mi boca la boquilla de uno de sus bules. Bebí de su sotol casero a tragos grandes, y perdí la conciencia, o la adquirí de nuevo, con aquellas formidables degluciones. Al despertar, entraba nuevamente al mercado, pero entraba solo. De las sombras surgía la luz; de los recintos vacíos salía un festejo de multitudes que bailaban, profiriendo vivas y mueras a todas las causas. Había, entre ellos, un Cándido Coheto, experto artillero, lanzador de fuegos artificiales. A su lado estaba el músico Atenodoro, a quien celebran porque con sus instrumentos hace crecer a las plantas y callar a los animales, en particular a los perros ladradores y a los pájaros histéricos. En un recodo de aquel carnaval, me topé nuevamente con mis virgilias. Iban vestidas de gala, los brazos alhajados, las cabezas ceñidas por diademas de latones que brillaban a la luz de las antorchas como genuinos ceñidores

37

de oro. Brillaban también las miradas de mis virgilias, ansiosas de amor y de guerra.

—Despistado, traidorcillo —gritó Cahuantzi.

—Todo te hemos dado y te vas de nosotras sin un beso —reprochó Bernarda.

Me rodearon con sus brazos alhajados y pusieron otra vez la boca de su cantimplora contra la mía. Bebí como becerro, nuevamente, sus promesas líquidas. Me abandoné a la visión de los dominios verdes que aquellas aguas terrosas traían siempre a mis ojos, pero no vi sino la multitud del mercado vuelta un pueblo entero, con sus genealogías vastas y sus guerras endémicas. Estaban reunidos en el lugar, del menos entendible de los modos, el pueblo antiguo y el nuevo, con todas sus memorias y todos sus fantasmas, en una imposible asamblea universal de los vivos, los muertos y los no nacidos.

Hubo una explosión de címbalos y tambores. Cahuantzi gritó:

—Viene nuestro Tata.

Era Tata Huitzi, en efecto, el patriarca de la rebelión de esta tierra a que me referí en un despacho previo a su excelencia. Venía caminando entre los vítores como si flotara. Era un anciano joven, de pelos blancos pero músculos firmes, de rostro como un papel arrugado pero ojos vivos y atentos de antílope. Tenía un paso lento de rey más que temeroso de anciano. No llevaba corona ni vestidos que acreditaran su jerarquía. Venía casi en cueros, con unos trapos en los genitales y una escasa túnica romana que pasaba, retórica y majestuosamente, de un brazo a otro, mientras iba por el recinto partiendo la multitud, de la que era sin duda soberano.

No recuerdo más. Volví a la conciencia en una alcoba de pisos frescos y muros en penumbra. En lo alto del cielo brillaba una media luna, riéndose de mí. De uno de sus cuernos caían lianas delgadas como filamentos, y por aquellas lianas microscópicas bajaban a la ciudad, ínfimos, incontables, diligentes, todos los animales y todas las familias que habían sido en esta tierra. A poco de mirar aquella anábasis lunar, las cosas tomaban su dimensión verdadera. Todo aquello sucedía en el regazo de una de las gigantas que había visto el día anterior, cubriendo la ciudad con su manto colosal de muselina; las lianas de luz eran los pliegues de sus enaguas, la luna era un camafeo que ceñía su cintura. Arriba, muy arriba, entre las últimas estrellas de la bóveda celeste, vi otra vez aquel talle cosmogónico de matrona, aquella cabeza de titán traslúcido, figuración enorme de la niebla.

Entendí entonces que los adversarios de nuestra causa en esta tierra no sólo son los vivos, sino también los muertos, animales incluidos, que siguen guerreando su propia guerra, sin dejarse ver, y que nada adelantará nuestra causa ganando en la superficie de las cosas vivas, si no vence también en el hormiguero profundo de los muertos. Quise levantarme por mis papeles para escribir mi descubrimiento. Pero Cahuantzi saltó sobre mí y atrás de ella Bernarda, con prestancia de gladiadoras. Cahuantzi dijo:

—No nos has cumplido, buhonero.

—Sólo promesas —siguió Bernarda—. Y el que mucho promete, poco cumple. Mucho abarca y poco aprieta.

—Todo te hemos dado, de beber y saber —dijo Cahuantzi.

—Y tú no nos has dado a probar nada —dijo Bernarda.

—Ni un poquito de ti —dijo Cahuantzi—. Ya es hora de un poquito.

Dijeron esto y se hicieron de mí, con lo cual quiero decir, que anduvieron por mi cuerpo como yo había andado hasta ahora por su tierra, sin fatiga ni temor, hurgando y colectando las cosas al alcance.

Antes de acabar la noche volví en mí. Estaba rodeado del más glorioso campo de batalla que imaginarse pueda, es decir, de mis virgilias rendidas, sin sus trapos, respirando una fatiga dichosa. Vi el cuerpo cobrizo de Cahuantzi corrido por un brillo que bajaba, ondulando, del hombro hasta el tobillo. La maraña de su pelo le cubría el rostro, pero no tanto como para impedirme ver sus dientes de ardilla, en la boca levemente abierta, y el pálpito de su aliento hinchando y deshinchando las cintas de su pelo, como un corazón. Vi el cuerpo blanco de Bernarda, radiante como un girón de niebla junto al brillo oscuro del cuerpo de Cahuantzi, y pensé que era una escultura de piedra mármol, salvo por que tenía una mecha de pelo negro indisciplinándose entre las piernas, una mecha tupida y abundante que se le rizaba hacia el ombligo, y una mata de pelo equivalente, pródiga y salvaje, más salvaje que pródiga, enmarcando su rostro en la almohada. Respiraba por la boca, sus labios secos temblaban también al paso de su aliento. Vistas estas cosas supremas, conté mi dicha y me quedé dormido.

Amanecí en un pesebre del mercado, devuelto a la conciencia por los lamidos de una vaca cuya lengua olía a guano y raspaba como piedra pómez. Mis virgilias dormían una contra la otra en un rincón, devueltas a sus andrajos. No había entre nosotros, nuevamente, sino la estricta y polvorienta realidad.

Caminé a la populosa nave central del mercado que recordaba. Encontré sólo un galpón vacío donde un hombre mínimo, a quien la prudencia política impide llamar enano, daba carreras vertiginosas, cuchillo en ristre. Brincaba lo que su estatura para degollar en el aire enemigos imaginarios. Después del tajo mortal que descargaba por encima de su frente, caía en sus pies con equilibrio de mono y gritaba en el suelo a su víctima invisible:

—¡Muere, Pastor, sangrando, como has hecho sangrar esta tierra!

Corría luego a otro lado y repetía la suerte. Eché mano de mi puñal de pelar reses cuando vino hacia mí en una de sus carreras, no porque me hubiera visto y corriera a descargarme su tajo, sino precisamente por lo contrario, porque no me había visto, pues iba por su campo de batalla con la

40

mirada en el suelo y la cabeza baja, como un borrego dispuesto a embestir. Debió escuchar mi punta al salir de su funda de lata, porque en ese momento alzó la cabeza y se detuvo. Me miró con los ojos hundidos, ardientes bajo el promontorio de su frente, y dijo:

—Tengo la doble encomienda de dos veces llevarte a mi señor Pastor Lozano.

—¿Por qué dos veces? —pregunté—. Con una ha de ser suficiente.

—Todo ha de ser doble en mí —respondió—. Pues no alcanza mi talla sino para la mitad de un hombre, y he de hacer entonces el doble que los otros.

Le hice notar que tiraba cuchilladas por triplicado, a lo que respondió:

—Nada quiere mi alma sino pelear tres veces por lo que amo y contra lo que odio.

—¿Como tu señor Pastor Lozano? —pregunté.

Y él dijo:

—Pastor Lozano es mi doble señor: el señor de las grandezas y el señor de las miserias, el del ojo bizco y el del ojo recto, el señor al que es imposible servir sin traicionar, querer sin odiar, venerar sin maldecir. Lo temo más de lo que lo amo y lo amo más de lo que lo temo. Y el que pueda entender que entienda.

Entendí lo que podía entenderse, a saber: que no es amo cabal quien no es amado y temido al mismo tiempo. Y que Pastor lo era. Me dejé conducir hasta él para ser instruido en la guerra que está por cubrirnos. Suspendo aquí por falta de luz y reanudo en cuanto vuelva la mañana.

Suyo soy, en la inminente noche que nos cubre
rúbrica

Carta 6

Excelencia:

Reanudo mi crónica diciendo que fue guiado por el sirviente de Pastor Lozano, cuyo nombre era Basilisco Pereyra, como regresé a la casona donde el propio Pastor me había citado para enterarme de las condiciones militares de la provincia.

Antes de emprender el camino, quise volver al pesebre donde había dormido. Quería husmear a mis virgilias en su condición pagana, mirarlas tal cual eran en el rincón donde dormían, una contra otra, en sus andrajos. Fui y las vi. Me parecieron flacas, pero jóvenes y por ello dignas, pese al descuido radical de su flacura, con lo que quiero decir que estaban sucias y harapientas, como siempre, salvo en mis sueños de sotol. Y, sin embargo, relucían bajo la mugre.

Para cumplir mi examen adversario acerqué mi cara al doble cuerpo que eran en aquel momento, pues estaban abrazadas como las dejé. Sus ropas olían al guano del pesebre. Puse entonces mi nariz sobre sus bocas vecinas y comprobé que tenían intacto el soplo de muchachas. Quiero decir que sus bocas olían a pulmones frescos, al perfume que dicen que exhala la garganta de la pantera, y a las hierbas trigales que las mujeres comen sin pagarlo en su aliento, igual que los conejos la lechuga, las nutrias el alga de río y el elefante las hojas que alcanza a desprender con su trompa

43

displicente. Dormían, pero dijeron: "No olvides a nuestro padre". Oí la voz de Bernarda: "Todo te lo hemos dado por él", y la de Cahuantzi: "Nada somos sin él, y tú nada sin nosotras". No hablaban, sus labios no se movían, salvo por el ir y venir de la respiración, pero sus voces sonaban en mí como descargas de fusilería.

Salí del pesebre con sus voces retumbando en la cabeza y fui tras los pasos de pato de Basilisco Pereyra, por las calles de la ciudad, a mi segundo encuentro con Pastor Lozano, nuestro aliado.

En el camino vi a un hombre colgado del alféizar de un convento con la lengua y el buche escurriendo de fuera. La gente iba y venía bajo el ahorcado aliviando sus prisas del día, uno gritaba ofreciendo pollos tiernos, otro yerbas de olor. Dos mujeres conversaban en esa misma ventana sobre los guisos que iban a trufar para el almuerzo. En lugar de los perros guardianes, atentos y sabihondos de la noche anterior, había ahora sólo unos chuchos famélicos trotando por las calles de piedras disparejas, en el estiércol ubicuo de las mulas. Junto a la plaza mayor había una hilera de cepos con detenidos que agonizaban bajo el sol crudo, de cielos diáfanos, que es especialidad de la provincia. La gente hablaba y comerciaba sin darles importancia, los sentidos cerrados a sus llagas y sus quejas.

En las puertas del salón de gobierno de Pastor Lozano, Basilisco me anunció con solemnidad de jorobado, llamándome emisario especial plenipotenciario de la república. Pastor reaccionó con facundia amistosa, celebrando la ocurrencia de Basilisco frente a su otro invitado, un monje descalzo y huesudo que me dijo llamarse Mendizábal. Tenía los pelos hirsutos, el rostro luciferino, y veía por encima del gancho de la nariz como por sobre el filo de un cuchillo. Usaba ropas talares, pese a los ordenamientos de la república que prohíben la ostentación de esos hábitos fuera de los recintos de culto, con lo que quiero decir que nada había en aquel monje que mostrara respeto por la letra o el espíritu de nuestras leyes. Era, sin embargo, el aliado de Pastor Lozano, asunto que merece una explicación.

Pastor Lozano me llenó de elogios y encomió recíprocamente al fraile Mendizábal. Pude colegir de sus palabras que el fraile lucha al lado de la república porque quiere erradicar la idolatría de la provincia de Malpaso, cuya salud espiritual le ha sido encomendada por Pastor. El fraile prefiere la impiedad de las leyes civiles de la república, en todo laicas y neutras, que la complicidad con el arcano nativo. Sirve la causa de Pastor porque éste combate a sus competidores celestiales. Pastor es un político, no un fanático, y ayuda a la religión del fraile porque el fraile es su aliado furibundo. Pastor deja hacer al fraile lo que éste quiere en materia de religión, el fraile a Pastor lo que necesita en materia de política. Ésta es al menos la razón que ellos mismos dan de su liga, y que yo refiero a su excelencia, no porque me parezca razonable sino porque me parece reveladora.

Luego de que Pastor Lozano explicó a su aliado mi condición, el fraile empezó a hablar explicándome la suya. Tenía una voz estrecha, rasposa, domada en largas noches de odios y sueños inconfesables. Dijo:

—Ha de ganarse esta guerra porque ha de limpiarse la superstición que apesta la comarca. Nada hay aquí que no sea una forma blasfema. En esta tierra han sido veneradas casi todas las cosas como encarnaciones de Dios. Aquí pueden ser cosa sagrada lo mismo las mujeres que los pájaros, en particular el pájaro que chilla por la noche al levantar el vuelo, vulgo lechuza, aquí tecolote, en otras partes búho, sin que nadie haya podido decir cuál es la pareja de ese pájaro o esa ave cuyo destino es la soledad, pues no hay en la lengua lechuzo, ni búha, ni tecolota, sólo sus masculinos y femeninos solitarios. Me distrae la gramática, voy al punto. Igual que el becerro de oro que su pueblo adoraba mientras Moisés recibía las tablas en el monte, han sido adorados

45

aquí como encarnaciones de la divinidad el cocodrilo ceba-
do y el enano, que llamamos lagartija, la vaca que muge el sonido idiota del universo, la serpiente que acecha en la hierba,
el árbol gigante y el arbusto tóxico, la humilde cebolla, la luz
del sol, la noche que incuba fantasmas y los fantasmas incuba-
dos por la noche. El bosque está lleno de naguales y el desierto de espíritus, hay templos por doquier en adoración de
cualquier cosa, altares en las casas para venerar a los parientes
muertos como diosecillos de la propia estirpe. A todos los ex-
tremos inexplicables, la belleza o la fealdad, la luz que ciega y
las sombras que intimidan, les ha sido otorgada la condición
divina, como si fueran mensajeras de ese más allá que sólo a
Nuestro Señor pertenece y sólo él puede ungir con su misterio. Todos, sin conocerlo, se han tomado aquí la atribución
de ser emisarios de Dios, han llenado los bosques con ninfas,
las aguas con larvas, las cavernas con voces, el buche de las
aves con augurios, sus propias cabezas con engendros, el
mundo todo con fantasmagorías. De manera que el mundo
está ocupado por las ánimas y Dios no existe sino como la
materia dispersa de este olimpo diabólico. Todo eso tiene que
acabar para que se imponga en esta tierra la verdad que viene
de Dios y habla por mi boca. Pues Dios es Dios, Pastor Lozano
su espada, la república su escudo y yo su pregonero.

Cuando el fraile terminó su perorata, Pastor dijo:

—Todo eso es bla bla bla, fraile. Tus sacerdotes enemigos dicen la verdad porque su gente cree las mentiras que
dicen. Tus sermones dicen verdades que nadie cree. ¿Qué es
la verdad, fraile: la superstición que todos creen o la verdad
de la que todos dudan?

—La verdad es la verdad —dijo el fraile.

—No, fraile —respondió Pastor—. La verdad es la espada que corta. Tú serás la verdad porque nosotros ganaremos
la guerra, nada más.

—Dios es mi único general y su verdad mi única guerra
—rezó el fraile Mendizábal.

—Bla bla bla —dijo Pastor Lozano, sacando el estoque de su funda y lanzándolo como un arpón sobre la puerta de madera. El largo alfiler de puño redondo se clavó temblando en el vano. Hubo un silencio como un muro entre los aliados, un muro por el cual saltaron mis virgilias sobre mi cabeza, haciéndome decir:

—He oído que la guerra podría evitarse poniendo libre a un tal Anselmo Yecapixtle. He oído que es anciano venerado en estas tierras, que su prisión afrenta a los nativos y su libertad podría calmarlos.

—No sabes lo que dices, aliado —rio Pastor Lozano—. O lo sabes de más. Anselmo Yecapixtle no es un anciano, es un atila. Sin Anselmo a la cabeza, nuestros enemigos no serán nunca más que esas tribus fantasiosas que has visto a tu paso por la provincia. Con él a la cabeza pueden volverse un ejército, y el ejército una amenaza. Anselmo es el guerrero padre de todos ellos, el verdadero dueño del fuego. Con Anselmo preso puede malgobernarse esta provincia. Con Anselmo libre, la guerra no tendrá fin. ¿Quién te habló de Anselmo Yecapixtle, aliado?

Dijo la palabra aliado con proximidad y sorna.

—He oído de él por los caminos —improvisé.

—No te habrán dicho dónde está preso, ¿verdad?

—Me han dicho sólo que está preso —respondí.

—No podrían decirte dónde, aliado, porque Anselmo Yecapixtle está preso en un sitio que sólo yo sé —dijo Pastor Lozano.

—Lo sabrán también sus guardianes —matizó, dialéctico y rijoso, el fraile Mendizábal.

—El artificio de mi prisión es que sus captores no saben a quién tienen preso —dijo Pastor Lozano—. Anselmo es un preso incógnito, a quien tratan como señor, particularmente en lo que hace a servirle alcoholes, que es la única debilidad de su naturaleza. Por momentos, ni siquiera debe sentirse preso. Por momentos, ni siquiera debe saber quién es. Pero lo sabe. Jugamos ajedrez a la distancia. Por las noches, cuando salen las comadronas a robar los sueños de la provincia, oigo su voz cruzar por el cielo estrellado. Me maldice, pero no se queja, lo cual quiere decir que sigue libre del corazón. Si llorara, me haría dudar. Pero le falta esa astucia de preso: implorar. ¿Quién te habló de Anselmo Yecapixtle, aliado? Quiero saberlo.

—Hasta los ídolos hablan de Anselmo en esta tierra —respondió el fraile Mendizábal, usurpando mi respuesta—. El viento entre los árboles habla de él. Las comadronas de la noche dicen su nombre antes de salir a envolvernos con sus mantos. Sin embargo, coincido contigo, Pastor: Anselmo Yecapixtle necesita el potro del tormento, no el de la libertad.

—Calla, fraile. Hablas de torturar el cuerpo, tú que te dices pastor de almas.

—Las almas se combaten cuerpo a cuerpo —respondió el fraile.

—Las almas son la vida del cuerpo —dijo Pastor.

—El alma es la vida que le sobra al cuerpo —dijo el fraile.

Siguieron un rato cambiando gramáticas el cura y el tirano, al final de las cuales, Pastor sacó de la cintura el segundo hierro que portaba en ella, un espadín de filos esmerilados, y nos hizo pasar a la mesa donde había desplegado un mapa de la provincia que simulaba aquí y allá, en protuberancias de cartón sus cordilleras, en arenas pardas sus desiertos, en fibras y papeles azules sus ríos y su litoral marino. Como sabe de más su señoría, toda la provincia está apartada de nuestro territorio por un macizo montañoso que la arrumba en el mar; de las montañas hacia el mar siguen algunos valles verdes, regados por dos ríos. Lo que sobra es desierto hasta la costa, donde estamos ahora. Todo eso estaba representado en aquella mesa, de modo rústico pero elocuente.

—Arrasaremos las montañas —dijo Pastor Lozano, sentenciando a las corrugaciones de su mesa metafórica—. Peinaremos primero los desiertos, apartando de ellos hasta el último vestigio de nuestros enemigos. Tomaremos luego los valles. Al final, arrasaremos su dominio en las montañas. Eso harán nuestros ejércitos, que son superiores a los de Tata Huitzi. Pero no es la batalla de los ejércitos la que me preocupa, sino la de los espíritus. Hombre por hombre, fusil por fusil, nada sino la república puede triunfar aquí. Pero el pleito de los espíritus es otra cosa, fraile —dijo Pastor, apuntando con su tizona a Mendizábal—. Es el pleito que tú no has ganado en las almas el que nos roba la victoria de las armas. ¡Almas y armas, fraile! ¡Almas que matan armas! ¡Ésa es la ecuación! ¿Puedes reunirlas?

—Puedo —dijo el fraile.

—Aparta entonces con tus artes, para empezar, a las hechicerías que cuidan las andanzas de una María Solís, la comadrona mayor, y de su marido el brujo plañidero llamado Pujh; borra los escudos invisibles del anciano Tata Huitzi, que cuidan las hilanderas de la noche destejiendo en la oscuridad de nuestros sueños las redes que sus perseguidores tejemos de día; entrégame a las hijas prófugas de Anselmo, que andan por los caminos disfrazadas de mendigas, cuando son en realidad los ángeles de la venganza de su padre. Dame estas piezas de caza para empezar, fraile, y con ellas en la mano casi habremos terminado. Dámelas sin corazas, destruye sus ensalmos y yo destruiré sus ejércitos, contrarios a tu fe.

—Si tú ejecutaras a Anselmo Yecapixtle como yo exorcizo a los demonios en una sola confesión —dijo el fraile—, o con una sola cubetada de agua bendita, si tú ejecutaras a Yecapixtle, digo, y exhibieras su cabeza en las plazas, todo esto terminaría de una vez.

—¿Me pides que mate a mi hermano, fraile? ¿Que destruya mi propia sangre?

—Tu media sangre, pues sólo es tu hermano de padre —dijo el fraile.

—Es mi hermano total, fraile. Mi Caín de arriba a abajo. Sobre él he de tener una victoria más completa que sólo matarlo. A él lo venceré destruyendo a sus seguidores y haciéndolo después mirar de frente mi victoria. Mi triunfo será su condena. A eso le llamaré victoria, fraile. A nada más.

Comprenderá su excelencia mi perplejidad ante las revelaciones del fraile y nuestro aliado, a saber: que el padre de mis virgilias, el guerrero mayor de aquella tierra, era el medio hermano de Pastor, y mis virgilias, por tanto, sus medias sobrinas, por lo que yo venía resultando medio doble sobrino político de Pastor, nuestro aliado, pues lo que empezaba a haber entre las virgilias y yo era lo más parecido a un matrimonio, digo, por las sorpresas y enredos que esta institución depara a quienes incurren en ella.

Suyo soy, perplejo pero invariable
rúbrica

Carta 7

Excelencia:

Los dolores y la fatiga me hicieron detenerme en la redacción de la última carta, no porque las peripecias del día hubieran terminado, pues apenas empezaban, sino porque quería contar a su excelencia de la mejor manera ese día interminable. Para mí lo sucedido en esas horas fue continuo y vertiginoso, pero debo contarlo paso a paso, pues es el destino de quien escribe andar atrás de los hechos.

—Que pasen los generales —tronó Pastor Lozano, cuando hubo salido de su despacho el fraile Mendizábal.

Basilisco Pereyra, quien había permanecido con nosotros todo el tiempo, hizo pasar a los generales. Entraron ceremoniosamente, las dos manos puestas en la empuñadura de sus hierros, muy distintos entre sí, pues uno usaba machete, el otro sable y el otro estoque. Pastor Lozano hizo su elogio con el solo vuelo de la mano. Dijo:

—Los generales de la república.

Procedió luego a dar sus nombres y yo a mirarlos. El indio enjuto y cabruno que portaba el machete se llamaba Silerio, era el general de las montañas. El condotiero blanco que usaba estoque, llamado Campagnolo, era el general de los valles. Un negro morisco de la estirpe de Otelo era el general del mar y los desiertos, por la única razón de que el mar y el desierto estaban juntos en Malpaso. El general de

51

ambas cosas se llamaba Laborante y arrastraba un sable del largo de sus brazos.

—Expongan lo que hay —dijo Lozano.

Los generales caminaron a la mesa donde estaba representada la comarca. Habló uno y luego otro, luego el tercero, luego los tres, en una aburrida pero útil disquisición militar, cuyos datos puntuales refiero a su excelencia en informe aparte. Verá por las cifras de hombres, bestias y armas que ahí se precisan, lo que le he dicho ya de otras maneras, a saber, que la ventaja de nuestra causa en estas tierras es verdadera, aunque sea precaria. Los pueblos de las montañas son impenetrables a las fuerzas de Pastor, pero no necesarios para afianzar su gobierno. Algo semejante puede decirse de los valles y de muchas franjas y caseríos del desierto.

Pastor y sus generales controlan el litoral y parte de los desiertos, empezando por la ciudad capital de Malpaso donde estamos, pero su control dura lo que la luz del día. Por la noche, como creo haber mostrado a su excelencia, el mundo cambia, las comadronas tienden su velo sobre las cosas, los adversarios de la república deambulan libremente, conspiran, festejan con libertad de carnaval y empatan, así sea momentáneamente, la pelea. Es para combatir esos espíritus nocturnos que nuestro aliado cree necesitar los servicios del fraile Mendizábal y de sus predicadores. Pero los saberes ultraterrenos del fraile son cosa de principiante frente a las magias de los antiguos dueños de esta tierra, hijos de aquel tiempo insuperable, aunque espeluznante, en que el mundo era uno solo, el sol era a la vez sol y dios, lo mismo que la luna, las estrellas, los animales y las cosas, y nada sucedía sino por el alto designio de la lucha de los poderes celestiales.

Cuando sus generales terminaron de hacer cuentas, Pastor dijo, repitiéndose:

—Los soldados sabemos que la guerra es un asunto de armas y almas, es decir, que las armas son tan importantes como los espíritus que acompañan a los soldados en el momento, idiota y glorioso como ninguno, de arriesgar la vida por su causa. No dudo de las armas de nuestros soldados, pero sí de las fuerzas de los espíritus que los acompañan. Por culpa de la superioridad de los ensalmos de nuestros enemigos, nuestros soldados no son todavía verdaderas máquinas de matar. Dudan, tienen la sospecha instalada entre el gatillo y el disparo. Ésa es la sospecha que ustedes deben limpiar en nuestros soldados, la duda que no debe nacer en sus cabezas. ¿Entienden lo que digo?

Los generales asintieron con reverencia.

—Vayan entonces —les dijo— a cumplir esta orden suprema: maten la duda en sus hombres para que ellos puedan matar lo que pone en duda nuestra causa.

Los generales se retiraron caminando hacia atrás para no dar la espalda a nuestro aliado. A mí me maravilló la simpleza con que aun las almas más duras y curtidas en las barbaridades de la vida se someten a los rituales más tontos, haciéndose servidores vacíos de la pompa que exuda el poder.

Cuando se retiraron los generales entró un hombre mayor que llevaba la humillación de burócrata en la mirada, pues la mantenía baja, pegada al piso. Vestía de un negro polvoriento. Le extendió a Pastor un pliego doblado, sin atreverse a mirarlo, mientras decía:

—Mensaje del Altozano, señor.

—Te he dicho mil veces que esa palabra sólo es para mis oídos —lo reprendió Pastor.

—Es el informe de cada día, patrón.

—Calla —tronó Pastor.

Me miró después, fulgurante de rabia y recelo, como si su burócrata me hubiera revelado un secreto. Tomó luego el pliego en sus manos, lo puso contra su pecho y salió por una puertecilla del fondo. Volvió con la mirada limpia, el ceño apacible, diciendo todavía para sí:

—¡Y más le falta! ¡Más!

Dio una vuelta por el recinto, cavilando, y finalmente se volvió a mí:

—Mucho has avanzado en la confianza de esta provincia fingiéndote un buhonero neutral —me dijo—. Quiero que te mantengas como lo que has fingido ser: un comerciante sin rumbo, confiable por su ingenuidad para todos los bandos de la guerra en que estamos. Te pido que conserves esa condición, que los espíes a ellos y me informes a mí, para lo cual necesitas su confianza ciega. Ahora bien, conozco al bando que combato. En su opinión, nadie puede salir incólume de mi palacio si no es partidario firme de mi causa. Los enemigos salen muertos, los sospechosos heridos, los indecisos al menos zarandeados. Tú me has demostrado ya que eres mi aliado. Ahora hay que demostrarles a ellos que *no lo eres*. Si sospechan de ti, te degollarán antes de que cruces el umbral de mis aposentos de gobierno.

Había en la provincia un uso abusivo de la palabra aposentos, pues tal cosa no había reconocible en ella, sólo cuartos simples y contrahechos.

Siguió Pastor Lozano:

—No volverás a verme sino en el secreto de la conspiración. Todas nuestras comunicaciones serán en adelante sigilosas. Esta que hemos tenido abierta debe ser disfrazada, y la única manera de hacerlo es que lleves los disfraces tatuados en el cuerpo, quiero decir: que parezcas víctima de uno de nuestros interrogatorios.

No bien dijo estas palabras sentí los brazos como tenazas de dos esbirros aferrándome por la espalda, mientras aparecía frente a mí, con sus patas de pato y su redondez de topo, Basilisco Pereyra. A una señal de Pastor Lozano, Basilisco empezó a dar los saltos guerreros que le había visto hacer en el galpón del mercado y a soltar sobre mí los golpes rectos y curvos que eran su especialidad de saltamonte, acertando mi rostro y mi pecho con tan firmes estoconazos que antes del sexto salto ya me había llenado el rostro de verdugones y cortadas. Mientras Basilisco me hacía cisco con sus golpes, Pastor hablaba:

—Para que no sospechen de ti nuestros enemigos, aliado, para que crean y confirmen que sospeché de ti, vas a llevar estas medallas de la república en el rostro y en el cuerpo. La sangre es elocuente, aliado. La tuya gritará a los cuatro vientos mi desconfianza. Si eres aliado fiel, servidor cabal de la república, aceptarás pagar este pequeño precio por nuestra causa, y al final obtendrás tu recompensa. Si los espíritus adversos de la comarca te inficionan y pasa por tu cabeza la idea de traicionarme o desertar de la república, ya llevas en el cuerpo el primer pago de lo que será tu liquidación final. Repito: tu misión es observar, oír, hurgar, y decirme lo que sepas y oigas. Basilisco te buscará cuando yo te necesite y tú a él, por el mecanismo que te dirá, cuando quieras hablarme. Vete ahora, lleva con orgullo las primeras heridas de tu servidumbre a la república.

Los esbirros me llevaron en andas a la puerta de la casona de Pastor Lozano y me tiraron sobre la calle de tierra, como quien tira un balde de agua. Caí entre unas gallinas que merodeaban con sus perfiles de marquesas histéricas. Salieron corriendo de mi cuerpo con escándalo culpable. Me puse en pie como pude, dificultosamente. Volví rengueando el camino que por la mañana había hecho ligero, el pecho empapado de la sangre que corría por las heridas de mi rostro, en medio de la indiferencia de aquellas calles acostumbradas a la atrocidad.

Confieso a su excelencia que en aquellos momentos de oprobio pensé que Pastor Lozano tiene razón en sus sospechas, es decir, que sospecha correctamente de mí, porque de algún modo yo ya lo he traicionado. Quiero decir: he empezado a pensar que en esta provincia la república quizá está menos bien representada en sus ideales por Pastor Lozano y mejor por mis virgilias. Quizá quienes combaten aquí a la república con el riesgo de sus vidas, son quienes pueden hacerla realidad. Los huitzis pudieran ser los aliados correctos con la causa equivocada, mientras que Pastor Lozano es sin duda el aliado equivocado de la causa correcta. El caso es que iba doliéndome de las injustas disciplinas que me habían infligido, pero pensando, en medio de mis dolores, que Pastor Lozano es un político sobrenatural, capaz de oler al vuelo dónde están sus ventajas y dónde sus riesgos, pues yo he empezado a ser un riesgo para él, debo admitirlo, y me ha tratado como tal.

Mis virgilias corrieron a socorrerme cuando me vieron entrar al mercado. Me llevaron al pesebre donde habíamos dormido. Cahuantzi me dio a beber de la cantimplora de sotol. Enjugaron mis heridas con unos trapos húmedos. El sotol entró en mí con amistad de leche materna. Me dormí oyendo pájaros, vi luego iglesias sorprendentes, gigantescas, en medio de la selva. Un campanario como una pirámide hacía cimbrarse con sus tañidos un fresno vecino de la misma altura. En un pronto de ese sueño lo vi a usted arengando monos letrados desde la cabeza de un elefante. Escuché en el fondo de la selva la voz de María Solís leyendo ceremoniosamente un libro. Decía: "Existe un animal llamado elefante que carece de deseo de copular". Desperté sano y fresco, vistiendo túnicas de hilo, junto al remanso cristalino de un arroyo. En el arroyo nadaba Cahuantzi con alegría de sardina.

Bernarda me tenía acostado en sus piernas, pasando sus manos por mi pelo.

—¿Descubriste algo? —preguntó.

—Algo —mentí, para no desalentar sus atenciones, y me dormí de nuevo.

Supe después que no mentía del todo, que portaba en mí un enigma transparente que contaré a su excelencia en pliego aparte, para no dilatar ni abultar este.

Suyo soy, lleno de enigmas, y
sin tiempo para descifrarlos
rúbrica

56

Carta 8

Excelencia:

Completo lo referido en mi carta anterior diciendo que cuando desperté por segunda vez en los muslos de Bernarda, estaba otra vez comido por el dolor de mis huesos y la adversidad del mundo. Bernarda estaba otra vez andrajosa, con el rostro tiznado y los pelos en greña. Cahuantzi no nadaba ya en el remanso del arroyo de mis sueños, pues no había remanso ni arroyo, sino el establo de paja podrida en los corrales del mercado donde nos escondíamos. Cahuantzi dormitaba junto a nosotros esperando el turno para atender mis fatigas. En nada eran tan concertadas mis virgilias como en tomar turnos para atenderme, sabido ahora claramente, al menos para mí, que su atención es una forma de su vigilancia y nuestros placeres una parte de su deber.

—Eres nuestro ahora, porque sospechan de ti —me dijo Bernarda, diabólica y beatífica, mientras pasaba amorosamente el dedo por las heridas de mi rostro, como si las contara—: Dime qué oíste.

Le conté mi jornada en la casona de Pastor Lozano, callando nada más lo relativo a mi descubrimiento de los lazos cainitas que las unían en guerra con él. Nada la alteró de mi relato, hasta que conté la ira de Pastor contra el mensajero que traía noticias del Altozano. Bernarda se estremeció al oír esa palabra, poniéndose de pie en un solo impulso sobre el arco perfecto de sus plantas. Yo di con mi cabeza en la piedra del piso que sus piernas hasta ese momento me evitaban.

—¡Lo tienen en el Altozano! —gritó, corriendo a despertar a Cahuantzi. La sacudió para el efecto como a un saco de legumbres. Cahuantzi volvió en sí con un suave abrir de ojos, bajo las densas pestañas de sus párpados, rectas y negras, como cerdas de jabalí.

—Tienen a Anselmo en el Altozano —repitió Bernarda.

Cahuantzi se alzó también de un brinco para abrazar a su hermana. Saltaron juntas la danza original de la alegría. En su euforia fraterna, se olvidaron de mí.

Me descuidaron el resto del día, salvo por la reposición de los trapos húmedos con que refrescaban mis heridas y una pasta gomosa, de olor punzante, que ponían en emplastos inamorosos sobre mis pómulos y cejas. Eran otra vez las hermanas andrajosas de los días pardos, y yo el desecho maltratado de su olvido.

Al llegar la noche, Cahuantzi entró con las escudillas de la cena. Dijo:

—Vamos a buscar a nuestro padre, Bernarda y yo.

Bernarda venía tras ella con una caja donde había frutas, huevos de ave y carne seca.

—Después vendremos por ti —dijo Bernarda—. Pero no será antes de una semana. Aquí tienes estas viandas para que te alimentes mientras faltamos.

—Y estos ungüentos para tus heridas, hasta que cierren —dijo Cahuantzi.

—Estos otros para los verdugones, hasta que se deshinchen —dijo Bernarda.

Hasta entonces entendí, lerdo de mí, que se estaban despidiendo. Un rapto de ira y orgullo me creció por dentro.

—No necesito sus viandas ni sus ungüentos —dije—. Ni su compasión. Ni su compañía.

—No gruñas, enojón —sonrió Cahuantzi.

—Malarrabia, regañón —coreó Bernarda.

58

Conforme decían esto me alzaban la cabeza hasta la cantimplora de su sotol, que bebí como siempre, a grandes tragos, derramándolo por los carrillos. Ésa fue la noche, señor, de la más luminosa despedida que alguien pueda desear. Pasaron entre nosotros todos los ángeles del placer cumplido. Pero pues está escrito que a la dicha mayor no puede seguir sino su ausencia, amanecí al día siguiente de tanta plenitud en la plenitud de mi desdicha. Las virgilias se habían ido, la paja era otra vez paja, los corrales, corrales, y yo nada más yo, sin mis virgilias, con todos los dolores de mi cuerpo encima y todos los de mi alma en lo más adentro de ella.

A la mañana siguiente, al revisar la caja de las viandas descubrí que mis virgilias habían dejado, junto a la carne seca y los huevos de ave, dos cantimploras de su sotol terroso, padre de nuestro estar fuera del mundo. Entendí su mensaje de despedida como la promesa de un reencuentro.

Pasé varios días lamiendo mis heridas, dedicado a escribir a su excelencia las relaciones que preceden, y a rondar los alrededores de la ciudad atroz que es la capital de nuestra causa en estas tierras. Lavando mis ropas ensangrentadas una tarde, descubrí entre ellas un papel doblado. Era un mensaje que Basilisco Pereyra había dejado el día de mi infausta visita a Pastor. Decía, impenetrablemente: "Las campanas de la iglesia dirán tu nombre cuando Pastor quiera verte".

Había un lío con las campanas en Malpaso. Tocaban a su arbitrio para todas las cosas. Habían tocado solas, por ejemplo, el día que murió la mujer de Pastor Lozano, la mujer a la que Pastor había entregado sus ilusiones, y que se las llevó con ella. Me dijeron sus sirvientas que aquella mujer tenía los ojos pequeños y negros, pero que se abrían con fuego de relámpago cuando miraba a Pastor, y que esos relámpagos prometidos por sus ojos eran los que ella le daba en sus aposentos venéreos, según probaban sus aullidos recíprocos cuando Pastor la tomaba. Como he dicho a su excelencia, lo que se dice aposentos no hay propiamente en toda la provincia, sólo cuartos contrahechos y camastros de paja, pero aposentos dicen los testigos de aquellos furores y aposentos digo yo, sin afeitar los hechos ni los dichos a su señoría.

Lo cierto es que una mañana oí doblar las campanas diciendo mi nombre. Digo bien: las campanas decían mi nombre. Salí del pesebre al galpón contiguo del mercado. Ahí estaba Basilisco dando carreras y tirando mandobles a enemigos imaginarios. Cuando me vio entrar, todavía rengueando un poco, corrió a echarse a mis pies y dijo:

—Perdona mis daños, señor. En dañarte no he sido sino mensajero.

—¡Levántate! —le dije—. Matarías a tu madre si te lo ordenaran. A mí también. Y hasta a ti mismo.

Le crucé la cara con el revés de la mano y gimió. Se la crucé de nuevo con la palma y empezó a pedir perdón.

—Libérame de mis servidumbres. Hazme tu siervo —dijo, incomprensiblemente para mí.

Caminé hacia la calle, cuya luz entraba al galpón como un viento de lumbre. Basilisco me siguió, más encorvado que de costumbre, vuelto un ovillo de lealtad perruna. Cuando salí al incendio de la calle lateral del mercado, vi parado ahí, como una aparición celestial, mi carromato. No lo había visto en días. Tuve por él un rapto de ternura, como si me agitara a la vista de mi casa natal, luego de muchos años de ausencia. No tenía en aquellos momentos otra seña de pertenencia que mi carreta de ruedas duras, en cuya resistencia creo ver un símbolo del sueño que nos une, la causa itinerante de la república. Seguido por Basilisco caminé por las calles de fuego de la ciudad, rebosantes de hoyancos, mierda de mulas y perros famélicos que se disputaban pitanzas podridas. El sol golpeaba mis heridas a medio sanar. Caminé a paso rengo hasta la casa de gobierno. Arcos de guardias que cruzaban sus lanzas a la entrada se abrieron para darme acceso. Adentro estaban Pastor Lozano y sus tres generales. Pastor tenía en la mano un despacho con el lacre violado, que agitó ante mi vista mientras venía a mi encuentro con sus patas de alambre.

—He aquí el despacho de tu presidente, nuestro aliado. Está lleno de buenas nuevas que sólo tú puedes volver realidad.

Eso me dijo, poniéndome el sobre en el hombro con la mano izquierda mientras con la derecha revisaba las heridas de mi boca. Me la abrió para observarla con el pulgar y el índice, como quien revisa la dentadura de un caballo. El despacho, explicó después, había llegado a sus manos de las manos de un patriota menos afortunado que yo, pues lo habían recogido de entre sus restos en un paso de las montañas. Sobre el costillar de su caballo reventado, a medio comer de los buitres, aferrada a su mano pelada por los mismos gallinazos, unos partidarios de Pastor habían encontrado la alforja de cuero y en la alforja la carta, que trajeron a su amo. Cuando acabó de hablar Pastor, le di la espalda y leí, en la intimidad debida, el despacho de su excelencia. Me llenó el alma de dicha, antes de toda lectura, tener ese papel entre mis manos. El solo papel probaba que los tentáculos potentes de la república seguían las pobres huellas de mi alta misión en la provincia perdida de Malpaso. Leí después el mensaje de su excelencia diciendo, en lo esencial, que la república estaba en condiciones de enviar a Malpaso un generoso cargamento de armas, si éste era indispensable para el triunfo. Bastaría para ello, decía la comunicación, que yo lo notificara a su excelencia. Detallaba la carta todo lo que podía incluir el cargamento, pero decía sólo lo necesario, apenas lo inteligible, sobre el lugar donde el cargamento podía ser entregado. Usaba su excelencia para ello las coordenadas de nuestro código secreto, cuyas claves son tan claras para mí como la palabra "altozano" lo había sido para mis virgilias. El despacho incluía también la suprema previsión de que sólo a mí me fueran entregados aquellos pertrechos, pues sólo yo sería el intermediario respetado por el convoy de la república.

Entiendo y agradezco a su excelencia este cuidado de mí, su sabia suposición de que mi seguridad puede estar en riesgo y, con ella, la de nuestra causa en la provincia. Por las precauciones de su despacho inferí también que mis cartas, o al menos algunas de ellas, han llegado a sus manos, haciéndole sentir la dificultad extrema de las cosas de esta tierra, en particular sus dobles fondos, el hecho de que todo aquí pueda volverse su contrario en un parpadeo. Todo, digo, salvo los enemigos, que son siempre los mismos en todos sus disfraces.

Cuando terminé de leer el despacho de su excelencia, Pastor Lozano lo arrebató de mis manos. Dijo:

—Ya eras nuestro y necesario, aliado. Ahora, eres nuestro y esencial. El cargamento que anuncia nuestro presidente será decisivo para cerrar la campaña en las montañas huitzis. Tú vendrás con nosotros, siguiendo el paso triunfal de nuestros ejércitos. En la hora decisiva, cuando las municiones falten y el enemigo esté a punto de rendición, traerás a nuestra causa el cargamento fresco que envía la república. Con él daremos la puntilla al toro de nuestra lidia.

—Tú mandas y yo obedezco —dije, bufonescamente—: Ordena lo que debo hacer.

—Finge ser lo que eres —me contestó Pastor Lozano—. Como fingimos todos. Finge que eres buhonero y échate por los caminos de la provincia rumbo a las montañas. No irás solo y por tu cuenta, como has venido, sino atrás de los ejércitos, siguiendo el escombro de la guerra, con las soldaderas y las vivanderas. Irás en la retaguardia, al alcance de mis órdenes.

—Lo que mandes obedezco, señor.

—Ve por tus cosas, disponte a partir. He dado instrucciones de que en unos días inicie su despliegue nuestro ejército hacia el desierto y de allí hacia los valles y las montañas.

Por la tarde saldrás tú con las soldaderas que van siguiendo a nuestras fuerzas. Basilisco Pereyra será tu sirviente y tu guardia. Irá también con ustedes el cronista oficial de esta provincia, Antonio Calabobos. Los encontrará cuando él disponga en el mercado, con su impedimenta.

Reculé hacia la puerta sin darle la espalda ni mirarlo a los ojos, con la cortesanía que había aprendido y despreciado en sus generales. Camino al carromato, Basilisco Pereyra fue diciendo el discurso de su propia servidumbre, nuevamente impenetrable para mí. Decía:

—Nosotros, señor, los que hemos nacido para obedecer las miserias y grandezas de otros, sabemos lo que es el orden del mundo, y el lugar que en ese mundo nos ha sido deparado. Somos los siervos de nuestros amos, y sus amos secretos en el poder de nuestra servidumbre.

—No entiendes nada —le dije—. Nuestra libertad apenas empieza.

Y tuve un golpe de conciencia al recordar que era una libertad sin mis amigas, de las que nada había sabido tantos días, salvo su tremenda ausencia.

Soy de usted, en ausencia de mis cosas
rúbrica

Carta 9

Excelencia:

La noche anterior a nuestra partida con el ejército, no dormí en el pesebre, como ninguna de las anteriores. Los aromas podridos del lugar me quitaban el sueño: olían a cosa buena para mí. Salí a las calles de la ciudad en la madrugada para ver si las habían tomado las gigantas y podía hundirme en la ensoñación de mis virgilias. La ciudad estaba tomada por los preparativos bélicos de Pastor Lozano. Húsares criollos, con las casacas remendadas, arreaban por las calles a soldados jóvenes, mal peinados, casi niños. Sus novias, sus madres, sus hermanas, corrían tras ellos buscando el último beso, el último adiós. No había sino el sonar de los cascos y las órdenes, las carreras, los rifles golpeando en las cartucheras, las bayonetas en sus fundas de latón y, en el aire ardiente de la noche, una inminencia de cosa cumplida, la animación del viaje de la guerra.

Todas las horas antes del alba corrieron soldados a sus puntos de reunión en la ciudad, llevando tras ellos jinetes que los apresuraban, cerrándoles el paso, mostrándoles el camino, tirando con sus bestias de las piezas de artillería y los carretones de pólvora que salían de los cuarteles como pan recién horneado. Al amanecer estuvieron formadas las columnas en las afueras de la ciudad, esperando la orden de marcha. Eran un lago de uniformes rojos y quepis pulidos, espejeantes, que devolvían los primeros rayos del sol.

Cuando la mañana abrió del todo, Pastor Lozano apareció a galope, escoltado por sus tres generales, desde el fondo de la ciudad. Cortó la formación de sus tropas dejando un remolino de polvo tras el caracoleo de su caballo, un alazán de ancas potentes y cuello de toro, pero tuerto de un ojo, como el alma de su dueño.

Sonaron las campanas misteriosas de Malpaso diciendo el nombre de Pastor Lozano, sus tañidos felices desataron los vítores de los soldados. Todavía con las campanas sonando, la columna echó a andar, Pastor y sus generales a la cabeza. La república podría haberse sentido orgullosa de aquella fuerza disciplinada y bien dispuesta, salvo porque su causa no es motivo de orgullo, al menos para mí. El triunfo de este ejército no traerá a la provincia las libertades prometidas, sino el sueño de opresión que oprime las noches de Pastor Lozano.

Las soldaderas y las vivanderas estaban también desde muy temprano en las afueras, esperando su turno de partida, media jornada después de las tropas. Volví al mercado a cargar el carromato para ocupar mi sitio en aquella retaguardia carroñera. Basilisco lo había llenado de embutidos y tasajos, pues nada había de más en su alma sino el gozo de comer y obedecer. Mis ofertas de buhonero, los azadones y las ollas, las telas, hilos y agujas, las múltiples mercaderías de mi disfraz, no habían alcanzado sitio en la carreta; estaban todas desparramadas, como las tropas fuera de la ciudad, en las afueras del mercado. Cuando me vio venir hacia él, Basilisco alzó las manos y metió la cabeza bajo ellas como aceptando de antemano el cascotazo. Entendí que era mío, hasta que le llegara nuevo amo. Le dije:

—Has dejado fuera de la carreta nuestro disfraz. Busca unas mulas para cargarlo.

—Mulas no hay, señor. Ni burros, ni bestia alguna, salvo la que habla —respondió Basilisco, asumiendo de nuevo posición de recibir azotes—. Todo lo que puede llevar carga en esta ciudad, bestias y hombres, se lo han llevado los ejércitos.

—Mulas tengo yo —dijo una voz en la parte de atrás de la carreta, de donde salió un hombre delgado, fibroso, de mirada pacífica. Tenía pelos largos de apóstol, crecidos hasta los hombros, peinados a la mitad exacta del cráneo por una raya blanca. Supuse que era el cronista que debía viajar con nosotros, y cuyo alistamiento había olvidado.

—¡Misión y filiación! —le exigió Basilisco, apuntándole al cuello con su daga.

—Antonio Calabobos, cronista de Malpaso —dijo el apóstol—. Debo viajar con ustedes.

—¿Cronista de Malpaso? —refunfuñó Basilisco.

—En lo general —dijo el cronista—. En lo particular, cronista de los caprichos de Pastor Lozano.

Debió ver la duda por sus palabras en mi gesto, porque explicó:

—Los caprichos de Pastor son los únicos límites de mi libertad, absoluta en todo lo otro.

Tenía una recua de mulas frescas, sin carga, que le había dado Pastor para lo que fuera recogiendo en el camino. No iba a ser sólo el cronista de la expedición, sino también el descriptor de lugares, plantas, piedras y animales de la provincia, cuyas muestras debía coleccionar. Basilisco cargó las mulas con las cosas, yo me tercié al pecho las cantimploras de mis virgilias y la caja de papeles, tinteros y plumillas que forman el escritorio ambulante de la república, el sereno lugar desde donde escribo los despachos a su excelencia. Salimos casi al atardecer de la ciudad, cuando las soldaderas y las vivanderas ya habían iniciado su marcha.

Como íbamos al final de la caravana, todo nuestro horizonte era una gigantesca polvareda.

—No habrá sino la sabana y luego el desierto por varios días —dijo Calabobos, padeciendo el polvo—. Si nos abrimos medio kilómetro de la cola de las vivanderas, seguiremos en la cola, pero no habrá polvo sobre nosotros, sino la bendición visual de la planicie de Malpaso.

Eso hicimos. El infierno de polvo quedó a un lado y frente a nosotros la planicie de Malpaso, como una sábana rubia. Cuando tomamos el paso en nuestra nueva senda, le pedí a Calabobos:

—Háblame de esta tierra, tú que eres su cronista. Dime lo que te venga a la cabeza.

No se hizo de rogar.

—Como todas las tierras de la tierra, esta es más bella de lejos que de cerca —dijo—. Sus bosques son verdes y húmedos de lejos, como un mar de tan verdes, como una niebla de tan húmedos. Pero su corteza vegetal es breve. Su fauna, pobre. Sus habitantes, miserables. Los pueblos de Malpaso parecen puestos en el mapa por un pintor de maravillas. Pero por dentro sus casas son oscuras y deformes, como hechas por un albañil idiota. Vistos en el horizonte, sus desiertos son una bella tierra leonada. Sus montañas, un macizo de guardianes inmóviles. Pero el desierto es una tierra yerma y las montañas unos riscos sin gracia. Todo parece aquí, visto de lejos, destinado a la dicha y la abundancia. Visto de cerca todo es infeliz y mezquino, y lo único que se da naturalmente es la cizaña. Este dicho de nuestro refranero es la metáfora moral del hecho natural: nuestra abundancia es pobre y nuestra grandeza pequeña. Todo le ha sido dado a esta tierra, con un truco: nada en ella es lo que parece. Y sin embargo es bella y adictiva como sólo puede serlo el opio, que lleva en sí la grandeza y la destrucción. El opio, amigo, es mi otra esclavitud. Y mi único paraíso.

—¿El opio? —pregunté.

—El opio. No sé de qué otra forma puede soportarse el mundo —dijo Calabobos.

Cerca del anochecer, la caravana de las soldaderas se detuvo junto a un aguaje. Formaron un círculo donde pasar la noche. Basilisco peló naranjas para apagar nuestra sed. Hizo una fogata. Una voz de mujer como un aullido cantó la canción del soldado en el campamento de las soldaderas, la canción del fantasma del soldado que viene a despedirse de su amada el día que ha muerto peleando en otro continente. Calabobos sacó una armónica y añadió a aquel canto su propia tristeza.

—Extraña bestia el hombre que quiere matar —dijo luego, enigmáticamente.

Hubiera querido decirle lo que meses antes le habría dicho, a saber: que la vida no tiene valor si no se está dispuesto a jugarla en una causa superior a ella que la llene de fuerza y de sentido, una causa como la que su excelencia sirve al precio de su tranquilidad y al riesgo de su vida. Pero estaba el cielo estrellado arriba de nosotros, era opresiva la inmensidad de las constelaciones, cuya abundancia multiplica la soledad, y no quería hablar esa noche sino de lo que no podía, es decir, de la pérdida de mis virgilias, no de la causa de la república que, a nombre de la república, iba desbaratando Pastor Lozano. Subí al carromato, puse una cobija sobre los sacos de maíz y harina que había estibado Basilisco, y me eché ahí, la cabeza mirando al cielo, para abandonarme al remolino de mis cosas. Tomé un trago del sotol que me habían dejado mis virgilias, lo único de ellas que podía tomar, y me puse a mirar las estrellas. Eran tantas que no podía distinguirlas, separar las constelaciones o las figuras del zodiaco. Pendían sobre nosotros como racimos de la abundancia. Me pareció que gritaban, en su hartazgo celeste: "Aquí estamos, felices, ajenas a los hados, no crean en nuestro rumbo fatal". Cerré los ojos, que se me habían puesto húmedos, y al abrirlos tuve a Venus asomándose a ellos. Era un diamante líquido corriendo por las comisuras, una lágrima plateada del tamaño del universo. Entendí que el sotol de mis virgilias había empezado a actuar sobre mi imaginación como el mar sin marineros sobre los marineros, quiero decir, con esa nostalgia llena, desbordante, de los odres que al llenarse derraman líquidos que nadie beberá, o las olas que revientan de rabia sobre playas que nadie mira.

Abrí otra vez los ojos. Vi a mis virgilias arriba, en la bóveda, saltando de constelación en constelación como conejos, conejas en realidad, pero tan jóvenes que eran todavía conejos, y luego como pingüinos, pingüinas en realidad, de alas ceremoniosas, brincando del toro a los pescados por un vado incierto, y del alacrán al león, al cangrejo y al núcleo de los gemelos, de donde regresaron vueltas ellas otra vez, unas venadas tiernas, tan lejanas y tan próximas como las mismas estrellas. Cayeron finalmente, como había caído Venus, por el rabo lacrimoso de mis párpados, y cerré los ojos para guardarlas en mí. Soñé una ciudad suspendida en el aire, con murallas de piedra, agujas y minaretes, y un torreón en su centro, como una torre de Babel, y un jardín alrededor de la torre, por donde corría el agua en canaletas de jade, y unas cadenas de limoneros en cuya pobre sombra dos mujeres cantaban canciones de amor. "Sus verdes vericuetos de viento vinculado", decía alguien, hablando de la brisa que iba por las hileras de los limoneros.

Anduvimos varios días sin incidentes mayores, escaramuzas de poca monta y ninguna consecuencia. La mayor parte de los pueblos del desierto son, al menos nominalmente, partidarios de nuestra causa. Nos reciben sin euforia, pero sin agresión, y pasamos por ellos sin pena ni gloria.

Una mañana, sin embargo, en el día trece de nuestra marcha, con los primeros rayos del sol nos despertó el retumbar de unos cañones. Cuando salté de la carreta, Calabobos estaba ya pie a tierra, la camisa de hilo abierta sobre el pecho, mirando por su catalejo:

—Destruyen Otay —me informó—. El pueblo de los padrinos.

Vi en la planicie dos copetes de humo, y un tercero que

subía. Le pedí su catalejo a Calabobos. Vi en el aire trémulo las casas que saltaban, las gentes corriendo entre el humo por las calles de tierra, seguidas por el adobe de sus casas que la metralla hacía saltar. Una mujer de faldas moradas corrió hacia mi ojo de aumento con un bulto en los brazos, antes de que la tapara un chorro de arena que saltó frente a ella como un tigre.

—Destruyen el pueblo de los padrinos —repitió Calabobos.

Había ido al carromato por sus mapas y los hurgaba junto a mí.

—Si han empezado aquí —dedujo—, seguirán luego hacia la Costra de Altar, en la puerta de los valles.

Leía las líneas en rojo que había trazado sobre un mapa, anticipando los itinerarios de la campaña.

En el círculo de mi catalejo voló una troje dejando tras la explosión una lluvia de mazorcas. El viejo minúsculo que la cuidaba huyó con un cayado en la mano. Una bala en la cabeza detuvo su fuga. Vi en el catalejo el rizo de sangre, la basurilla cárdena que salió por su nuca.

—Así será hasta llegar a los valles —dijo Calabobos—: El triunfo de la causa. En los valles cosecharemos el odio sembrado aquí. Y en las montañas, después de los valles, pagaremos el precio.

Veníamos de la costa, de sus puertos y pantanos. Estábamos ahora en la planicie desértica, marchando hacia los valles fértiles en las ondulaciones de las montañas que cierran al mundo la provincia de Malpaso.

—En esas cordilleras debe hacerse la limpieza final —me dijo Calabobos—. Ahí se dirá la última palabra.

—¿Quiénes son los padrinos? —pregunté.

—Los herederos. Se dice que duermen en Otay —dijo Calabobos—. De sus palabras se dice que fluye la historia de estos pueblos. Una historia sin tiempo que ni el tiempo puede matar.

—La historia sin tiempo no puede existir —dije yo.

—Salvo en el tiempo de los padrinos. El tiempo que Pastor quiere matar —contestó Calabobos.

—Mata sólo mujeres y viejos. Nada más —dije yo.

—Pero no es eso lo que quiere matar —respondió Calabobos.

Quité un caballo del carromato y fui a galope, aunque el penco galopaba poco, hacia las columnas de humo que eran ya una siniestra asamblea en el cielo azulísimo de la planicie de Malpaso. Basilisco salió en una mula atrás de mí. Lo que ahí vimos y ahí sucedió no puede resumirse demasiado. Lo diré a su excelencia cuando pueda.

Suyo soy, sin más, testigo de lo que quisiera olvidar
rúbrica

Carta 10

Excelencia:

En las afueras de la aldea de Otay unos muchachos vestidos de soldados jugaban al tiro al blanco con unas gallinas. Las gallinas corrían entre las calles del pueblo buscando sus gallineros destruidos. Los muchachos las cazaban, riendo cuando acertaban con sus tiros. Una ternera gemía junto al talud de su madre muerta, una vaca grande y pinta, que la metralla hizo caer con el pecho reventado. Un soldadito suelto de los que cazaban gallinas pasó junto a la ternera y le descerrajó un tiro en las mandíbulas de muchacha. La ternera dio un giro de sangre y se desplomó como apuntillada. El muchacho festejó su caída con un pase torero.

Por la falda morada que sobresalía de la tierra que la había cubierto, húmeda de su sangre, reconocí el cuerpo de la mujer que había visto caer por el catalejo. Quité la tierra en busca del bulto que le había visto en los brazos, pensando que era un niño. El bulto estaba todavía ahí, mojado de sangre, lodoso de tierra, pero no había bajo el envoltorio un niño sino una sandía reventada, como rota por un mazo.

Éstas fueron las primeras y las segundas cosas que vi al llegar a Otay. Entré luego a caballo hasta el centro de la aldea, con Basilisco siguiéndome, varios cuerpos atrás, gritándome que lo esperara. La aldea tenía de principio a fin unas

73

quince calles de largo, amplias, bien trazadas, y unas nueve de ancho. No eran sino un remolino de humo, un eco de llantos y quejidos sobre el crepitar del fuego. El fuego consumía los techos de palma de las casas, los árboles de los patios, la paja de los graneros, la carnaza de los muertos. Olía a pólvora, a azufre, y a asaderos de fiesta campestre.

Había cráteres en las calles donde habían caído bombas. No quedaba en pie casi nada, alguna choza, media iglesia. Todo eran paredes viudas y terrones huérfanos. Los soldados entraban a las casas para llevarse lo que hubiera. Uno se llevaba una jofaina, otro un huipil de mujer, otro más unas tijeras y un anafre. De una casa grande tres soldadillos sacaban a tirones a dos mujeres jóvenes que berreaban como niñas, con los pelos erizados y revueltos de ancianas.

Les eché el caballo encima a los raptores, pero lo recibieron a pie firme con una espada que le entró al animal por el pecho, haciéndolo relinchar y volver grupas con la queja de la muerte. La muerte lo paró en dos patas, lo cual me hizo resbalar al suelo por su lomo, pues lo había montado a pelo. Los soldadillos rodearon a la bestia, que pataleaba en el suelo sin entender su fin, y vinieron hacia mí con las espadas en ristre. Me habrían cruzado el pecho por el músculo exacto, como al caballo, si Basilisco no aparece en su mula lanzando puntillazos y juramentos que asombraron, más que espantar, a los infantes. Apenas criaban barbas como pelusas de ángel, pero tenían ya la frialdad de los soldados sin alma. Se fueron con su botín mujeril sin hacer caso de los aspavientos de Basilisco, ni de mi ridícula postura. Ridícula, y algo más. Explico a su excelencia que, en su espasmo de muerte, el caballo herido había vaciado el vientre sobre mí. Del siguiente modo: yo había resbalado por sus grupas, no había podido sino asirme a su cola, y bajo su cola había quedado, en posición inmejorable para recibir la evacuación final de su agonía. Todo lo que salió de su vientre espasmódico cayó sobre mi frente como una corona, con algunas pringas póstumas. Protesto a su excelencia, para que vea por los detalles que no invento, que el cuerpo de aquella sobra mortal era pastoso y tibio, con líquidos escasos y un hedor de vientre de muchacho, tolerable del todo. En particular si se compara con el tufo circundante que iba alzándose, acedo y viejo, como la historia misma, de las ruinas de Otay.

Basilisco se quitó la pañoleta que llevaba al cuello para limpiarme. Lo hizo con aplicación de topo, sin osar siquiera una mirada irónica, de modo tan servil y tan contrario al espíritu de los hechos que le dije:

—Ríete, infiel. Tu seriedad es una ofensa.

Empezó entonces a reírse, discretamente primero, retorcido en el suelo después, por las carcajadas que le producía mi pelo, relamido de bosta. Me ofendió entonces su jolgorio más de lo que me había incomodado su reticencia, de modo que le dije:

—Tus carcajadas también son una ofensa. ¿No eres capaz de un poco de equilibrio?

En la fuente del pueblo pude lavarme a gusto, salvo por la mirada de un tuerto que había buscado la sombra de sus muros. Decía de tanto en tanto, con ínfulas de Casandra: "No quedó nada. Y nada quedará".

Basilisco me abrió paso con su mula. Cruzamos el pueblo hasta la iglesia en busca de Pastor Lozano, cosa inútil si alguna, o tardía. Nada había pensado cuando tomé el caballo de mi carreta rumbo a la desgracia de Otay, sino encontrar a Pastor y pedirle, a nombre de la república, que evitara con su mano de hierro lo que su mano de hierro hacía con aquel pueblo. Llegué tarde, el mal estaba hecho, las cartas jugadas. Aun así quise encontrar a Pastor y recordarle las obligaciones de su mando.

En la mitad de iglesia que quedaba habían reunido a los presos de la jornada, los pocos presos que buscaba Pastor Lozano, los padrinos de la memoria. Tenían cautivos a tres hombres y a dos mujeres. Estaban sentados en unos sillones de brazos altos y respaldos consistoriales, las manos atadas a los brazos y las piernas a las patas de los muebles. El preso más grande era un gigante prieto, de cabeza descomunal y cejas abultadas. Reconocí en él, con violenta sorpresa, al marido errante de María Solís, aquel Pujh mencionado en mis primeras cartas, inconsolable por no haber sido asesinado en el saqueo de su pueblo. Me vio con un fulgor oscuro, el relámpago de un entendimiento.

Las mujeres presas eran dos ancianas sin dientes, gemelas en el pelo blanco y en la mirada turbia. Una de ellas se sorbía los labios con persistencia de rumiante, diciendo rezos de un credo incógnito. La otra miraba a su alrededor con paz angelical, como quien ha perdido la memoria y es una sola trama con las cosas del mundo. Los dos hombres restantes eran viejos también, rugosos, hasta milenarios, como las tierras secas de Malpaso. Frente a ellos caminaba impaciente y colérico Pastor Lozano, tolerando apenas el interrogatorio que ejercía con los presos el fraile Mendizábal. El fraile oía la digresión de una de las mujeres sobre el camino de los animales en el monte y el camino de su pueblo.

—Que no se pierda, fraile. Que no devanee —ordenó Pastor Lozano—. Quiero saber dónde está el Tata Huitzi, nada más. Y dónde reza María Solís.

Miré la escena un momento antes de que Basilisco irrumpiera para anunciar mi presencia, impostándose otra vez, estúpidamente, como mi pregonero.

—¿Quién les pidió venir? —gruñó Pastor—. No se les ha requerido.

Debí tener facha de espectro o espantajo porque, cuando Pastor me vio bien por segunda vez, dejó su paseíllo frente a los prisioneros y vino hacia mí.

—¿Ha llorado, mi amigo? —me dijo, escrutando mis ojos—. ¿O es la tierra arenisca de Malpaso que se le ha metido al fin bajo los ojos?

Es verdad que hay en el aire de Malpaso esa arenilla inclemente y que, en todos los ojos, incluso de los niños, o empezando con ellos, hay una irritación de estrías alcohólicas o derrames de miopes desvelados. En casi todos los rostros de Malpaso hay arterias rojas, conjuntivas irritadas, párpados gruesos por distintos eczemas de sus comisuras, lo cual da al brillo ardoroso de las miradas una luminosidad turbia, el saldo indeciso de un pleito entre la luz y las sombras. Los ojos de los hijos de Malpaso son, en efecto, lúcidos y turbios, los ojos de un mundo a la espera, a punto de morir o nacer entre los restos de su alumbramiento.

—Es la tierra arenisca —respondí.

Entendiendo que mentía, Pastor rio. Dijo, mintiendo también:

—Los estragos en tus ojos, aliado, prueban que empiezas a ser hijo genuino de estas tierras: padeces ya nuestros padecimientos, los males de todos.

En eso estábamos cuando entró sin anunciarse, seguido por las ropas en el aire de su prisa, el moruno general que llamaban Laborante, mariscal de los mares y los desiertos de Malpaso. Pastor leyó en su rostro, como un rayo, la noticia que traía. Era esta:

—Se escapó.

Laborante no dijo el nombre del escapado, ni Pastor lo preguntó, pero yo supe por la reacción de Pastor y por la seriedad de palo del moruno general, que hablaban del papá de mis virgilias.

Pastor dio unos saltos rabiosos al oír la noticia, unos saltos de pájaro, sobre sus propias plantas. Se desbordó luego en maldiciones, que se tornaron aullidos y prisa de sus manos para aferrar la espada y la daga que llevaba en la cintura. Daga y espada en ristre, Pastor saltó como una ráfaga sobre el sillón de uno de los ancianos prisioneros, al cual clavó contra el respaldo con la espada, como quien clava una aleteante mariposa. Le metió luego la daga en el pecho, luego la espada en el vientre, luego la daga en el cuello y la espada después, como un arpón, por el hueco de la clavícula hacia abajo. El fraile Mendizábal recobró a nuestro aliado de su furor homicida, húmedo de la sangre vieja de su víctima. El moruno general Laborante se acercó a su perfil y completó la mala nueva. Luego de escucharlo, Pastor saltó hacia mí:

—¡Tus mujeres, aliado! ¡Ellas se lo llevaron del Altozano!

Se zafó del brazo del fraile Mendizábal y vino hacia mí apuntándome al ojo con su puñal sangrante. Entendí por la llama de sus ojos que sabía de mis virgilias todo lo que yo le había ocultado:

—¿Qué les dijiste, chupamirto? ¿Qué sacaron de ti?

—Nada sacaron de mí —respondí a pie firme, resignado a los hechos descubiertos, mucho mayores que los simples hechos.

—¡Brujas! —gritó Pastor—. ¡Brujas cazaidiotas, domapitos, tuercegüevos! Eso es lo que son. ¡Y tú, su peón de brega!

—Tus sobrinas sólo han sido de ayuda para mi causa, que es la nuestra —respondí sin inmutarme.

—Nada sabes, nada entiendes, aliado. Dime, ¿dónde están tus auxiliadoras? En estos tiempos del predicamento de tu causa, ¿dónde están?

—Se fueron, señor.

—¡Se fueron cuando supieron lo que querían saber, aliado! —gritó Pastor—. ¡Y lo supieron de ti! ¿Qué les dijiste?

—Nada pude decirles, señor, pues nada sé.

—Algo hay de verdad en eso —dijo Pastor, pasando, como un loco, de la furia homicida a la perplejidad lunática—. ¿Qué pudiste decirles, en efecto, si nada sabías? No eres tú quien guarda o revela los secretos. ¡Pero ellas sí, las brujas! —volvió a su furia—. ¡Ellas hurgan, huelen, adivinan, ensalman, dividen, hipnotizan! ¡Genias abusadillas, hipócritas! ¡Y pensar que un día me soñé en sus regazos y quise sorber sus alientos, y convoqué a la luna a curar mis desvelos! ¿Dónde están, aliado, dónde han ido? Es importante saberlo porque donde quiera que estén estará el hoyo de la fortuna. Hay más que temer de sus pócimas y sus ingenios que de los ejércitos de Anselmo. Búscalas, aliado. No repares en medios ni dudes en pedir ayuda a mis ejércitos para esa búsqueda. Pide lo que quieras para buscarlas. Y cuando las encuentres, tráelas a mi presencia. Te mostraré lo que son. Por lo pronto, dispónganse nuestros ejércitos a matar y a morir, pues Anselmo traerá muerte a nuestras filas.

—¡Tanto como a las suyas, señor! —dijo el moruno general Laborante, sacando de la funda servil su cimitarra.

—Tanto como eso —dijo Pastor, sin convicción.

Salió del recinto como alma que lleva el diablo. En la puerta recordó algo y se volvió hacia el fraile Mendizábal:

—Los padrinos de la memoria son tu guerra, fraile. Ya tienes tus primeros prisioneros. Exprímelos hasta que tengas a los últimos.

Volví a mi carromato en un caballo nuevo y con dos mulas más, que Basilisco pidió a la intendencia, junto con víveres y alcoholes, aprovechando la oferta de Pastor para mi cacería de las virgilias.

Es así como he quedado otra vez en posición torcida, con la orden de cazar para otro lo que quiero cazar para mí. Y he comprobado lo que suponía, a saber, que sin querer di a mis virgilias la clave que sin querer me dio Pastor a mí, sobre dónde encontrar a su padre, hecho que al parecer, como dice Pastor, entorpecerá grandemente nuestra causa en la provincia. Se ha hecho efectiva así lo que juzgo mi traición a la causa de la república en las tierras de Pastor Lozano. El sabor de la traición, aun si es involuntaria, me sala el alma. Aunque la causa de la república de Pastor Lozano, como vengo diciendo a su excelencia, es y no es la nuestra. O lo es de un modo tan terrible que los fieles de la causa no podemos sino repudiarla. Desconozco nuestro rostro en el espejo de fuego y sangre que nos ofrece Pastor,

un espejo tan cercano a nuestros sueños como una pesadilla.

> Suyo soy, invariable, lo mismo en el sueño
> que en las pesadillas de la república
> *rúbrica*

Carta 11

Excelencia:

Volvimos a nuestro carromato cuando caía la noche en la planicie de Malpaso. Una fogata como una luciérnaga guió nuestras miradas, vidriosas del polvo y de la guerra. Tenía los huesos molidos por las cosas vistas, más que por el camino andado. Fue un alivio encontrar junto a la fogata la silueta del cronista de Malpaso. Entendió por mi aspecto lo que pasaba, y me dijo con su voz cantarina:

—La vida empieza también donde termina, buhonero. No recuerdes de más.

Me extendió un pocillo de té que emitía un vapor resinoso y picante.

—Láudano, buhonero —me dijo Calabobos—. El opio da lo que la realidad quita. Es la realidad con brillo y sin dolor.

Había en sus ojos el brillo que pregonaba, una paz ardiente recubierta de calma. La lucidez sin relámpagos, el saber sin arrogancia. Sorbí su resina tóxica, que no me hizo al principio sino el efecto de una tisana casera, suficiente para matar el frío del camino. Entre sorbo y sorbo le dije a Calabobos de la fuga de Anselmo Yecapixtle. Calabobos prendió una cachimba de hueso. Echó unas fumarolas blancas, dulzonas, con olor a maple.

—La libertad de Anselmo será una calamidad para su pueblo —sentenció.

—¿Cómo es eso? —pregunté, entre dos sorbos de la tisana.

—Anselmo es una esperanza, pero será una calamidad —dijo Calabobos—. Le dará a su pueblo la ilusión del triunfo, pero sólo hará más larga y más cruenta la guerra.

—Más pareja también —dije yo.

—Por un tiempo —admitió Calabobos—. Pero al final, más sangrienta. Mira, buhonero: los huitzis y su mundo son como fantasmas. Fantasmas de carne y hueso, porque matan y mueren, pero fantasmas al fin. Son emisarios de otro mundo. Te consta que nuestros soldados los llaman *huitzis* por alusión a Tata Huitzi, su profeta; y *yecapixtles* por Anselmo Yecapixtle, su guerrero. Los llaman así con desdén, hasta con odio. Mejor dicho: antes de la guerra, con desdén; empezada la guerra, con odio. "Cayeron doce *huitzis*", dicen, como quien cuenta ratones en la ratonera. El hecho es que los huitzis están dispuestos a morir en nombre de su causa, en realidad, en nombre de sus capitanes, como los cristianos primeros en nombre de Cristo. El hecho es que los huitzis morirán. En cierto modo han muerto ya, porque la promesa de Tata Huitzi para su pueblo pertenece al pasado, ya está muerta. Tata Huitzi no es el pastor de la vida, sino el guardián del cementerio. La furia guerrera de Anselmo, por su parte, no es sino un relámpago de sangre y alcohol. Anselmo no es el guerrero que funda, sino el que busca matar y morir. Su furia traerá una guerra a fondo a esta comarca, y la guerra a fondo le permitirá a Pastor cumplir con sus ejércitos la promesa sacrificial de Tata Huitzi sobre la grandeza de su pueblo, es decir, matarlos a todos.

—Nada de eso justifica lo que vi —dije.

No era un reproche, ni una queja, sino el principio de la visión que subía desde el fondo de mi estómago con el calor de la tisana de Calabobos. Aquella visión sumaba todas las cosas del día sin faltar detalle, como si las hubiera observado la mirada divina, salvo que Dios no es la hipótesis de mi vida. La mirada que crecía en mí era un espejo claro, a la vez ordenado y vehemente. Mi cabeza acusaba los primeros efectos del láudano, tal como me los había explicado Calabobos. La destrucción de Otay se ordenaba en mi interior con una armazón delicada, transparente y férrea a la vez, potente como el ideal de la destrucción pura, encarnada paso a paso en la destrucción de Otay. El dolor se iba de mis músculos y de mis huesos, también de mi alma; crecía en su lugar una euforia extraña, fúnebre y sin embargo majestuosa, por la contemplación perfecta de las ruinas. Las ruinas eran siniestras, pero la visión era divina: un infierno celestial, armónico en su crepitar funesto, en la perfección de su mal. Dejé a Calabobos junto a la hoguera. Me eché a caminar rumbo al desierto, lleno de mi visión, poseído por ella. El desierto fue por esos momentos una tierra justa, rigurosamente fiel a sus premisas. Frío en la noche, brasas en el día, y el océano de vida precaria, que repite el infinito a ras de tierra. Subí una loma de arena como el seno de una giganta, bajé luego a una hondonada que llevaba a un hoyanco en remolino, como un ombligo. En el fondo de ese ombligo me senté a peinar mi visión del día como quien peina la pelambre de un animal temido. Oí el andar de las lagartijas entre las plantas rastreras y el paso imperial del viento. Luego oí pisadas que supuse de animales mayores, por lo cual aferré el revólver. Hubo unas risas confidentes, que no podían ser sino del animal que ríe, no la hiena sino el hombre, y no el hombre sino la mujer, pues las risas en gorgoritos que oía sólo podían ser de una mujer. Y no de una, sino de varias, dado que eran como una conversación. Agucé el oído y espabilé el orgullo, ya que aquellas risas tenían el inconfundible aire de estarse haciendo a mis costillas, bien por la condición de pena en que me hallaba, bien por mi persona misma, pues, como consta a su excelencia, no pasaba entonces por mis mejores días. Guardé posición de samurai, alerta e inmóvil dentro del ombligo de arena, vigilante de sus bordes. Vi pasar en el fondo de la noche sin luna, contra el cielo estrellado, una sombra fugitiva. Pasó luego el brillo de lo que juzgué una cabellera. Empecé a oír entonces el palpitar de un tamborín intencionado, anticipo de sones y cantos. Los cantos empezaron, en efecto, como un murmullo, después como un canto leve con una cancioncilla de cuna que decía:

Iba por el mar y un viento
me trajo tu pensamiento.
Nada cantaban las olas
sino nuestro amor a solas.

—¿Dónde están? —grité, al reconocer sus voces.
Desde lo alto del borde dijo Cahuantzi:
—No estamos aquí, ni estamos allá.
—Estamos en ti —completó Bernarda.
Eran, en efecto, mis virgilias, en sus harapos genuinos, con sus manchas de tierra en la cara y en los brazos, y sus falsas flacuras asomando entre sus andrajos. Comprobé entonces ser verdad el dicho de Calabobos sobre que la tintura del opio alza los brillos de la realidad, porque pude ver a través de las miserias de aquellas amigas el verdadero brillo de sus presencias, la promesa de su compañía. Bajaron del borde saltando como cachorras y se pusieron a revisar mi triste persona, por ver si no faltaba en ella nada de lo que habían dejado. Una espulgó mi cabeza, otra mi cara, las dos por turnos mi pecho y mi abdomen, mis axilas, mis brazos, las piernas, las rodillas y todo lo otro, hasta los dedos gordos y las uñas lija del pie. Nada echaron de menos respecto de lo que habían dejado, pues nada faltaba, salvo ellas, que habían vuelto.
Siguió, señor, el lujo de nuestro encuentro desértico, las molestias amorosas de la arena, que son grandes, pese al prestigio de que goza la idea del amor al aire libre sobre las arenas. En los entretiempos se dieron maña para cantar estos otros versos simples, malos de tan cortos y tan simples, pero bellos para mis oídos, y oportunos, o bellos por oportunos:

No te veré
no te tendré:
Te soñaré
te inventaré.

Toda la noche fui inventado por sus cuidados. Velé entre ellos con lucidez de opio, más despierto y dispuesto que nunca a sus delirios, con una fidelidad a sus extravagancias que sólo puedo comparar con la que profeso aún a las de la república. Durmieron como crías de pelícano en mi buche, o así las sentí, hasta el primer aviso del alba, que fue el canto de un gallo viudo. Una especie de sombra cubrió después nuestro refugio. El aire que soplaba perdió fuerza, el cielo cuajado de estrellas perdió brillo.

—Ya vienen por nosotras —dijo Bernarda—. Y no te hemos dicho lo que debemos decirte.

—¿Quién viene? —pregunté yo.

—Viene nuestra tía protectora —dijo Bernarda.

—Nuestra tía voladora —dijo Cahuantzi.

Me mostró el cielo opaco con su dedo de ardilla. Vi en el cielo la efigie transparente de una giganta, prendida de las constelaciones. Echaba su manto sobre nosotros como una risueña hilandera. Seguí los pliegues de sus ropas y su torso infinito; al final de aquellos cendales ciclópeos vi su rostro, los ojos primero, luego la boca, luego la sonrisa de matrona, que es como decir, en este argumento, de virgen materna. Era María Solís que me miraba también, cantando en silencio, como para hacerme recordar quién era.

—Capturaron a Pujh —solté, sin pensar.

—Pero lo soltarán si tú lo ayudas —dijo Bernarda.

—Te llamarán de testigo —anticipó Cahuantzi.

—Y atestiguarás —dijo Bernarda.

—Dirás mentiras para nosotras —ordenó Cahuantzi.

—Mentiras para ayudar a la verdad —precisó Bernarda.

—Para que suelten a Pujh —dijo Cahuantzi.

—Para que triunfe la verdad —dijo Bernarda.

María Solís dio dos tirones de su manto de bruma urgiéndolas a la huida.

—Para eso hemos venido —siguió Bernarda.

—Y para verte, mandilón —se rio Cahuantzi, rizándome el orgullo con un dedo que metió en mi pelo—. Vendremos a visitarte a cada rato.

—Pero tienes prohibidas a las soldaderas —advirtió Bernarda.

—Y a las carroñeras —dijo Cahuantzi.

—Y a las vivaqueras, y a las vivanderas y a las mujerucas todas, de toda clase y condición —ordenó Bernarda.

—No te olvides de nosotras, nopalón —porfió Cahuantzi, bajando con su dedo hasta mis labios—. Que nosotras vivimos de tu recuerdo.

Me llenaron de arrumacos perentorios, un tanto falsos dada su prisa, y subieron al borde del ombligo de arena. Entraba el día en el horizonte. Las vi recortarse frente a esa luz ambigua con la luz inherente de sus cuerpos bajo los andrajos. Vino un aire con polvo que las quitó de mi vista un momento, como si las emborronara. Cuando el aire pasó ya no estaban. Salí a buscarlas, pero no volví a verlas. Regresé al campamento solo otra vez, pero sin el estrago de la soledad, a resultas de lo cual entendí que la soledad es un temblor en el fondillo del alma, vale decir: en el culo mismo de ella. Porque no había cosa más sola en el mundo esa mañana que mi vuelta por el desierto al campamento, pero no estaba solo, sino lleno de mí, dispuesto a los azares que esperan adelante, cualquiera que sea su dificultad, su tamaño o su riesgo.

> Suyo soy, otra vez dueño de mí mismo,
> doblemente suyo, por lo mismo
> *rúbrica*

Carta 12

Excelencia:

Con una disculpa por las líneas altivas con que puse fin a mi último despacho, le refiero que cuando llegué al carromato vino hacia mí Basilisco Pereyra, vuelto una bola jadeante. Estaba angustiado por mi paradero pero feliz, dijo, por mi reaparición. Dio vueltas en torno mío haciendo fiestas de perro, salmodiando gracias a un dios en el que no cree y a un cielo en el que, si existiera, no lo dejarían entrar.

—¿Qué sabes de los padrinos prisioneros de Otay? —le pregunté, cuando terminó sus festejos.

—Los interrogan, señor. Los exprimen como limones, les hacen saltar la pulpa como aguacates.

—No hagas metáforas, le van mal a tu lengua. ¿Dónde los interrogan?

—Los llevan en recua de prisioneros desde Otay —dijo Basilisco—. Van siguiendo el paso del ejército, rumbo a la Costra de Altar. El ejército acampará en el Aguaje de los Espinos, a ocho leguas de aquí.

—¿Qué distancia nos llevan?

—Dos leguas —dijo Basilisco.

—¿Podremos alcanzarlos al atardecer, si espoleamos la carreta?

—Antes del atardecer también, si son tus órdenes —dijo Basilisco.

—Los servidores de la república no damos órdenes. Convenimos acciones.

—Lo que tú digas, señor.

—No es lo que yo diga, es lo que es.

—Lo que tú dices es y será, señor.

Dispuse que nos pusiéramos en marcha de inmediato, lo cual tardó bastante. Yo tomé las riendas de la carreta para ir al paso presto que quería. Calabobos se sentó a mi lado, buscando mi charla. Hice la alabanza de la tintura de opio que me había dado, de su potencia simétrica, memoriosa y visionaria. Alabé también el día sin huella que la tintura nos había dejado, el día en el que estábamos ahora, él con la mirada limpia como si el láudano se la hubiera pulido, yo con el ánimo fresco de un recién bañado. Quiso saber los detalles de mi jornada en Otay, que Basilisco le había referido en lo general.

—Háblame de tus cosas, mejor —le dije—. Las que yo tengo en la boca vale más callarlas por un tiempo.

Sacó la armónica y tocó una marchilla vaquera que alegró a los pencos de la carreta.

Dijo un rato después:

—Vamos muy rápido para ir a donde no quieres ir.

—Vamos a un lugar a donde quiero ir —contesté—. Háblame de tus cosas. ¿Qué buscas tú realmente en esta guerra?

—Busco animales, plantas y piedras —dijo Calabobos—. Debo hacer la primera relación natural de Malpaso.

—¿Qué clase de animales? —pregunté.

—Todos los que encuentre —dijo Calabobos— y los que rondan por mi cabeza. Tengo mi propia teoría de los animales fantásticos, los animales que han sido descritos con precisión sin que nadie los haya visto nunca.

—¿Cuál es tu teoría?

—Mi teoría es que esos animales fueron echados del arca porque eran intolerables para el padre Noé.

—¿Por qué intolerables?

—Por su infinita superioridad sobre el hombre. O sobre la imaginación de Noé. El padre Noé echó del arca al mono que hablaba como hombre sin serlo, y es el eslabón perdido; a las mujercillas que volaban con alas de mariposa, y que recordamos como hadas; a los árboles con brazos o cabeza de hombre, de los que son trasunto las plantas carnívoras que cazan con sus hojas mandibulares en ciertos parajes de la Amazonia. Echó del arca al centauro, que le pareció abominable por su mezcla divina de hombre y caballo, lo mismo que al minotauro melancólico, perdido en su laberinto, mezcla de varón y toro, y a la sirena que ablanda con sus cantos, suma de pez y buscona de puerto, con las tetas al aire, así como a la gorgona, hembra furiosa con pelo de serpientes, cuya mirada de amor petrifica. Echó al Gu de la Mongolia que tenía cuerpo de dragón y rostro de hombre, porque presagiaba guerras, y al hombre lobo, que se eriza con la luna, por las mismas razones que al vampiro humano, que sorbe la sangre de jóvenes menstruales, y a las varias formas de horus que mezclan hombre y halcón, y a los hombres cigüeña de la China amurallada, llamados *huan t'ousy,* y a los íncubos con pechos de hembra y cuerpo de dragón, y a las arpías con rostro humano y garras de águila, y sobre todo a las esfinges, que tienen cabeza de hembra y cuerpo de león, y multiplican los enigmas. Echó todo eso del arca porque era híbrido de humano, y lo arrumbó en el campo de nuestra memoria milenaria que confundimos hoy en día con nuestra imaginación y no es en realidad sino nuestro recuerdo.

Siguió su discurso hablando de otras mezclas que Noé juzgó abominaciones del reino natural, como el dragón, que es mezcla de serpiente, lobo y ave, y el grifo, que mezcla león y ave, y el unicornio, que reúne al caballo enano y al cabrito anhelante, gustoso de las vírgenes. Hizo luego el discurso de las plantas que nublan el entendimiento o lo mejoran, como el opio en primer lugar, y los hongos, que ayudan a visitar el lugar donde hablan los espíritus; el toloache que embauca a los amantes, la mandrágora que los aturde; la canabis que lleva a la paz por los rizos de su humo y la belladona que sangra cuando la tronchan. Hizo también el discurso de las piedras, el imán que tiene puesta la nariz en dios o en los dioses, el jade que acompaña a los muertos en sus tumbas, la piedra de amolar donde se limpian los cuchillos del recuerdo de la sangre, y todas las piedras estrambóticas que es posible hallar fuera de las normales.

Estas y otras cosas me contó Calabobos por el camino, pero nada maravillaba mi atención.

Era el principio de la tarde y estábamos todavía, según el mapa de Calabobos, a media jornada del Aguaje de los Espinos donde iba a acampar el ejército de Pastor Lozano. No habíamos avanzado lo que dijo Basilisco. Paré el carromato y me dispuse a montar uno de los caballos que habíamos obtenido en Otay y venían trotando atrás de la carreta. Tomé el que estaba más fresco para darle alcance a la recua de prisioneros del fraile Mendizábal. En eso estaba cuando unos puntos polvorientos en la planicie fueron acercándose hasta materializarse ante nosotros. Eran dos enviados del propio fraile pidiendo mi inmediata comparecencia. Monté en el caballo que ya preparaba y partí a galope con ellos, sin darle tiempo a Basilisco de preparar su mula, pues había empezado a seguirme a donde fuera, fiel a la adicción de su servidumbre.

Llegamos al Aguaje de los Espinos al atardecer y fuimos directamente a la tienda reservada que el fraile había dispuesto para sus prisioneros.

—Dice este hombre que presta servicios reservados a la república —preguntó, acusando, el fraile Mendizábal ante el enorme cuerpo, sangrante y martirizado de Pujh—. Dice que usted, nuestro aliado, puede confirmarlo. Ha sido llevado a todos los instrumentos de la verdad, y en todos ha dicho que sirve a nuestra causa haciéndose pasar por servidor de la otra.

Pujh estaba tirado como un fardo en la esquina de la

tienda. Tenía fuera de las ropas, recostado sobre el muslo, el inmenso miembro negro que había ganado el amor de María Solís cuando era niña. No había nada amenazante en aquella pieza del orden natural, era como un cetáceo niño, un manatí miniatura.

—Me ha dicho que debe decirte una palabra y tú lo reconocerás —dijo el fraile Mendizábal.

Me acerqué al despojo de Pujh, a su cuerpo macilento y sus labios rotos, hinchados como un tumor. Me dijo inaudiblemente, con un hilo asmático de voz:

—Llévame a María Solís. Quiero morir en sus faldas.

Asentí a su dicho. Al levantarme de sus despojos dije al fraile Mendizábal:

—Ha dicho la palabra correcta. Es nuestro aliado.

—¿Puede conocerse esa palabra? —avanzó el fraile, inquisitivo.

—Puede, quien debe —respondí.

—Me pregunto, aliado, cómo no lo reconoció usted a él, ni él a usted, el día en que se encontraron, cuando fue hecho prisionero —siguió el fraile, ladino y descreído.

—Nada sabía yo de él, sino la palabra secreta que ha pronunciado —dije, confidencial y categórico.

—¿Y él de usted, aliado, sabía algo?

—Que soy fiel servidor de la república.

—Huelo que lo libera usted para apropiárselo —dijo el fraile, punzante—. Actúa usted, si bien sospecho, como el confesor que absuelve sin exigencia para ganarse al pecador y seguir conociendo sus pecados.

—Lo libero en servicio de la causa a la que sirve, que es la nuestra —declaré.

—Mucho tiene usted aún que aprender de nuestra causa —dijo el fraile.

Basilisco llegó oportuno en su retraso, como empezaba a hacerse su costumbre. Se puso a mis órdenes con bienvenida impertinencia, rompiendo el diálogo impropicio con el fraile. Pedí un médico y auxilios para lo que quedaba de Pujh, y encargué a Basilisco su cuidado, lo mismo que la búsqueda de una carreta ligera donde llevarlo a nuestra retaguardia para entregarlo a la atención de Calabobos.

—Quiero verlo en mi tienda esta noche, aliado, antes de que piense siquiera en partir —ordenó, fulminante, el fraile Mendizábal.

—Estaré con usted antes de que pueda pensarlo —respondí, sugiriendo una lentitud de su cabeza que desgraciadamente no existía.

Estuve con Pujh y con el escéptico médico de guerra que lo atendió, el cual encontró a Pujh sin cosa que amputar, arreglable con ungüentos analgésicos y tiempo para que los tejidos se curaran solos. Aquel doctor infausto estaba tan hecho a la muerte que le parecían normales los moribundos y sanos aquellos en los que no había nada que amputar.

—¿Te habló María Solís? —me dijo Pujh, indiferente a sus dolores—. ¿Recibiste nuestro mensaje?

No respondí. Su mensaje lo había recibido y obedecido con pulcritud, diría yo, al punto de haber mentido a los partidarios de nuestra causa para salvarle la vida. Había actuado en todo según me instruyeron mis virgilias. Pujh me sorprendió mostrándome que lo sabía.

Le dije a Basilisco que se mantuviera en su costado y me fui a la tienda del fraile Mendizábal para recibir su doctrina. Cuando llegué a su pabellón, el fraile estaba hincado, fingiendo que rezaba, diciendo en voz alta y altanera:

—Ilumíname señor. Dime por dónde.

Pensé que decía eso para mi consumo, pues bastante ruido había hecho yo al llegar como para que sintiera mi presencia, aunque quizá ése fuera el tono bélico y alzado en que había aprendido a pedirle a su dios, el dios al que servía con su molino de confesiones sangrientas.

Pisé fuerte para hacerlo voltear. Volteó sin sobresalto, actuando para mí una serenidad humilde de eremita.

—Es tan importante rezarle a Dios como que nos vean rezándole —dijo. Creí ver un destello risueño en su mirada de hielo—. Y hasta es más importante que nos vean. Que nos vean rezar trae a Dios a la tierra por nuestro conducto, por el conducto de la convicción o el fervor de nuestro rezo. Usted entiende esto, buhonero, porque también es un político, lo mismo que yo, dicho sea sin agravio. El Dios en que creo es el más grande político imaginable, el más grande emperador que el mundo ha visto. A él lo sirvo, a nadie más. Y ésa es mi ventaja sobre el resto de los sirvientes del mundo: tengo un amo que no tiene competidores en mi corazón. ¿Entiende lo que digo?

Lo entendí por privación. Quiero decir: mientras el fraile hablaba entendí que yo había empezado a carecer de amo, es decir, a dudar del verdugo interno que es el ideal por el que se está dispuesto a todo, el ideal que me ha traído aquí. Tengo las aguas mezcladas en mi corazón, inferior en esto al del fraile, y al de mis virgilias, que tampoco albergan dudas por su causa. Tuve envidia del fraile y de mis amigas, amigos y enemigos de una pieza.

Escuché perorar al fraile cosa de una hora, contra los duendes malignos y las hadas elementales de la provincia. Luego contra la sabiduría de los huitzis en las cosas invisibles. Luego contra el poder de las glándulas.

—La carne no es débil, buhonero, en realidad es invencible, lo mismo que la superchería. No hemos nacido angélicos sino diabólicos, y nadie quiere la luz perpetua que ofrece nuestro credo. Prefieren las constantes treguas de luz que ofrece la religiosidad bastarda de esta tierra.

Siguió delirando, con elocuencia digna de otro credo. Tuvo un temblor orgasmal en sus últimas palabras sobre los hutzis y sus supercherías:

—Son carroña sin carne, almas sin espíritu. ¡Quítalas, Dios, de tu reino por mi mano!

En mi opinión el fraile actuaba, de modo que fui muy

cauto en mi retirada. Aproveché su exaltación divina para que no pudiera objetar mi partida sin perder cara preguntándome simplezas, por ejemplo, a dónde iba. Basilisco y Pujh me esperaban ya en la carreta ligera. Uncí mi caballo a los que tiraban de ella, y partimos de regreso, a paso de tortuga.

Suyo soy, señor, incluso si es a paso de tortuga
rúbrica

Carta 13

Excelencia:

Cuando llegamos al campamento, puse a Pujh en manos de Calabobos, y esperé. Sabía que la tintura del cronista habría de rescatar a Pujh, si no de la muerte, al menos del dolor, y le pedí que lo llenara con su láudano para dejar que el cuerpo monumental de Pujh y su cabeza de gigante hicieran lo demás, reparando su vida si tenía reparación, o dejándolo ir sin dolor hacia su muerte, lo cual no es tan gran cosa en estas tierras pues la muerte se reputa aquí, con simpleza fundadora, como el mero principio de la vida. Mis amigas reaparecieron la primera noche en que puse a Pujh en manos de Calabobos, es decir, al día siguiente de nuestro viaje de regreso al campamento desde el Aguaje de los Espinos.

Había ido esa noche a una hondonada grietosa, al pie del lomo de una duna, no lejos de la carreta donde apenas respiraba Pujh. Había tomado una ración del láudano de Calabobos, y un sorbo o dos del sotol de mis virgilias. Apenas quedó fija la luna menguante como una cimitarra en el cielo, vi las sombras de las gigantas correr como una arruga por la bóveda desplazando al correr un siseo de enaguas y una risa de madres furtivas que muestran a sus amigas, incrédulas de su obra, el sueño de ángeles birolos de sus hijos. La arruga que las gigantas corrieron sobre el cielo hizo más tenue y nimbada la luz, y más claras las risas traviesas que una cabeza aprensiva habría juzgado burlonas. Era, en efecto, la burla prometedora de mis virgilias bajando ya por el borde del vertedero donde estaba, y atrás de ellas su tía de las ánimas, María Solís. Mis virgilias danzaron alegremente frente a mí, y le abrieron paso luego a María que me tomó por las sienes y dijo unos largos, rítmicos y amistosos ensalmos en su lengua. Luego cambió a la nuestra y así dijo:

—Me has traído a Pujh, y has ganado con eso mi cabeza y mi corazón. Dime cómo puedo pagarte.

—Tiende tu manto siempre que puedas por la noche, y tráeme a mis amigas —le respondí.

—Adulador —dijo Cahuantzi.

—Cuentacuentos —siguió Bernarda.

Querían decir que no creían mi pedido, pero estaban halagadas por mi dicho, como las leonas por la mirada de su león displicente.

—Te las traeré siempre que pueda —dijo María Solís—. Llévame ahora donde Pujh.

Salimos del vertedero y trepamos la duna rumbo a la carreta. María Solís caminaba a mi lado. La arruga de su manto sobre el cielo iba corriéndose a nuestro paso, ocupando el terreno, poniendo todo lo que venía hacia nosotros dentro de la placenta traslúcida, un tanto opaca pero extraordinariamente nítida, de su manto poderoso.

Espanté con unos ademanes al obtuso Basilisco, que dormitaba su guardia nocturna en la rueda de la carreta de Pujh. Se fue corriendo horrorizado, como si hubiera visto una visión, pero no gritó ni aulló porque mi mano imperativa le ordenó contenerse. Subimos a la carreta; el paso de María Solís la engulló en su onda fantasmal. Pujh despertó a la niebla del embrujo con brío de joven, como aliviado en su desfallecimiento por aquella atmósfera tenue y protectora. Se incorporó sobre su torso inmenso, llagado por los tratos del fraile Mendizábal. Tenía las cejas cortadas y los pómulos rotos, pero los ojos radiantes de niño, todavía intocado por el mundo. Fui testigo involuntario de su entrega a los brazos de María Solís que lo recibió como quien encuentra la parte que faltaba de sí misma. Luego de abrazarlo, María Solís se hincó frente a él, sentada sobre sus propios talones, y puso la cabeza de Pujh entre sus muslos. Abrió luego la bolsa de hierbas y ungüentos que llevaba atada a la cintura, la cantimplora de sotol, y se dispuso a ejercer sobre los despojos de su marido las altas curaciones de su tierra. Yo juzgué oportuno dejarlos solos, por prudencia ante la reunión de los amantes, pero por urgencia también de aprovechar mi propia soledad con mis amigas, en cuyos detalles no abundaré. Pasado lo que omito en mi relación, aunque sea imborrable en mi recuerdo, pregunté a mis amigas por su padre y la guerra:

—Los dejarán avanzar hasta los valles —informó Cahuantzi—. Pero ahí empezará la resistencia.

—Recibirán su merecido cuando estén lejos de su casa, en tierras que esperan fértiles y serán secas —dijo Bernarda—. Ésa fue la palabra de Anselmo.

—Cuando los ejércitos entren a los valles —me instruyó Cahuantzi—, deberás ponerte a salvo, cruzar a nuestro bando y dejar a Pastor.

—Es la palabra que te manda Anselmo —dijo Bernarda—. Que vengas a nuestra causa al llegar a los valles, y serás bienvenido.

Nada dije, pues no había palabras en mí, sólo el desconcierto de ver a mis amigas tan seguras de mi deserción, es decir, tan ignorantes de mi lealtad a la única causa que, pese a todo, puedo servir.

Salvo por esta arruga de la lealtad que se me quedó en el alma, todos estábamos felices al despedirnos. María Solís volvió a zarandearme las sienes con sus ensalmos en lengua ignota y prometió:

—Las traeré siempre que pueda, no siempre que pidas. Pero no te retraigas de pedir. El que no llora, no mama.

Volvieron al vertedero tras la duna. Cuando Cahuantzi volteaba para darme su sonrisa, un viento levantó un chal de arena sobre las tres mujeres y la luz oscura de la noche volvió por sus fueros aligerándolo todo.

Subí a la carreta a ver a Pujh, quien me dijo:

—Han prometido volver, aunque no lo merezcamos.

María Solís lo había lavado del cuerpo y del alma, pero no había arrancado de él aquel fuego incesante de la molestia de sí, el hambre monstruosa de la culpa, la autocrítica y la insatisfacción. Estaba diáfano, deshinchado de sus heridas, confortable en el sillón de espinas de su conciencia, transido, sin embargo, por la queja insuperable de saberse injusta y desmedidamente amado.

—De ellas soy, a ellas quiero regresar —me dijo.

Entendí que estaba bajo los efectos del sotol porque había aún en sus palabras ácidas una alegría febril, una felicidad triste y redonda.

Bajé de la carreta y caminé hacia la fogata donde estaba mi propio carromato. Encontré a Basilisco espiando la carreta de Pujh, a prudente distancia del sitio de las apariciones. Me dijo, espantado todavía:

—Te han de llevar las brujas si les das la mano, señor. Te han de llevar por la noche, y no iré contigo, no te seguiré.

—Más rápido iré por los aires sin tu peso.

—Por los aires del infierno, señor, por los infiernos de la noche.

—Te he pedido ya que no hagas metáforas. Duelen las orejas de oírte.

Calabobos estaba frente a la fogata, perdido en el fuego. A lo lejos había una música pobre, se oían risas de mujeres y algunos disparos de juerga.

—Bajaron unos soldados del frente y las carroñeras tienen fiesta —dijo Calabobos, con purgante furia.

Carroñeras llamaban a las mujeres que venían atrás de los ejércitos, recogiendo despojos y vendiendo sus cuerpos.

—Todo empeorará cuando entremos a los valles —le confié a Calabobos, infidente, lo que acababan de confiarme mis virgilias.

—Mejorará para mí —dijo él, con sulfúrica templanza.

Calabobos sobrelleva en estos días el amor sin límites que le ha entrado por una carroñera, una muchacha aérea y sin pudor llamada Rosina. Rosina está a la venta, como casi todas las muchachas de la retaguardia de los ejércitos. Algunas de esas mujeres tienen hombre en el frente. Todas han perdido, en el curso de esta y otras campañas, al menos uno de sus amores de guerra. Antes de que les acaben de crecer los pechos y de asentárseles los líquidos en el cuerpo, saben ya todo lo que deben saber de los hombres y quizá de ellas mismas. No tienen ilusión por nadie, pero toda su vida en sordina se concentra en la ilusión de hallar precisamente el amor que su oficio destruye cada día.

Rosina hace honor a su nombre, pues no es una rosa completa sino una rosa en camino de hacerse rosa, una rosa niña, perfecta en su imperfección de flor inacabada. La ronda la maldición de la rosa de marchitarse pronto, mejor dicho: de recordar en su plenitud que no durará demasiado. Nadie lo sabe o lo siente mejor que Rosina, quien prodiga su florecimiento entre todos los que pueden pagar por tenerla, para conservarla en su corazón. Sólo ahí ha de quedar lozana y fresca, en los altos momentos de su plenitud fugitiva. A dejar esos momentos en la memoria de otros se entrega sin parar, como si supiera que estos recuerdos serán lo único inmortal de toda ella. En el fulgor de eternidad de Rosina se ha extraviado Antonio Calabobos, o al menos eso me ha dicho en la carreta días atrás, harto de la rutina del desierto, urgido de hablar de algo que nos sustraiga de la vida parda y seca, intolerablemente desértica, del camino donde estamos.

Viendo a Calabobos deshacerse en atenciones con Rosina, que lo trata con desdén, siendo de edad que podría ser su hija, he entendido que, aparte de su misión científica en esta guerra, Calabobos tiene la misión amorosa de Rosina, tan imposible como la otra. Le ha hecho unos versos resignados, llenos de tentaciones de grandeza y sonoridad. Más de sonoridad que de grandeza. Con lo que quiero decir a su excelencia que las licencias verbales de Calabobos son al mismo tiempo su grandeza y su miseria, pues cuando las cosas de la lengua suenan son perfectas, y cuando no, son triviales, sin lugar intermedio de juicio, siendo ésta la dificultad del sonido de la lengua, y su grandeza. Esto escribió Calabobos:

Versos a una joven libertina
de un hombre encadenado por su edad

A todos les das curso en el discurso
del infiel corazón de tu mirada
y por saberte sin razón amada
amas sin alegato ni concurso

Todo tienes abierto, el alma incluso
o sobre todo el alma desalmada.
Y gana en tu saber de enamorada
tu corazón proteico e inconcluso

Libre te das, putísima, al decurso
de tu galante corazón, usada
por tu diverso gusto, saturada
de besos turbios de podrido curso

Y eres la concubina del recluso
que en mi cabeza sueña tu cortada
como quien sueña con la puerta amada
de su amor decadente y en desuso.

Refiero estas rimas cuchas a su señoría para que mejor se haga el cuadro de las pasiones que acompañan esta guerra y el modo como se disuelven aquí todos los días, a un mismo tiempo, las fronteras de nuestras ideas y las coordenadas de nuestro corazón.

Suyo soy, aun si me entretengo en rimas
rúbrica

Carta 14

Excelencia:

Han pasado casi veinte días desde mi último despacho. No han sido estos días sino repetición del primero: pueblos destruidos por la saña de nuestros cañones, tomados en sus ruinas por la saña de nuestros soldados. He vuelto a ver pilas de muertos y escombros ardiendo en hogueras paralelas: las de los muertos y las de los pueblos. Los borran del mapa para no tener que conquistarlos. Nosotros encontramos esos despojos por lo general al día siguiente o en la noche del día de la batalla: cenizas y rescoldos de cuerpos, cosas, casas.

El desierto no termina, se extiende ante nosotros ofreciendo a la vista el espectáculo único de la planicie leonada y sus penachos de humo. Según los mapas de Antonio Calabobos no hemos recorrido todavía ni un tercio de la extensión que cubrirá la campaña. Esa tercera parte de la travesía es ya en nuestra memoria un infierno completo de violencia y saqueo en cuyos detalles no abundaré para no enervar de más a su excelencia.

La única bendición de este desierto son sus noches. No sólo porque traen con ellas el fresco bienhechor, y aun el frío, que cura los abrasamientos del día; no sólo porque las estrellas se asoman al cielo como si se desbordaran por los patios de recreo del universo, recordándonos que hay algo más alto que nuestros afanes; no sólo por ello, y porque las horas de la noche son las propicias de mi recurrencia al sotol, y a la tintura del opio que escancia Calabobos; no sólo por todo esto, digo, sino porque las noches limpias y radiantes del desierto son propicias, al menos en mi imaginación, al regreso fantasmal de mis virgilias.

Digo con lealtad a su excelencia que todas las noches de esta travesía he buscado alguna zanja, ombligo o vertedero cercano al campamento, y he ido ahí a pasar la noche, es decir, a esperar que el manto de las gigantas caiga sobre la tierra suspendiendo los hechos rasos de nuestra vida, para hacer posible la aparición de mis amigas. Hay en esa espera la apetencia por los cuidados de mis virgilias, como sabrá entender su excelencia, pero también el interés de saber, por fuente directa, lo que pasa en el otro bando de nuestra infausta guerra, el bando de nuestros adversarios. No me atrevo a llamarlos enemigos, como es de uso común en nuestro bando. Acuso en ello las ambigüedades que atacan mi cabeza y mis emociones, y que he referido sin disfraces en mis despachos. En todo caso, para que no juzgue su excelencia las locuras de mi relato como mías, le mando en correo aparte el testimonio paralelo de Antonio Calabobos. Lo he copiado con rigor de escriba, a partir de sus primeras palabras: "Toda la gente es otra gente en la provincia de Malpaso. Todos aquí son al mismo tiempo su derecho y su revés, como en los otros pueblos de la tierra. Sólo que aquí está claro".

Durante todo el trayecto del desierto sólo una vez he visto a nuestro terrible aliado, Pastor Lozano. Fue después de la batalla décima, por así llamar al décimo pueblo destruido y saqueado por nuestras tropas. Pastor me mandó llamar para que asistiera a una reunión de sus generales. Se había instalado en la villa de Santa Rita la Talabartera, que nosotros llamamos Comuna de Juan Caldas, por el héroe de la independencia, y la gente de la tierra simplemente Tanguanato (lugar de perros).

Como en todo el territorio de la república, también aquí están en guerra los nombres viejos y los nuevos de los pueblos. Conservan casi todos su denominación antigua en la lengua de la tierra, pero tienen también la denominación impuesta por la cristiandad. Ahora han llegado a pelear en Malpaso los nombres que asigna la fiebre fundadora de la república, empeñada en perpetuar la memoria de nuestros próceres, todos ellos desconocidos de estas tierras, pese a la grandeza de sus gestas, casi todos también asaltantes del oído, pues se trata por lo general, de apellidos sin ángel, importunos y antieufónicos. Así, por ejemplo, una garita llamada Puch Teh en la lengua cortante y sonora de la tierra, se vuelve Santa Elena Virgen de Puch Teh en la sobreimposición cristiana de la conquista y Paso del Alférez Pérez en la jerga protoprócer de la república.

En la áspera villa de Santa Rita la Talabartera se había instalado, pues, Pastor Lozano. Acudí a su llamado, con Basilisco pujando en su mula a mi espalda y los jinetes que me llevaban galopando adelante. Llegamos al anochecer. Pastor tenía su cuartel en un claustro de muros altos, junto a un pabellón de oficiales heridos y una cuerda de enemigos presos, a los que el fraile Mendizábal había puesto en el atrio de la iglesia, para interrogarlos uno a uno, dentro del inmueble, en la sangrienta soledad del baptisterio.

Basilisco cruzó entre los heridos del combate y los despojos de Mendizábal para anunciarle a Pastor que habíamos llegado. Volvió contoneándose con su prestancia de pingüino.

—El Serenísimo está montando, no puede recibirte —me dijo, sin más curva.

Desde el arrasamiento, diez días antes, de la Comuna de San Juan el Tibio, antes Tikalguanato (lugar de lagartijas), ahora Tenencia de Madrazo, se había impuesto en los partes oficiales la denominación de Serenísimo para nuestro aliado.

—Es de noche —le dije—. ¿Quién monta a estas horas?

—El Serenísimo monta, señor —respondió Basilisco, con humildad venial, y añadió—: Monta rehenas.

—¿Qué animales son esos? —pregunté, a lo que Basilisco respondió con sorna diletante:

—Animales son que se montan de noche, señor, y aun a cualquier hora del día, pues normalmente son mujeres, a veces muchachas, en algunos casos niñas, en este caso las huitzis y las yecapixtles que han quedado en manos de nuestras tropas y las cuales, por ser hembras, admiten la voz de rehenas… El Serenísimo monta rehenas, señor, y no puede recibirte.

Asimilé la lección del sapo sabio sin hacer afrenta de su retintín, y me fui a recorrer la villa de Santa Rita, o lo que quedaba de ella. La caminé de punta a punta, viendo la cara de nuestro ejército en reposo, si reposo puede llamarse al barullo de antorchas y borrachos que atestaba las calles. Nuestros hombres se habían desparramado a lo ancho de la villa destruida, por cuyas calles se veía andar todavía, como almas en pena, a mujeres demenciadas con sus hijos a rastras, pidiendo clemencia y comida. Las fogatas de los vivacs duplicaban el espectáculo del fuego en la noche guerrera de Santa Rita, ardiente todavía de sus restos consumiéndose. En las afueras del pueblo crepitaba la pira de los enemigos muertos de la jornada. Venían por el aire los olores sápidos de la grasa quemada en el siniestro asadero, y los aullidos, normales en las piras de muertos que queman nuestras tropas. En las goteras de la villa había un ruedo rústico alumbrado de antorchas y una multitud gritando. Mandé investigar a Basilisco lo que ahí sucedía.

—Son las corridas de toros con que se entretiene la tropa —me dijo Basilisco al volver, torciéndose con risa malévola.

—¿De qué corridas hablas? No hay un buey en todo el desierto de Malpaso. Mucho menos un toro.

—Acércate a mirarlas por ti mismo —respondió Basilisco y me llevó a un claro de la cerca del ruedo.

No había toro, en efecto, ni buey, ni animal alguno. La corrida consistía en que de los toriles imaginarios de un corral contiguo al ruedo soltaban prisioneros con las manos atadas a la espalda. Los toreros venían hacia ellos con un verduguillo y los iban pinchando a su gusto, haciéndoles la faena. La diversión consistía en que los prisioneros, aun sabiendo que salían del toril a una muerte segura, no se resignaban a ello, sino que corrían de sus matadores y trataban de esquivarlos. Entre más ágiles y efectivos se mostraran en ello, más divertida era la corrida. Se cruzaban apuestas sobre cuánto duraría cada burel y de cuántas picaduras moriría. El miedo es ocurrente y hace correr mucho, de modo que la lidia de un prisionero podía durar mucho tiempo.

Hice movimiento de saltar la cerca y desbandar aquella infamia, pero cuando iba sobre la cerca sentí las garras de Basilisco deteniéndome. Me zafé de sus garras y no supe más de mí. Desperté en una tienda de campaña junto al cuartel general de Pastor Lozano con un chichón como una guayaba en la frente. Basilisco me había dado con su cachiporra para impedir mi justicia. Lo supe por el propio Basilisco, que estaba como un chucho afligido a mi vera, ofreciéndome la cachiporra para que le devolviera la dosis. Le dije estar cierto de que había salvado a la vez mi honor y mi vida, pues no hubiera podido mantenerme inmóvil ante la escena sin perder el honor y no hubiera podido impedirla, como intenté, sin algún riesgo de perder la vida.

Me puse una gorra frigia para ocultar el chichón durante la junta de los generales a que había sido convocado. Pastor Lozano me hizo entrar primero que a nadie. Estaba inflado del pecho como un pichón. Me dijo:

—La victoria me ha hecho humilde, aliado, al punto de aceptar que necesito tu consejo.

No hice aprecio de su derogación ni de su petulancia.

—Quiero que asistas a estas deliberaciones como experto en ninguna cosa, como el hombre del común que sabe en su corazón simple lo que los expertos ignoran. Pero quiero que me seas fiel, aliado. Fiel como una madre, fiel como me es el destino con el que estoy encoñado. Quiero que me digas exactamente lo que piensas.

Hizo luego un ademán de autoridad hacia la puerta. Los generales entraron mirándose con ceños demoniacos. Tenían una rivalidad de vodevil.

—Señores —dijo Pastor—. Quiero un balance de lo hasta aquí ocurrido y un anticipo del porvenir.

El morisco general Laborante, responsable del mar y los desiertos, extendió a nuestro aliado un legajo con los números fúnebres de la campaña. Eran monstruosamente favorables a la república.

—Sólo victorias has tenido en los desiertos a mi cargo —le dijo—. Los hemos freído cien a uno.

El condotiero blanco que estaba junto a él, llamado Campagnolo, general de los valles, sentenció hepáticamente:

—Tus victorias no han sido más que carnicerías de vacas, negro. Victorias sin batallas ni honor.

Laborante echó mano de su inmenso sable y Campagnolo de su estoque. El temible Pastor Lozano heló sus movimientos con una mano en alto.

—Quiero saber qué nos espera adelante —preguntó.

—Los valles serán tuyos —lo halagó Campagnolo, el responsable de ellos—. No tendrás fatiga en estas tierras.

—Los valles serán nuestra tumba si le crees una palabra a este necio —dijo Laborante a Pastor.

Campagnolo volvió a tomar la empuñadura de su estoque dando un paso atrás. Pastor le marcó el alto con la mano y buscó con los ojos a Silerio, el tercero de sus generales, responsable de las montañas. Silerio habló:

—Los huitzis no pelearán en los valles, como no han peleado en los desiertos. El general de los valles sale sobrando allí, tanto como ha sobrado hasta ahora el general de los desiertos.

—Calla, indio —lo humilló Campagnolo—. Qué sabes tú de la guerra y sus cosas.

—Sé lo que sabe mi punta —dijo Silerio, acercándose a Campagnolo con su cuchillo de encrucijadas.

Pastor lo detuvo con otra mirada. Luego dijo:

—Por los espías y los augures tengo noticias de que las huestes de Anselmo no pelearán de frente en estos valles. Huirán quemándolo todo a su paso, para llevarnos a la batalla final en las montañas.

—Por mí pueden quedarse con las montañas y sus cabras —dijo el verbisuelto Campagnolo.

—El suelo patrio no se abandona al enemigo, traidor —lo asaltó, solemne, Laborante.

—Hablan y pelean como mujeres —dijo Silerio—. Dame el mando, Pastor, y te devolveré completos los valles y las montañas.

Nuestro siniestro aliado Pastor Lozano sacó su espada y tiró un tajo horizontal a la altura de las cabezas de sus generales. Los generales lo evitaron echándose al suelo. Pastor les puso una daga en el cuello, por turno, a cada uno. Estaba en un trance de rabia o de dicha, no podría precisarlo a su excelencia, pero en las dos hipótesis parecía muy próximo a degollar, pues degollar era parte adyacente, por igual, de su cólera y de su alegría.

—Salgan —ordenó, dejando claro en el aire que les perdonaba la vida.

Cuando salieron, me miró. Tenía los ojos inyectados de un júbilo rojo o de una ira sangrienta, como prefiera imaginarlo su excelencia.

—¿Conclusión, aliado? —me ordenó, quitándose el sudor de la frente con la manga de batista de su camisola.

—Tus generales son indignos de nuestra causa —le dije.

Nuestro sulfúrico aliado dio un brinco de saltamonte encogiendo sus patas de alambre. Al caer sobre sus plantas levantó una película de polvo.

—¡Lo has comprendido! —chilló—. ¡Alguien entiende al fin! Mis generales no sirven para nada, son indignos de nuestra causa. ¡Tienes razón! Debería acuchillarlos. Colgarlos en la plaza pública como escarmiento. Rebanarles del cerebro las circunvoluciones de la envidia, arrancarles las vísceras del orgullo, las glándulas de la suficiencia, hacerlos esclavos sin alma de la causa a la que han jurado lealtad. No son animales de fiar, aliado. Son pendencieros y soberbios, leales a sus defectos. La perfección de sus imperfecciones me abruma. No puedo alzarme por encima de ellos. Paso todas las horas de mi mando combatiendo la tontería que me rodea. La grandeza de nuestra causa se disuelve en la pequeñez de sus soldados. Nuestra gran idea acaba teniendo la altura de sus ejecutantes, todos ellos enanos del alma, y del cuerpo a veces, como tu Basilisco. ¿Cómo volar, si no hay más que serpientes y lagartijas alrededor? Éste ha sido el drama de mi vida como pastor de mi pueblo, si pueblo puedes llamar a esta trenza de discordias y fantasías. ¿Quién nos dijo, aliado, que teníamos tamaños para la grandeza? ¿Que las grandes ideas y los sueños dorados estaban hechos para nuestras cabezas torpes, para nuestros lechos procaces? ¿Quién sembró en nosotros el árbol de las quimeras, el rosedal de la justicia, la palma real de la libertad? Ninguna de esas matas pueden crecer en nuestro patio amargo, aliado. El nuestro es un patio de plantas rastreras y rincones eriazos. No nacimos en el jardín del edén, el sitio de la felicidad, sino en el huerto de los olivos, la tierra del engaño. ¡Y sin embargo soñamos, aliado! El ala del ángel roza nuestras cabezas, las vuelve ávidas de amor y fraternidad. El sueño dibuja arcadias en nuestra frente, ciudades perfectas, familias felices, vecinos en paz, montañas serenas, tierras aradas, cielos claros, mares quietos, pelícanos inmóviles, conmovedoramente detenidos en su saber de viejos sobre el aire radiante de la playa. ¡Pero no es ése nuestro mundo, aliado, ni lo ha sido, ni lo será! Sino este que aquí has visto, falaz, febril, feroz, ingobernable como las emociones que hay en tu pecho, y en el mío, el pecho universal de la soberbia, la sospecha, el temor y la traición.

Todo eso me dijo nuestro imponente aliado en aquel momento de elocuencia y desengaño, aquel momento, también, de absoluta verdad respecto de sus cosas y las nuestras.

Después de su desahogo, me acercó a su escritorio y me dijo:

—Se acerca la hora en que deberás ir a recibir el cargamento de armas que nos enviará la república. Quiero saberte presto para esa encomienda. Vamos a necesitar esas armas cuando acabemos de cruzar los valles. Los valles no serán hospitalarios para nosotros, todo lo contrario. Serán tierra yerma. Lo sé con claridad meridiana porque las brujas también hablan en mi oído, y porque yo sé quiénes son los que me hacen la guerra desde el bando de enfrente. Son mi sangre. Y nuestra sangre habla los mismos idiomas. Anselmo y el Huitzi arrasarán estas tierras fértiles para que nosotros no podamos usarlas. Nos esperarán en la montaña, en su ciudadela, para que la montaña nos devore. Justamente ahí, al entrar a la montaña, necesitaremos las armas que enviará la república y tú recogerás. No tienes más encomienda que ésa, pero será decisiva. Mandaré por ti cuando llegue el momento.

Ya no era el profeta de la imperfección del mundo, sino el estratega que mide sus tiempos.

—Otra cosa —me dijo, cuando me disponía a retirarme—: Es posible que tus amigas, mis sobrinas, tengan nostalgia de tus cuidados y vuelvan a husmearte la cola. Si vienen a ti por tus amores, tráelas a mi presencia. Mi guerra no es con ellas, te recuerdo, sino con su padre. Y ni siquiera con su padre, sino con lo que su padre significa en la cabeza demenciada de estas tierras. No peleamos contra un ejército, aliado, sino contra una fantasmagoría. Esa fantasmagoría nubla la razón y envenena el ánimo. Es la fantasmagoría del pasado, la fantasmagoría que está entre nosotros como están los tejidos del cadáver en el ataúd. Los pelos siguen saliéndoles, las uñas siguen creciéndoles, pero están muertos, aliado, aunque hagan vivir a los gusanos. Óyeme bien: ¡están muertos!

Dijo esto último en un nuevo ascenso mercurial de la voz. Las venas de su cuello y de su frente se hincharon como las nervaduras de una hoja. Por segunda vez lo vi entonces sacar el florete de su cintura y lanzarlo como una jabalina contra el vano de la puerta. El acero se clavó en la madera cacariza doblándose sobre sí mismo y ahí se quedó, ululante y trémulo, en su salvaje obediencia.

Le di garantías de que estaría presto a su llamado cuando lo dispusiera, pero nada prometí de mis virgilias.

Cavilando en lo que Pastor había dicho, y en lo que no había dicho, volví con Basilisco al carromato donde esperaba Calabobos, varias leguas. Lo que sucedió después, lo contaré en pliego aparte a su excelencia, para no abultar éste.

Soy de usted, cada día
rúbrica

Carta 15

Excelencia:

El carromato se bamboleaba cuando llegamos al campamento. Alguien cumplía sobre sus muelles una feliz y feroz faena de amores.

—Rosina la concubina —explicó Pujh, con sonrisa enterada y tolerante, cuando bajamos del caballo frente a él. Fumaba una pipa de tabacos anónimos, sentado como Buda frente al mogote de ramas que sería nuestra hoguera de la noche.

Me alegró la razón del bamboleo. Calabobos llevaba semanas de ver pasar a Rosina, de la mano de urgidos soldados, rumbo a las intemperies cómplices del desierto. Pasaba al atardecer, su silueta incendiada por las últimas luces del crepúsculo y por la mirada salvaje de Calabobos, que la veía entrar en la noche como quien ve hundirse el sol tras el mundo. Rosina se perdía riendo, pateando y zapateando en la sombra. Cuando dejaba de verla, Calabobos la seguía con el oído, preso de su risa. Oírla era peor, como verla untarse de más con su soldado, pues la imaginaba de más en su cabeza, sulfurante de celos.

—La muchacha vino a buscarlo —dijo Pujh—. Y él estaba feliz porque ella vino, y porque yo la vi. El amor quiere ser visto, lo mismo que los leones: se siente único y grande.

Pujh llevaba un brazo inmóvil en el cabestrillo; mostraba

todavía tajos de carne viva en la frente y en los pómulos, pero la luz había vuelto a sus ojos. El viejo fuego ardía otra vez desde el sillón de espinas de su conciencia. El estrago de las torturas de Mendizábal lo había librado unos días de la verdadera tortura de su vida, que era la inquietud de su cabeza.

Me acercó un té bronco rebosante de láudano. Bebí y me desahogué contándole mis escenas con Pastor Lozano.

—Pastor cubre con palabras su corazón inconfesable —dijo Pujh, con antigua comprensión, con exquisito odio—. Su corazón es un extremo del nuestro, no es distinto, simplemente exagerado. Todos en esta tierra llevamos un Pastor Lozano en el corazón. Es la parte de nuestro corazón que debemos domar, porque tiene esta característica: entre menos la domas más te pide, entre más le das más quiere. Un sentimiento bajo convoca al otro, un odio al otro. La venganza quiere más venganza. La parte inconfesable del corazón no es un animal que se sacia sino que se ceba. Pero Pastor tiene razón: ¿quién nos curará de querer más, de necesitar más, de soñar más? Nada, ni la vida que siempre quiere más, ni la muerte que anuncia que no habrá más. La muerte nos hallará mascullando que nos quedamos cortos, lejos de lo que soñamos ser. Dicho esto, digo: la parte Pastor Lozano de mi corazón quiere la muerte de Pastor. Mi odio por él imita al suyo: sólo puede saciarse con su muerte.

El bamboleo, que había terminado, regresó al carromato. Siguió con intermitencias toda la tarde. Cuando oscurecía, Basilisco prendió la hoguera. Maldecía entre dientes:

—Estos fuegos prendo, pero los de mi perinola quisiera apagar, como el sabio Calabobos: muchas veces.

—¿Mascullas? —dije—. ¿Contra quién?

—Contra mi suerte de basilisco —respondió Basilisco—. Porque no tengo mujer y mujer quisiera a todas horas, en vez de esta soledad de puñetas en que vivo.

—¿Mujer quisieras? —preguntó Pujh, con la sonrisa morada de sus labios de plátano.

—Hermosa o estropeada, pero ardiente —respondió Basilisco—. Joven o madura pero putanesca. Callada o parlanchina, pero gemidora, dispuesta a los embates de mi combatiente perinola.

—Mujeres hay de sobra entre las vivaqueras —dijo Pujh.

—Ninguna que quiera trabarse con Basilisco —dijo Basilisco—. Ninguna que quiera ver la luna con mis ojos, oír cantar los pájaros con mis oídos, soñar los sueños del cielo en el cojín de mis brazos.

Salté y le dije:

—No hay bosques en este desierto. Ni cojines en tus brazos. Y te he dicho que no hagas metáforas. Me duelen las sienes con tus metáforas.

—Mi corazón de siervo no sabe sino metáforas de siervo, señor.

—La servidumbre no excusa la cursilería —porfié.

—Las malas metáforas que tu señor repudia —dijo Pujh— te volverán dueño del corazón de las vivaqueras. Háblales de los pájaros y de la luna, de tus sueños estelares, de las soledades de tu perinola. Caerán a tus pies.

Ya era de noche cuando Calabobos y Rosina bajaron con paso lento del carromato. Vinieron enlazados de sus cinturas hasta nosotros, tan plenos de sus cosas que se alumbraban con sus rostros pálidos.

—El amor limpia y alumbra —dijo Pujh, mostrando sus dientes de mazorca vieja. Rosina descorrió los suyos de mazorca tierna para saludarnos. Se hizo en su mejilla derecha un hoyuelo como un pistilo. Calabobos y su amada se sentaron junto a nosotros en la hoguera, pero no con nosotros. Todo el tiempo se les fue en cuchichear, reír de sus cosas, inaudibles para otros, y mirarse bizcamente, como se miran los enamorados.

Basilisco nos dio la pobre ración de tasajo que era nuestro bastimento de lujo. Tomamos agua de chía y, al terminar la cena, una infusión del láudano de Calabobos que él mismo preparó. Lo rehusé, pues estaba todavía bajo el influjo del que había tomado al llegar. La infusión puso al cronista y a su amada en trance de volver al carromato, lo que quería decir, en buen romance, que los demás dormiríamos a la intemperie. Anticipándome al paso de los amantes, saqué del carromato mi garrafa de sotol. Compartí con Pujh un trago de las esencias de su tierra.

La siguiente cosa que recuerdo es que caminábamos los dos por el desierto como si flotáramos, Pujh inmenso y sereno junto a mí, con su enorme cabeza de coloso, la frente de pitecantropo, los pómulos de piedra, la mandíbula cuadrada, los hombros de guerrero, la mirada de niño anhelante, prendido del espejismo que guiaba nuestros pasos.

—Ya están aquí —me dijo al poco tiempo, desde su altura de gigante, y empezó a abrazar el viento que, a juzgar por sus gemidos de dicha, lo abrazaba también. Vino un terregal del fin del mundo que nos envolvió sin lastimarnos. Cuando cesó y abrí los ojos, ya estaban ahí mis virgilias, rientes en la noche tibia. Estaba también María Solís, tan grande como Pujh, detenida en el cielo, izándolo hacia su regazo. Oí el canto de María Solís en la lengua sonora, pero para mí ignota, de su tierra. Sus palabras, metálicas y tristes, sonaban así:

> *Yavalú tec puc tec shololoshco*
> *Shaquelnoi shalalú tec pucná*
> *Yavalyá shulquená tec teloshco*
> *Shadulvá, yavalvá, shalquená*

Queriendo decir:

> *En el árbol de tu vida [hay] una flor*
> *que yo quiero cortar [con] dedos amorosos*
> *para sembrarla [bajo] mi piel dura*
> *[y] ablandarla, [y] aromarla, [y que] me quieras.*

Al arrullo melancólico de esta cuarteta mis virgilias me atacaron sin melancolía alguna, sino saltando como cabras locas. No contaré las cosas que siguieron, sino que al despertar de ellas casi había amanecido. Bernarda, dormida, tenía un labio babeante sobre mi mejilla, y Cahuantzi un ojo seco, alerta como una almena, sobre mi frente. Cahuantzi me dijo:

—Ahora que van a entrar a los valles, no encontrarán sino la desolación que iremos dejando. Es la hora de que cruces a nuestra causa, y a nosotras.

Para no entrar en litigios de lealtades, le dije un tanto hipócritamente:

—Debo cuidar a Pujh y recoger un cargamento de armas.

—Lo recogerás para nosotros —dijo Cahuantzi—. Cuando te cruces a nuestra causa, traerás ese cargamento. Bésame el labio de abajo —lo besé—. Ahora el labio de arriba —lo besé también—. ¿A qué te sé, buhonero? ¿Te gusta mi sabor?

La besé otra vez en el labio de arriba y otra vez en el de abajo. Luego chupé los dos labios para una sola intromisión en su boca, que ella aceptó sorbiendo. Sabía a la limpieza de sus años.

Hubo un viento con arena, un ulular ciclónico y un canto de mujeres redundantes. Cuando acabó el terrenal, estábamos solos otra vez. Pujh salmodiaba junto a mí sonoros ritornelos, impenetrables para mí. Exhausto y dichoso caminaba de vuelta al carromato, arrastrando los pies, pero elevando la cabeza. A unos metros de la hoguera que seguía crepitando en la luz morada del inicio del alba, encontramos deambulando, descabellando, a Basilisco. Nos había dicho la noche anterior:

—Si ustedes van donde las brujas, yo iré a decirles versos a las vivaqueras.

Eso había hecho, al parecer con éxito, pues venía oliendo un trapo que olía, como todo él, a conquista venérea. Supimos al día siguiente que sus mentiras habían conseguido lo que sus verdades no.

Calabobos estaba solo, afilado y apacible, tomando café junto a los rescoldos de la hoguera.

—Se fue —me dijo—. Como todo lo que llega.

Pujh siguió su camino al carromato, gimiendo de buena fatiga, yo acepté el café de amante abandonado que me ofreció Calabobos. No hablamos de nuestras cosas, sino de las de la provincia y la república.

—Cada vez entiendo menos —le dije, retóricamente, cuando empezó a desayunar las tortillas secas de cada mañana.

A través de la fatiga luminosa que Rosina había dejado en él, me dijo el interminable Calabobos:

—Seis mandamientos rigen la vida oculta de Malpaso. Llevo años descifrándolos y no los sé de cierto todavía. Son tan simples que no se pueden refutar, ni cumplir, igual que los otros. Son una premisa, seis mandamientos y un corolario. La premisa, que incluye todos los mandatos, es: *Usa impecablemente tus palabras.* Lo cual quiere decir: que nada sobre y nada falte en ellas, que tu boca no hable sin saber lo que sabes ni pregunte sino para saber lo que ignoras. Descontada la premisa, el primer mandamiento es: *Hazte amigo de los hombres.* Lo que quiere decir: no agravies ni avergüences a nadie, pasa entre los hombres como si fueran tus hermanos o tus aliados, aunque no lo sean. El segundo mandamiento es: *No tomes nada personalmente.* Lo que quiere decir que no creas ni tomes a agravio lo que dicen de ti. Quien te apunta con su dedo inculpatorio tiene tres dedos en su mano que lo apuntan a él: te dice lo que él es, no lo que tú eres. El tercer mandamiento es: *Jamás supongas nada.* Lo que quiere decir: acepta que nada sabes de cierto sino lo que sabes, que es muy poco, insuficiente en todos los casos para llegar a cualquier conclusión sobre los hombres, las cosas, los animales o los caprichos del cielo. El cuarto es: *Haz todo lo que puedas según las circunstancias.* Lo que quiere decir que debes tener juicio suficiente para juzgar las circunstancias que te rodean y no hacer, de acuerdo con ellas, nada de menos ni nada de más. El quinto es: *No pierdas el tiempo.* Lo que quiere decir: no te distraigas de las cosas que crees que debes hacer, ocúpate concentradamente en lo que debes hacer, lo cual implica saber lo que tienes que hacer, y ocupar en eso todo el tiempo que te ha sido dado en esta tierra. El sexto es: *Respira con reverencia frente a todo.* Lo cual quiere decir: ten respeto por todo lo que está frente a ti como si del respeto o el cuidado que le tienes dependiera tu vida, tu respiración. Todos estos mandamientos se resumen en un corolario que reza así: *Hazte amigo del que está en todas partes.* Lo cual puede traducirse como: Hazte amigo de aquello que está en todas partes, sé amigo de todo lo que te rodea: hombre, animal, planta o mineral. Hazte uno con lo que te rodea, y no tengas discordia con el mundo que es tu obligación, tu condena y tu premio.

Había una tristeza en su voz cuando acabó de decir estas cosas, la tristeza del conocimiento verdadero, o quizá sólo la tristeza de que Rosina se hubiera marchado.

No hemos vuelto a verla salvo cuando pasa, del brazo de otro, por los perímetros mortíferos de nuestro carromato. Calabobos no ha vuelto a tener la mirada vibrante que merece su ecuménica cabeza, infinitamente capaz de saber y soñar.

¿Por qué cuento estas extravagancias a su excelencia? Ni yo mismo puedo decirlo, no lo sé. Mejor dicho: por ninguna razón, salvo que las juzgo necesarias para describir los terrenos que pisa la república en estas tierras, y para que su excelencia pueda ver no sólo los hechos de gran bulto, sino también los pequeños, que esconden a menudo la razón de los grandes.

Suyo soy, en lo pequeño y en lo grande
rúbrica

Carta 16

Excelencia:

Tardamos trece batallas en salir del desierto. La región de los valles nos miró todo ese tiempo desde la serranía. Acabamos creyéndola un espejismo de la tierra seca. Era una franja radiante que flotaba ante nosotros como suspendida en el cielo, llamándonos desde los girones de una niebla trémula, cruzada por el polvo dorado de la canícula. Ayer, finalmente, nuestros pencos dieron sus primeros pasos en la región de los valles. Como quien pasa de una foto amarilla al original de colores vivos, cruzamos todos el vado de Arroyo Corto, afluente del gran río que cruza la región de los valles, llamado Uxuljá Tote en la lengua de la tierra, y Gran Tajo en la nuestra. Cruzar el vado hizo a nuestras almas el efecto de una zambullida en aguas dulces luego de la travesía interminable, acre y ocre, del desierto.

La región de los valles está formada por dos mesetas enormes. Admiten en su extensión vastas colinas y legendarios bosques. Las mesetas son hijas de una trifurcación majestuosa del Uxuljá Tote (Río del Gran Señor del Agua), que baja como una aorta del norte montañoso hacia el sur, colectando ríos y arroyos a lo largo de la cordillera. A diferencia de lo que muestran nuestros mapas, este Nilo nativo no desemboca al mar, sino que se traga a sí mismo en un delta interno de su propia invención. En la época de aguas, el delta es un laberinto de arterias y cauces arborescentes, ramificado como un pulmón. Pero se consume por completo en las secas, hasta volverse un desierto de calcio. A ese delta misterioso que se disuelve en ninguna parte lo llaman aquí Sholoshná Tote (Río como un Árbol Caído o Árbol Acostado en el Río).

Me explica lo anterior Antonio Calabobos, infinito cronista de esta tierra. A su saber me atengo en las misteriosas materias cartográficas de las que no puedo dar completa fe. Me consta, en cambio, el milagro vegetal que deja este río majestuoso, delicado en su curso ondulante por las mesetas hermanas que aquí llaman valles: una sinfonía de verdes y ocres, coronados por el fulgurante azul del cielo.

Destaco a su excelencia el verde alfalfa de los campos, el verde negro de los bosques, el verde jade de las riberas de los arroyos, el verde gris del humo de las aldeas, bulliciosas de pájaros y niños que juegan a la sombra de laureles centenarios, de inmensas copas color verde oscuro. Refiero el amarillo dorado de los brazos del río, espejeando bajo el sol en todas partes, las milpas color paja, subidas al color de los girasoles por el aire limpio que las mece y parece pintarlas de oro; el pálido leonado de las casas de adobe que la luz del atardecer enciende con un tierno resplandor de horno. Y la infinita variedad de naranjas pálidos y rojos quemados (canela, teja, tezontle) en las pelambres boscosas que coronan las colinas como morrillos de gigantescos toros vegetales. En esos bosques crecen hasta fundirse pinos vírgenes y cedros milenarios; en las vecindades del agua y los arroyos, que hay por todas partes, crecen pilosos sauces llorones y espigados álamos lombardos. Y en todas partes, desde las primeras horas cenicientas del alba hasta las últimas del atardecer, estalla ante los ojos un aire de cristal, diáfano y embriagante, como debió ser el aire ordenado del primer día de la creación, después del caos.

La mezcla de colores que refiero a su excelencia, con

todo y su desaseo panteísta, fue la primera visión cabal que tuve de los valles. La tuve desde un altozano al que me llevó Calabobos para que viera por su instructivo catalejo:

—Ve lo que ves —me dijo—. Porque si tus amigas y Pastor dicen la verdad, no volverás a verlo. Aquí empieza la guerra.

Soy de usted, en la feracidad
sin igual de estas tierras
rúbrica

Carta 17

Excelencia:

Cuento hoy un mes exacto de ver cumplido cabalmente el dicho de Calabobos: aquí ha empezado la guerra.

Los ejércitos de la república, pues así debo llamar a los de Pastor Lozano, entraron a estos valles urgidos de sombra y agua. El primer efecto de esta buena tierra fue ablandarlos unos días. Luego, todo regresó a su atroz cauce normal.

Una madrugada nos despertó a todos, antes que ninguno a Calabobos, el penacho de un incendio en el poblado próximo, llamado Shacul Nah (Santa Magda de los Pechos Cortados, en lengua cristiana). Supimos con sorpresa monstruosa lo que pasaba: los lugareños habían quemado su propia villa, lo mismo que sus campos y sus trojes. Salían del lugar en sombría caravana, llevando consigo todo lo que podían cargar: granos, animales, muebles, ajuares, y a sus hijos, atónitos del éxodo. Cuando la vanguardia de nuestros ejércitos llegó a Shacul Nah, sólo encontró vivos los rescoldos del fuego, que consumían aún casas, huertos, milpas y gallineros.

Fue la primera noticia de lo que vendría. Pastor tomó providencias de ello. Destacó una columna volante para que fuera a saquear los pueblos, antes de que sus habitantes los quemaran. Los saqueos de la columna han dado de comer a los ejércitos de la república en su primer trayecto por las mesetas. Con los granos y los animales robados se abastecen nuestros hombres, sometidos a la mayor escasez en las tierras más ricas de la provincia.

Ha sido una lección de inquina ver estos valles incendiados, las aldeas dibujadas en las riberas de los tiernos ríos, hijos benévolos del gran Uxuljá, destruidas por sus moradores, para no dejar nada a los ocupantes. Había visto antes a los ejércitos victoriosos, en particular a los nuestros, arrasando aldeas enemigas. Pero es la primera vez que veo a los defensores arrasar sus propias tierras para no entregarlas útiles a sus rivales. Los hijos de las mesetas se llevan con ellos todo lo que pueden cargar, empezando con sus hijos y sus ídolos, quiero decir: las efigies de los dioses comunes a esta tierra, y las de los dioses de su propia casa, casi siempre una piedra, conservada en el altar de la familia como recuerdo de un muerto, casi siempre un niño, o un nonato, vuelto, por dolor y memoria, el numen de la parentela, su dios secreto, intransferible y único.

¿A dónde van esas caravanas huidizas, cenicientas del contacto con sus propias llamas? Van hacia las estribaciones de la cordillera que nuestros mapas llaman Macizo de Malpaso. Unos, para esperar el fin de la guerra en pueblos de parientes; otros, para meterse de cabeza en la guerra y esperar a nuestros ejércitos arriba, en la montaña. Estos últimos toman el rumbo de la gran ciudadela huitzi de la cordillera, que llaman Nonoshco Chac (Gran Túnel o Gran Hoyo Sagrado). Ahí, ha pronosticado Calabobos, tendrá fin esta campaña, será el fin del ejército de los huitzis, acaso del nuestro propio, y la resolución de todas las dudas que pueda haber en el desenlace de esta historia.

—Ahí nos esperarán. Los huitzis van a matar muriendo —augura Calabobos—. Y para matarlos, habrá que morir.

Por lo pronto, durante las jornadas que llevamos en los valles, puede decirse que no hay guerra, en el sentido de que no hay batallas, pero avanzamos entre una desolación mayor que la guerra: el espectáculo de la autodestrucción como defensa. Esta artimaña siniestra de ofrendar al triunfador los propios despojos, no deja de poner en el ánimo de nuestras tropas un silencioso horror por el futuro de la campaña. La pregunta que nadie se atreve a formular es cuánto costará vencer a esta gente, mejor dicho: si es posible vencerla. Me lo dijo una noche Calabobos con su habitual concisión:

—Nuestros ejércitos podrán derrotar a esta gente, pero no someterla.

Una excepción a las pobres batallas de estas jornadas ha sido la que nuestros ejércitos libraron en el farallón boscoso llamado Cerro Vivo, lindero imponente de las mesetas. Cerro Vivo no es un cerro, es una colina boscosa, de maleza alta y copas tan ceñidas que no dejan entrar la luz del cielo. Durante la batalla, los soldados han caminado a tientas por ese bosque, orientándose con el tacto y con sus gritos. Los oídos y las manos fueron mejores guías que los ojos. Nuestra ortopédica artillería roció el bosque de metralla, sin lograr abrirlo, como pretendía, para facilitar el paso de nuestras tropas. Sólo consiguió incendiarlo. El humo agravó el efecto de la oscuridad, separando de la visión incluso a los que estaban juntos. Hubo quienes acuchillaron a sus propios compañeros, confundiéndolos con enemigos. Todo el combate fue cuerpo a cuerpo, en medio del humo y el fuego, en el corazón oscuro del bosque a la mitad de un día radiante, como lo son en general bajo el cielo incomparable de Malpaso. Al promediar la batalla, sopló un viento del norte. El bosque fue entonces un desfiladero doble de aullidos: los del aire que corría por el laberinto de los troncos, y el de los combatientes que maldecían o imploraban. En un momento desesperado, nuestra fusilería empezó a hacer descargas sucesivas, ordenadas en su ritmo y metodología, pero locas en su falta absoluta de sentido o blanco. Se vieron caer bajo esas descargas árboles enormes, lo cual agregó al riesgo ciego de la lucha el de ser aplastados por aquellos gigantes que al caer arrastraban selva desprevenida, bejucos tributarios, ramas vecinas. Hubo tantos árboles segados por la profusión de nuestros disparos que puede decirse que en la batalla de Cerro Vivo no sólo acribillamos a un ejército, sino también a un bosque. De hecho, cayeron por nuestras balas más árboles que enemigos, pues la mayor parte de éstos fue colectada a mano, en la riña cuerpo a cuerpo.

Al anochecer empezó la lluvia que anunciaban los vientos. Un chubasco sostenido apagó el bosque pero revivió a los combatientes. Siguió la salvaje riña a mano a través de la maleza y entre los árboles. Fila tras fila, los soldados caían en la línea de combate dejando una alfombra, por momentos una pila de cuerpos mutilados, sobre los cuales avanzaban las tropas frescas, para reemplazar a los caídos. La batalla siguió hasta la media noche, cuando los huitzis tocaron retirada, no porque hubieran sido derrotados, como los contadores oficiales de bajas dirían después, sino porque juzgaron suficiente el ejemplo que habían puesto de cuánto estaban dispuestos a combatir y de qué sangrienta forma.

Al día siguiente visité con Pujh y Calabobos el lugar de la batalla. Los huitzis muertos estaban dispersos sobre una amplia superficie, fuera del bosque, a la vista de todos, mientras que a nuestros muertos los habían amontonado dentro del bosque, en distintos claros dejados por la metralla y los incendios. Trataban de ocultarlos de nuestra vista, y con razón: nuestras bajas eran superiores a las de nuestros adversarios. Estaban apilados los cuerpos uno sobre otro, en algunas partes hasta en cuatro capas, mostrando las más ocurrentes formas de mutilación y muerte. Bajo la masa de cuerpos en rápido deterioro, el temblor de algunos miembros o la agitación de algún cuerpo denunciaba la presencia de hombres vivos, esforzándose por salir de su horrible sepultura. Eran ayudados a hacerlo, pero no todos fueron descubiertos a tiempo. Al atardecer del día siguiente, como de costumbre, aquellas piras fueron rociadas de kerosén y entregadas al fuego. Como de costumbre, hubo aullidos sobrepuestos al crepitar de las hogueras.

Soy de usted, por convicción y por costumbre

rúbrica

Carta 18

Excelencia:

La batalla de Cerro Vivo diezmó nuestros hombres y nuestras municiones, por lo que no me sorprendió el llamado de Pastor Lozano después de la carnicería. Estaba sereno, radiante diría yo, en medio del recuento de sus pérdidas, como si la muerte llevara paz a su corazón y claridad a su inteligencia. Luego de unos pincelazos lúcidos sobre la estupidez de nuestros generales, me dijo, con pompa retenida, extrañamente ajena de la rabia o la soberbia, habituales de su voz:

—Llega la hora, aliado, de tu entrada a la gesta de la república.

Era la hora, dijo, de que yo compartiera mi secreto con la historia. La hora de que convergieran la república de allá con la de acá en una sola causa relampagueante. En suma, la hora de pedir a su excelencia el envío de las armas prometidas, y de ir yo a recogerlas al lindero de la provincia indicado. En dos o tres semanas saldríamos de los valles, me informó Pastor, para empezar nuestro camino hacia el reducto de los huitzis en las montañas. Ahí, en las alturas, sería por fin la victoria: el fin de un mundo, el principio de otro.

Pastor dijo todas estas cosas con una voz de ecuanimidad angélica, sin la mínima sombra de fanfarrias o tambores, tan indicados para tales discursos. Me pidió luego enviar a su excelencia la requisitoria formal del arsenal prometido, el cual pido a usted en comunicación aparte, seguro como estoy de que será crucial para el desenlace de la campaña en que estamos.

—Sé todo de tus amigas —me dijo Pastor, al final de su plácida arenga—: Valen por un arsenal. No dudo de que las pondrás también al servicio de nuestra causa, como todo lo que está en tus manos.

—Al servicio de ninguna otra causa pongo lo que hay en mis manos —dije, para saltar su alusión provocativa y lubriscente, mezcladora de las cosas privadas y las públicas.

Escribí a su excelencia la pedida del cargamento en el mismísimo escritorio de Pastor Lozano, bajo su mirada inquisidora. Pastor mandó un correo de su confianza con la misiva y me ordenó disponerme a la marcha, con la fuerza que necesitara. Le dije necesitar sólo la compañía de Basilisco, mi sirviente, su espía, para evitar, pensé sin decirlo, ponerme al frente de una columna de la que sería preso más que jefe en cuanto topáramos con el cargamento.

—No necesito protección de ida —dije—. Y de regreso traeré a los hombres que cuidan el cargamento para sumarlos a las fuerzas de la república en Malpaso. En suma: no necesito protección.

Pastor olió el fondo de mi reticencia como lo que era, un rechazo desconfiado.

—No pagas mi confianza con la tuya, aliado —me dijo, echando los ojos maquinadores hacia el cielo, con mueca benevolente y resignada—. Pero estás ya en las debilidades de mi corazón: nada puedo reprocharte. Ve como quieras, vuelve como puedas. Yo te esperaré sin mover un dedo.

Entendí con sus palabras, y con el vagar de sus ojos en blanco, que llevaría oculta a mis espaldas la fuerza que no había aceptado llevar a mi lado.

Volví al campamento al caer la tarde. Pujh había salido a cazar al bosque y había traído un venado macho, de varias puntas. Rosina reprochó su caza, elogiando la hermosa madurez del animal.

—La muerte de este macho maduro hará crecer a la manada —dijo Pujh.

Explicó luego la opresión de los venados viejos sobre los jóvenes, a quienes ahuyentan de las hembras que ellos no pueden montar.

—No pueden montarlas pero evitan que otros las monten —dijo Pujh.

—Los entiendo muy bien —masculló Calabobos, mirando incendiadamente a Rosina.

Basilisco desolló y limpió al venado. Tuvimos por la noche el asado de un pernil. Antes de que circularan los primeros cortes, forrado como estaba con la inminencia de la oscura travesía, me sometí al sotol de mis virgilias para apartar las sombras, al menos, de esa noche. Fui luego a quitarme el sudor del camino con largas abluciones en la tina de agua fresca, la cual nos sobraba en los valles tanto como nos había faltado en el desierto. Volví al rondín del fuego donde prosperaba el asado, húmedo del cuello, del pelo y del alma, pues el sotol abría ya sus florestas encantadas en el fondo de mi espíritu, ahí donde duermen las larvas del tiempo, el viscoso gusano que será mariposa, el germen del mono niño a cuya lengua asoma la primera palabra.

Quiero decir, como puede colegir su excelencia por las frases anteriores, que cuando volví a la hoguera ya el sotol había empezado a hacer su efecto en las cuevas metafóricas de mi cerebro. Vi entonces lo siguiente: así como la grasa humeante de los sacrificios antiguos atraía a los dioses, la de nuestro venado había llenado de animales los alrededores. Había, atenta a nuestro asado, una curiosa asamblea. Vi o creí ver en ella, en impensable convivencia, conejos y chacales, mapaches enmascarados, sonrientes armadillos. Comimos sin convidar a la claque. Al final de nuestro hartazgo creí ver, en medio del zoológico, dos coyotas risueñas y reconcomias, del todo cómplices con el rumbo de mi mirada.

Pujh me hizo una seña y yo lo entendí. Basilisco había vuelto a pasar por las brasas lo que habíamos dejado otros y no tenía cuidado sino para su gula de hambriento histórico. Calabobos relamía con su lengua los jugos que el venado había dejado en los labios de la voluble Rosina, la cual había condenado la caza de aquel macho magnífico, pero saboreaba sin recato sus carnes jugosas, irresistiblemente doradas por el fuego. Las coyotas fueron brincoteando delante de nosotros para mostrarnos el camino. Nos llevaron a una vega luminosa del río. Subrayo que la luna hacía un riel de plata sobre las aguas. El riel terminaba en las raíces de un viejo ahuehuete de la ribera, haciéndolo brillar como un gigante de barbas blancas. Las coyotas rodearon el ahuehuete contoneándose. Cuando iban a salir del otro lado del tronco monumental, oí una risilla y apareció Bernarda, otra risilla y asomó Cahuantzi.

—No nos diste venado —reprochó Bernarda.

—Ni un bocadito —secundó Cahuantzi.

—Has de pagarnos esa carne con otra —dijo Bernarda.

Lo dijo con unos tonos insinuantes que su excelencia entenderá sin problema basado en su propio conocimiento de las cosas del mundo.

María Solís esperaba también junto al río, lavándose los pies. Cantaba sus hermosas y tristes canciones, cuyas cuartetas imantadas eran para Pujh lo que el sotol de mis virgilias para mí.

Nos perdimos recíprocamente por el río, de un lado María Solís y Pujh, del otro mis virgilias y yo, y estaba ya próxima el alba cuando nos reunimos de nuevo junto al ahuehuete, a conspirar. Les hice saber que saldría a buscar el cargamento de municiones que enviaba la república. Me volví entonces su rehén, pues empezaron todos a decidir sobre las condiciones del viaje con rotundidad de propietarios.

—Yo seré tu guía —dijo Pujh—: Conozco como mi mano esos terrenos.

—Nosotras seremos tus compañeras de viaje, cómplices en todo —dijo Bernarda.

—Y yo tu guía celeste —dijo María Solís—, pues cuidándote a ti cuidaré también lo que más quiero.

Cambió una mirada de ternera con el hercúleo Pujh, que despedía esa noche no sé qué tufo de orgullo amigable, la redondez del hombre saciado.

Nos despedimos en la baja madrugada, luego de todas las conspiraciones.

—Te alcanzaremos por el camino —me dijo Bernarda.

—Cuando te hayas separado de los ejércitos de Pastor —precisó Cahuantzi.

No me consultaban, lo cual me enervó un poco, pero me hizo ver también, entre las arrugas de la molestia, las enormes ventajas de su compañía y sus conocimientos para mi aventura, en pos del cargamento de marras.

De vuelta a nuestra posición encontré a Calabobos desolado por el abandono de Rosina.

—Me ha dicho que, por órdenes de Pastor, será la soldadera de otro —dijo Calabobos, en parca voz que era un aullido.

Le referí mi partida inminente con un rubor de segundo abandono, pues se la anunciaba luego del anuncio de Rosina. Mi noticia lo iluminó, sin embargo, porque le ofrecía una salida inesperada.

—Iré contigo, si no estorbo —pidió.

Le dije de los riesgos que presentía en el viaje. Me contestó sin alarde:

—Me urge arriesgar la vida para saber que es mía otra vez.

Acepté su oferta de náufrago. Me dio un abrazo y escuché un sollozo. Cuando nos separamos, me miró con su cara pálida de predicador de Galilea y me dio unas gracias bíblicas, quiero decir, inolvidables, con sus ojos inermes, arrasados de llanto detenido.

Desperté a Basilisco para que empezara a enfardelar. Regurgitaba con sonoros gorgoritos el venado de la cena, pero se alzó de un brinco para ponerse a mis órdenes.

Nuestro mínimo convoy quedó integrado por mi pobre carromato y una carreta ligera, dos caballos de tiro, uno de monta, la mula homóloga de Basilisco, Basilisco mismo y el resto de los animales, a saber: quien esto escribe, el prisionero Pujh y el descalabrado Calabobos, que había pasado de ser el sabio universal de la provincia al enamorado abstinente. Buscaba ahora la muerte consoladora, me dijo al partir, como no la había buscado nunca, porque por primera vez no la temía.

Ardían aún las hogueras de nuestro desvelo cuando nos echamos al camino, haciendo rodar el campamento con todas nuestras cosas, incluyendo el venado sobrante y esta carta que escribo en los primeros altos del viaje a su excelencia. Espero ponerla, junto con otros documentos, en manos de los patriotas que vienen a entregar el cargamento para volverse después a los dominios conocidos de la república, bajo su sabio mando. Entregaré a estos correligionarios, también, copias de mis memoriales previos, para que puedan ponerlos en manos de su excelencia. Estaré seguro entonces de que su señoría sabe lo que pasa aquí, o al menos lo que yo puedo decirle.

Suyo soy, con el único límite de lo que
mi elocuencia puede decirle
rúbrica

Carta 19

Excelencia:

El día de nuestra partida amaneció con los colores del paraíso, pero había en nosotros la certidumbre de ir a otra parte. A media mañana, Basilisco creyó ver con su ojo telescópico que nos seguía una columna remota, mínima en la llanura verde de la meseta oriental. No era visible para nuestros ojos pero sí para los de Basilisco. El juego persecutorio de Pastor había empezado junto con nuestra travesía.

Salimos de los valles hacia el sur siguiendo uno de los afluentes del Uxuljá Tote, rumbo al delta misterioso de ese río, que se traga a sí mismo. El delta está desierto en estos meses de seca. Pensamos ir de ahí hacia el Cañón de Malpaso, aquel agujero de la sierra que recordará su excelencia, por donde entré a esta provincia y a cuya embocadura vuelvo ahora para llegar después al punto de encuentro con las armas que su gobierno nos envía.

Calabobos me ha explicado la ruta a seguir en mapas de su propio trazo, muy distintos de los oficiales de la república, con los cuales no hubiera podido orientarme. Los mapas son al territorio de los países lo que las cartas de amor a los sentimientos de los enamorados: por bien que estén escritos son traiciones, pintan mal la materia de su origen. Pero hay traiciones mayores y traiciones menores y la de nuestros mapas son del tamaño de nuestros territorios, tan grandes como ellos.

Al segundo día de marcha, la obsesión de Basilisco por nuestros perseguidores nos hizo subir a una elevación para mirarlos. Eran una línea trémula, visible ahora sí, que avanzaba como una lombriz sobre el resplandor verde de la hierba de la meseta oriental, lejos, engañosamente lejos de nosotros. Pujh escupió por su perfil derecho un gargajo redondo que hizo una parábola plateada y fue a posarse, temblorosamente, sobre una inocente margarita. Dijo luego, con lengua delirante:

—Parecen hombres, pero no lo son. No tienen voluntad ni rabia propias. Su voluntad no tiene consigna ni propósito. Su rabia es hija de la rabia de otros. Parecen hombres, pero son fantasmas, sombras de sombras, monigotes. Fantasmas que no saben que lo son.

—Persiguen y degüellan como si fueran verdaderos —dijo Basilisco, incrédulo de los delirios del gigante, a lo que Pujh respondió con un vistazo como un rayo, que hizo acuclillarse a Basilisco en espera de la pescozada. Pujh no le puso los puños encima, sino una palma paterna sobre el occipucio.

En la tercera noche de ruta, a propósito del comentario de Pujh sobre la índole de nuestros perseguidores, el inagotable Calabobos dijo:

—Tiene razón el fraile Mendizábal: nuestros adversarios son más sabios que nosotros en materia de cosas invisibles. Saben que las cosas invisibles son el aura que rodea y dibuja a las visibles. Saben de los muertos y de sus fantasmas, mientras nosotros queremos saber sólo del mundo de los vivos, aunque nos conste que está interferido por los muertos y por los fantasmas de los muertos, en los que no creemos.

Habló luego del reino de los aparecidos, que la mirada del hombre quiere apartar de su vida. Habló de los fantasmas de los hombres y de los animales muertos, y de las leyes generales que gobiernan a los fantasmas, las cuales, según él, pueden cifrarse en una: ya que no existen el cielo, ni el infierno, ni el purgatorio, lo único que existe en realidad son los vivos, los muertos y los fantasmas.

Terminó diciendo:

—Nuestros adversarios conocen el lado verdadero del mundo de los fantasmas y el lado fantasmal del mundo que llamamos verdadero. De eso hablaba Pujh cuando escupía sobre la traza de nuestros perseguidores. Para efectos de la guerra, esto quiere decir que la muerte física les parece irreal, comparada con la realidad que les espera después de la muerte. En esto son lo mismo, o parecido, que todas las religiones habidas y por haber, salvo que éstos actúan en consecuencia y, en verdad, no temen a la muerte.

Seguimos por el afluente del río que bordea la meseta, al pie de las estribaciones del Macizo de Malpaso. Al quinto día de ruta llegamos al inicio del delta, que en estas épocas es como decir, nuevamente, al desierto, salvo que pueden verse aquí manadas de bestias arrastrándose por las llanuras en busca de los charcos y los esteros lodosos que no ha secado el sol. Atrás de ellos, siguiendo el sendero de los animales muertos por extenuación, viajan parvadas de zopilotes, pandillas de hienas y coyotes, a la espera de la pieza que les dé la sequía. Hemos vuelto pues, con un tumbo del alma y un estruendo pajoso de la piel, a los horizontes color ámbar y los suelos color arcilla del delta seco que ofrece, sin embargo, un milagro inencontrable en el desierto propiamente dicho, a saber: las infinitas ramificaciones que el río hace aquí para consumirse en su propio derrame. Al secarse, estas ramificaciones dejan sobre la tierra un enigmático dibujo de tejidos pulmonares, hecho como por la mano de un artesano cósmico, cuidadoso en sus plumillas de dibujante de la misteriosa vida de las arenas.

Me ha dicho Calabobos:

—Si pudiéramos volar alto y reconocer el dibujo que el río ha hecho en estas tierras, acaso viéramos en sus ramificaciones sin sentido, el sentido de algo, la razón o la índole de esta parte del mundo, del mismo modo que la forma de los labios que se besan sólo aparecen en su forma amada cuando se les deja de besar y se les mira a distancia. Así estas tierras, duras a la razón, acaso mostrarían su rostro si pudiera uno separarse de ellas por los aires para mirarlas a la distancia debida. Acaso así pudiéramos saber que las ramificaciones del delta y sus esteros no son en realidad sino las venillas y los poros de un rostro, acaso el rostro amado, el de Bernarda o Cahuantzi para ti, o el de aquella cuyo nombre no puedo razonar, yo, que soy capaz de catalogarlo todo, menos las especies de la tristeza que saltan hacia mí desde el nombre de Rosina.

Junto con estos efluvios descontrolados, en estos días de ruta he recibido del inagotable Calabobos una precisa lección de geografía y aun de geografía política, quizá de geografía moral. Quiero decir que en medio de los azares del viaje y su aparente desorden, sigo trabajando, conservo el propósito de servir la causa que he jurado servir, a pesar de, o precisamente por, las dudas que los hechos tiran sobre las razones que nos mueven, y aun sobre las sinrazones, pues hay en nuestra cabeza demasiadas cosas que no caben en el mundo y en el mundo demasiadas otras que no caben en nuestra cabeza.

Resumo a su excelencia las cosas que Calabobos me ha enseñado sobre la forma física de esta tierra y aun, como digo, sobre su forma política y moral.

Al azar de piedra que separa esta provincia de nuestra república, lo hemos llamado, por abreviar, el Macizo de Malpaso. En realidad son tres hileras montañosas que avanzan a saltos hacia el cielo y descienden después del otro lado. Viniendo del lado de allá, donde se agita la república, hay que cruzar sólo una hilera del Macizo para llegar a la más alta, la única de nieves perpetuas, que aquí llaman Shuceljá Ina (Señora de los Dioses Muertos, o de los Dioses Fríos).

Subiendo desde este lado, desde el desierto metafísico y

los valles feraces de Malpaso, hay que cruzar dos hileras de montañas. Son dos estribaciones que suben, caen por unas laderas de varias leguas, y vuelven a subir, como gigantescas ondas oceánicas, hacia la cicatriz más alta del macizo mayor. Visto desde los valles de Malpaso, el Macizo parece un mar levantado e inmóvil. Es amarillo y seco por el día; trémulo y cobrizo en la película del crepúsculo; azul montuno, en la niebla mística de la noche.

En la segunda de las estribaciones, que aquí llaman Tushquelná Ina (Señora del Ombligo y el Sueño, del Sueño de Nuestro Ombligo, o de Nuestro Ombligo Soñador) está la ciudadela de los huitzis, cuyo exterminio se juzga inherente a la victoria de la república en estas tierras. *Zumpahuitzi zotetich teh* (Cagalar de los Huitzis Pedorros o Lugar de los Huitzis Cagones) llaman impíamente nuestras tropas a esa protuberancia de casuchas de adobe con techos de palma, unidas por promiscuos pasadizos que apenas pueden llamarse calles. Es la última tule de la resistencia en esta tierra, me dice Calabobos, marcando con un esfumino el mogote que ha pintado su mano en los pliegues de la sierra, también dibujada por él.

La ciudadela de los huitzis se asienta en una terraza calcárea y desnuda. Es un llano de piedra que corta la sierra. Tiene la forma de una pera acostada, un útero de calcio en cuyo centro se extiende la ciudadela que aquí llaman indistintamente Nonoshco (El Gran Hoyo, El Gran Túnel) o Nonoshco Chac (El Gran Hoyo Sagrado, El Gran Túnel Sagrado). La serpiente de chozas de Nonoshco se asienta como una raja abierta, ocre y lima, en el pubis de piedra de la montaña, la cual es toda ella, en la imaginería sin rienda de estas tierras, una montaña-mujer, una montaña-madre, una montaña-vientre, es decir: la petrificación prodigiosa de una hembra dormida, unida con poderosos imanes a la nervadura de la tierra, a cuyo regazo de lava y sílice volverán sus hijos, cuando mueran. He aquí el gran cementerio de piedra que atrae a las almas errantes, ombligo mineral de la gente de esta tierra, su gran congregación de lava, resistente al tiempo y al miedo.

Desde las goteras de Nonoshco Chac crece en todas direcciones una maleza seca y sarmentosa, intencionada, se diría, en su rugoso afán de cuidar las partes pudendas de la mujer volcánica. Esa maleza está hecha de una planta que es a la vez un arbusto y un árbol, un "arbusto arbóreo", dice Calabobos, que llaman aquí *zatzcabache* (rama de raíz de árbol o árbol de ramas como raíces). Es una especie de bejuco que engrosa hasta ser tronco y se propaga a un metro de la tierra en una telaraña de ramillas duras, como manos de látigo. El arbusto da hojas cilíndricas de ocho nervaduras que cubren su férreo laberinto rastrero. El zatzcabache crece hasta a la altura de los hombres, como para no ocultar ni acoger bestia de mayor altura. Ese yedral endemoniado rodea por varias leguas la rendija de Nonochco. Es "un viñedo púbico", dice Calabobos, discreto y estratégico, que dificulta enormemente el acceso a la ciudadela.

El vientre de la montaña donde se asienta Nonoshco es hijo de un río muerto, el río Tatishnú (Padre de Agua o Semilla de Agua) que bajó en algún tiempo milenario de las alturas del Tushquelná Ina, para enriquecer montaña abajo el afluente poderoso del Uxuljá. Antes de agotarse en su propia excavación de la montaña, el Tatishnú dibujó al bifurcarse el gran islote calcáreo, en su tiempo verde y húmedo, de Nonoshco. Luego de dibujar el islote, el río vuelve a unirse, serpentea y se va por el fondo de una hondonada. Como indica su cauce seco, el Tatishnú fue un gran río, pero hoy es sólo un lecho de finas arenas que la lluvia vuelve arroyo unos meses del año. Calabobos tiene registradas en sus efemérides un año en que las lluvias volvieron por sus fueros y el Tatishnú bajó de la montaña hecho un mar en brama.

Acompaño esta carta con un mapa de Calabobos dando cuenta de lo narrado arriba, para propósitos ulteriores de guerra o cartografía. Escribo el último fragmento de esta carta en el noveno día de ruta, camino a mi primer contacto con representantes de la república desde que entré, hace ocho meses y un siglo, a esta provincia.

p.s. Mis virgilias no aparecieron durante la travesía, como habían prometido. Temiendo que su ausencia representara un riesgo para la misión en que andamos, pedí una aclaración a Pujh, quien me dijo, confundiendo la intención y la emoción de mis preguntas:

—Vendrán, no te preocupes. Y te harán feliz, como te han hecho siempre.

Pero no han venido y temo que nuestra misión pueda estar en riesgo.

Suyo soy en el riesgo, y sin él
rúbrica

Carta 20

Excelencia:

Escribo estas líneas todavía sacudido por nuestro encuentro, hace una hora, con los enviados de la república, en el punto indicado por su excelencia, que los mapas de Calabobos llaman Ojo del Fium (Culo del Mundo, o Último Hueco). Tengo ante mis ojos incrédulos la fila de carretas de municiones que la república leal entrega a su aliado incierto. Esta abundancia de pertrechos me ha llenado el alma de una oscura alegría, pues se trata de la abundancia de la muerte, pero se trata también de la dotación que puede zanjar esta guerra y evitarla en adelante, lo cual no puede sino dar alegría. Observo a su excelencia que de alegrías oscuras están llenas mis jornadas. Todo tiene ante mis ojos, abiertos por el desengaño pero no desengañados, un lado de sombra y uno de luz, como si nada pudiera venir limpio y claro de las cosas de esta tierra, o de cualquier otra. Pocos lo sabrán mejor que su excelencia, en su alto lugar de mando, cuya índole primera es la amargura de los detalles. Una parte de luz y otra de sombra tiene, pues, este cargamento, llamado a dar la muerte y a evitarla, según la extraña lógica de la guerra que hace la paz matando.

Me ha regocijado también el buen sentido de su excelencia por haber puesto al frente de esta misión a mi viejo cómplice y compañero, condiscípulo del colegio militar, el aho-

143

ra coronel de nuestros ejércitos, Pelagio Santamaría, mi querido amigo, joven y amargo experto en tantas cosas, entre ellas la de recibir apodos pegajosos venidos de las torsiones de su nombre. Le llamaron en nuestros tiempos escolares Pelagogo, por su maestría en pelar cañas o piñas, chivos o pichones, lo cual es como decir: por su maestría con el facón, la navaja, el machete y el cuchillo. Santapiel le llamaron también, y hasta este día, por su fortuna beata con las mujeres. Agiosanto, por su don de prestar con ventaja. Y Airamatnas Oigalep, que es el revés de su nombre, por su gusto de llevar la contraria y nadar contra corriente.

Doy gracias a su excelencia por el cargamento y por su cargador. Vuelvo a mis tareas de recibirlos a ambos, para añadir luego unas líneas a esta carta y despedirme con el rigor debido.

Pasamos la tarde verificando el cargamento. Está completo, salvo por dos cajas de cartuchos que se usaron en un tiroteo inesperado. Hay la pérdida de dos hombres, tres caballos y dos mulas ciegas, abandonadas en la correría.

Pasé la noche con mi amigo Pelagogo, hablando de sus nostalgias, todas ellas de mujeres, al menos en su memoria, y en el primer lugar de todas la república, señora de nuestros afanes. Pelagogo me contó del invicto paso que llevan nuestros ejércitos en aquel lado de las montañas, y del respeto que su excelencia gana en los territorios conquistados. Me dijo también de las intrigas que acechan a su gobierno, así como de la mano firme con que les ha puesto usted rotundo fin.

Empezó por contarme la conspiración de los eclesiásticos, portadores de la gota venérea, según hizo constar el médico que registró su ingreso a la mazmorra donde fueron encerrados. Siguió con la conjura de los miembros del cabildo, lanzados del primer piso de su sede por la guardia presidencial. Luego, con la infidencia de los comerciantes, cebados en la escasez del pueblo, por lo cual sus bienes fueron confiscados, triunfo de nuestras instituciones al que siguió, con previsible lógica oligárquica, la cobarde intriga de los ricos, cuya única patria es el dinero, paganos financistas de la turba de léperos que el día de San Juan atropelló el palacio donde despacha su excelencia, haciéndose esa turba rea de su propio daño, a saber, el infligido por la carga de caballería que diezmó a sablazos su esperpéntica asamblea. Vergüenza de cuerpo da la intentona que siguió, de los indignos coroneles, cuyo objeto era ahogar al gobierno sublevando las guarniciones vecinas de la capital, todas las cuales terminaron en prisión o paredón, como manda no sólo el fuero, sino el honor militar. Me refirió después la asonada de los parlamentarios, paralíticos parlanchines, desaforados primero y presos después por decreto superior de la república. Y al final, en verdad a todas horas, siempre presente, como el miasma de la peste, la conjura de los cómicos y de las cortesanas que escriben octavillas burlescas sobre las aventuras imaginarias de su excelencia, en particular sobre su afición por la Antonia Tornero, en cuyas formas, dicen, su excelencia suele perder las formas.

Nada de esto creí, salvo lo que es historia, otra vez nada. Quiero decir, que nada creo de los rumores que se ciñen sobre su excelencia, y sólo algunas cosas de lo demás, siendo este demás las relaciones conspirativas que me ha hecho escuchar el coronel Santamaría. El mundo pasa ante nosotros vestido de las versiones de la gente que nos dice lo que pasa. Casi nunca sabemos lo que pasa realmente, y el mundo que decimos conocer es por su mayor parte el mundo que creemos existente por el camino incierto de la boca de otros.

Pelagogo tuvo una especial curiosidad por la compañía que me escolta. Me preguntó la identidad y propósito del cóncavo Basilisco, del asténico Calabobos y del ciclópeo Pujh. De cada uno le di cuenta como mejor pude, ponderando sus virtudes, aunque nada ayudaban a ello con su apariencia ni con sus actos. Mientras nosotros hablábamos, Basilisco hacía ejercicios bajo la luna, dando brincos del doble de su cuerpo para acuchillar, en sus ocios insistentes, enemigos imaginarios. Soliviantado también por la luna, Pujh salió al llano que había junto al campamento a dar gritos al cielo con elocuentes y bárbaras oraciones, en lengua a veces nuestra, a veces de su sola consonancia. Calabobos lleva cuatro días metido en el láudano. Flota como un ángel en sus tóxicos, con ojos de muchacha enamorada, lo cual consta a su excelencia que no es, sino al contrario.

Expliqué a Pelagogo la razón de aquella compañía, el cuidado que tuve de evitar nuestro encuentro rodeado de los hombres de nuestro aliado, y el riesgo cierto de que al regreso, en algún punto del delta deshidratado por el que hemos de andar algunos días, estará aguardándonos la gente de Pastor para tomar con su propia mano las municiones que llevamos, pues no confía en que las llevaremos, y acaso tiene razón en no confiar.

—Traición e incertidumbre en todas partes —dijo, taciturno, mi condiscípulo de otros tiempos. Yo le di la razón, pero él saltó fuera de la suya—: Quisiera quitarme de los hombros y del alma las obligaciones de mi oficio, como quien se quita una peluca o se arranca una espina. Quisiera no obedecer nada ni a nadie fuera de mi propio imperio, sino ir por el mundo haciendo lo que me da la gana, cruzando con la bayoneta a quien odio, no a quien debo odiar, atacando lo que sale de mi alma, no de la ordenanza militar del día. He matado y saqueado estos años de la república insurgente porque me lo ordenaron, no porque quisiera, lo cual no hace menos terrible el dolor que inflijo, ni menos oscura la sombra que a mi paso va quedando. Y ésta es la anestesia ciega del oficio de las armas que hemos elegido, que matamos sin odiar, y no somos sino unas máquinas que otros ponen en marcha, otros, digo, incapaces de hacer por su mano las sanguinarias cosas que nos mandan.

Quería, me dijo, romper alguna vez las cadenas invisibles de sus órdenes. Volver como un muchacho, por ejemplo, a su afición de antes y echarse conmigo a la campaña que me espera adelante, como en nuestros tiempos viejos nos echábamos por las madrugadas a buscar lo que la noche quisiera darnos, fiestas o furias. Confieso a su excelencia que durante buena parte de la noche acaricié la idea de inducirlo a la infidencia, hacerlo olvidar sus órdenes y ponerse con sus hombres a mi lado. Iba a dejar conmigo, de cualquier modo, la mayor parte de su gente, para volverse sólo con una cuadrilla de jinetes, a retomar sus tareas en la guerra que sigue de aquel lado de las montañas. La luz del amanecer serenó nuestras ansias y volvimos los dos al insaboro muro del deber, con cuya materia adocenada están hechas, sin excepción, las grandes causas y los sueños realizados. Me anunció que partiría con su cuadrilla en cuanto el sol acabara de salir, y yo me fui, sin haber dormido una hora, a terminar esta carta, que pondré en manos del coronel Santamaría para que la entregue a su excelencia de regreso.

La dejaré junto con copias de mis cartas anteriores, para asegurarme de que todas hayan llegado efectivamente a las manos a que están dirigidas. No sé si mis siguientes cartas llegarán, porque no sé siquiera si podré enviarlas, o si deba hacerlo, en los tiempos que siguen. Las escribiré, sin embargo, como estas otras, aunque con más libertad, con la libertad de quien piensa que no lo leerán, para que algún día cumplan el fin de llegar a donde deben. Algún día, digo, cuando la historia de los días que corren no sea el desorden que es, sino el presente cumplido de nuestra victoria, vuelta con el tiempo memoria y victoria de todos.

Soy de usted, con todas mis cartas
rúbrica

Carta 21

Excelencia:

Cuando emprendimos nuestro regreso del Ojo del Fium, se hizo clara en mi cabeza la duda en que estaba, o sea: qué debía hacer con el cargamento bajo mi mando, en manos de quién ponerlo para mejor servir a los intereses de la república.

Le habrá quedado claro a su excelencia que hace algún tiempo no es claro para mí cómo servir mejor en estas tierras los ideales de justicia, libertad y fraternidad que resuenan en el fondo de nuestra causa. No son esos ideales los que vibran en los pechos ni se afianzan en los hechos de nuestros aliados aquí. Sirviendo al bando de la república en esta tierra no se sirven necesariamente sus ideales, sino, a veces, lo contrario. A tal punto hablan en contra de sí mismos los dichos y los hechos de nuestro aliado Pastor Lozano, que se instala en la mente de todo genuino partidario de la república la pregunta de si no se servirán mejor nuestros ideales traicionando el bando que dice representarlos. Por los linderos de esta paradoja se abre la posibilidad de fugarse al bando contrario sin mudar de causa. Es verdad que el bando contrario no representa nuestros ideales, pero al menos no engaña, ni juega doble. Es más confiable en su condición adversaria que nuestro aliado en su teórica amistad. Veo con claridad en el ciclorama de mi confusión que hay más sentido de justicia en la lucha de resistencia de los huitzis, que en la violencia activa, dizque civilizatoria, que se ejerce contra ellos. Creo ver más destellos de libertad en las misteriosas redes espirituales que unen las costumbres viejas de esta tierra, que en las promesas huecas de futuro de una guerra cuyo presente único es el arrasamiento. Creo ver también más fraternidad de hecho en el repliegue numantino de los huitzis a las montañas, para morir por lo que creen, que en la moral del botín, la tiranía y la limpia religiosa que rige los afanes de nuestro aliado Pastor y de su cofrade, el fraile Mendizábal. Dudo de todo esto, pero creo ver más cosa humana, o al menos mayor humildad, en las correrías paganas de estas tierras, que en las moliendas de huesos obligadas por la furia de Pastor y la fe de su fraile mistagogo.

Mientras volvemos por donde vinimos, tragando, más que respirando, el desierto majestuoso del delta del Tote, estas dudas desvelan mis horas y me hacen parecer huraño a mis compañeros de travesía, tanto que Calabobos pregunta cada hora por las razones de mi rumia, pues rumio tan fuerte, dice, que mi rumia no le deja oír la suya. ("¿Qué rumias, rumiante, que tu rumia no me deja oír la mía?") Como no puedo confiarle la materia de mi rumia, he abierto las ventanas para oír la suya, no por previsible menos ingeniosa, ni por obvia menos encendida. Se trata desde luego de la rumia de Rosina, como es el caso invariable desde que la perdió de vista en la noche suntuosa de nuestra despedida. A fuerza de insistirle me ha dejado acercarme a su última invención respecto de las ausencias de su mariposa. En nostalgia de Rosina, Calabobos ha hecho un pliego de filólogo llamado *Romance diccionario de los ojos*, donde ha listado las acepciones lingüísticas del ojo y de los ojos, en una libre cascada de sentidos cuyo único sentido es la invocación amorosa de los ojos de Rosina.

Dice así:

Ojo se llama al órgano de la vista en el hombre y en los animales. También al agujero de la aguja para el hilo. Y a las argollas de las tijeras, al solitario manantial de agua que brota en un llano, a la gota de aceite inconmovible que flota en el agua.

Ojo se llama el círculo de colores que tiene el pavorreal en la cola, que él no sabe ni siente, y ostenta sin saber que ostenta, salvo si anda en busca de su pava.

Ojos se llaman los huecos del pan y del queso, y cada uno de los agujeros de las mallas que son, como nuestra memoria, una red de agujeros.

La boca de los molinos que deja entrar el agua se llama ojo, y las cinturas de los puentes por donde se ingresa en ellos.

Se llama buen ojo al saber que se tiene instintivamente de los hombres y los animales, de la oportunidad y la ocasión, de las distancias y las circunstancias, y del peso y el precio de las cosas.

Hay el ojo a la funerala que es el moretón que deja un golpe. Y hay el ojo llamado compuesto, que es el de los insectos y crustáceos, los cuales no tienen un ojo sino una legión de ojos unidos en su inutilidad múltiple por una membrana solidaria, como el nombre de cada uno une a los muchos desconocidos que hay en cada quien.

Ojo de boticario se llama el lugar seguro que hay en las boticas para guardar estupefacientes dignos de ser guardados bajo llave, como los amores que no se atreven a decir su nombre, ni a saltar sobre su sombra.

Ojo de buey se llaman las claraboyas redondas, lo mismo que las plantas herbáceas que se ayuntan por sus flores, como la dalia variopinta, el ajenjo amargo, el arduo cardo o la filósofa alcachofa, dura por fuera y tierna por dentro.

Ojo de gallo se le dice al color de algunos vinos, lo mismo que al callo cóncavo que se forma, en mala hora, entre los dedos de los pies.

El *ojo de tigre* es un cuarzo pardo con reflejos tornasolados. A la piedra ágata amarillenta con fibras de amianto, le llaman ojo de gato. Y ojo de cangrejo a la piedrecilla calcárea que este animal cría dentro de sí, como nosotros nuestra muerte.

Hay el *ojo de pescado*, que es una verruga de las manos. Y el ojo del culo, cuya descripción puede abreviarse.

Ojo de patio es el hueco sin techo de las casas que deja entrar la luz del cielo; ojo de perdiz, el hongo que se come la madera, y también *el tejido que cubre pasamanos y vestidos con redes de nudos como lentejas.*

A la zona de calma que hay en el centro de los ciclones, se le llama ojo del huracán, y se parece en todo a los momentos de amor y de esperanza que lleva en su centro el huracán de la vida.

Los ojos blandos son ojos tiernos, los de carnero son ojos tristes, los de gato agrisados e inciertos, los de sapo hinchados y saltones, de príncipes que nunca fueron reyes, abotagados por la desdicha.

Cierra los ojos quien duerme, muere, ignora y se somete, o se arroja sobre algo sin medir los riesgos. Abre los ojos quien revive, despierta, se aviva, descubre o se desengaña del error en que estaba.

Quien baja los ojos, obedece o se apena. Quien los alza descree, se afrenta o pide a Dios su favor frente a las miserias que ofrece la vida.

Los ojos se arrasan de lágrimas antes de llorar. Con dos ojos lloran los que sufren y con uno los que fingen sufrir.

Y nada cuesta tanto como un ojo de la cara, salvo tú, corazón, que no miras el ojo solitario que queda en mi alma, el tuerto que soy del alma sin tu amor.

Ah, tu voluntad cegada a piedra y lodo, sin un guiño de tus ojos por donde puedan entrar mis sueños, ni mis ruegos, mucho menos mis dedos, pulgares o meñiques, ni mi huérfano rabo con su ojo moribundo que busca a tientas tu entrada para apagar sus gritos, cerrar los ojos y enceguecer de ti.

En la invención de estos juguetes pasa Calabobos sus días. Mientras, Pujh revisa los mapas del cronista para precisar el punto en que deberemos desviarnos hacia el dominio de los huitzis y separarnos de la ruta que nos regresará a Pastor Lozano. No hay en su cabeza ninguna duda de que eso haremos. Lo da por un hecho que no me atrevo a desmentir, pues no sé si finalmente estaré de acuerdo en ello. Calabobos permanece al margen de mis dudas y de las certezas de Pujh, aunque algo sospecha por las insistencias de éste, pero actúa en todo como si nada hubiera cambiado en mí y nuestro trayecto fuera el convenido con Pastor Lozano para hacerle entrega del cargamento de pertrechos dirigido a él.

El tiempo de mi decisión se agota. Efectivamente, como señala con insistencia Pujh, hay un punto geográfico de nuestra ruta en el que deberemos decidir si vamos a un lado o al otro. Llegados a ese punto deberemos optar por ir hacia el poniente sangriento de los valles, que promete la victoria de Pastor, o hacia el oriente amarillo que lima las montañas de los huitzis. La piedra de referencia es el llamado Peñón de Palo Tieso, que en la lengua de la tierra se nombra Chac Pul Neh (Gran Guijarro Alto) y que desde hace dos jornadas vemos erguido en el horizonte, como un reloj que se acerca. Desde que salimos del Ojo del Fium, Pujh discute con Calabobos los detalles geográficos de ese dilema de piedra, que tan precisamente expresa el que hay en mi cabeza.

Soy de usted, con y sin dilemas
rúbrica

Carta 22

Excelencia:

Anteayer, al caer la noche, Pujh subió a una loma cercana, un monte de lodo seco que el viento se lleva en nubarradas de polvo, para hacer una invocación.

Dijo:

—Maestro, gigante relámpago: Tú que todo lo haces caer desde las alturas, lluvia y fuego, alumbra el rumbo que nos espera adelante con tus rayos, haznos invisibles a nuestros enemigos, que los ciegue tu parcialidad por nosotros, la chispa de tu corazón amigo. Baja, deslumbra, ábrenos paso a la noche del fuego con la guía de tus truenos y el manto de tus lluvias protectoras, agua de nuestras lágrimas. Déjanos ir a ti en santa paz, sin violencia ni sangre, para verterla toda cuando llegue la hora, y poder volvernos entonces lo que somos, las chispas de tu gran chisporroteo, las llamitas de tu incendio.

Dijo estas palabras varias veces, de distintos modos, hablando primero como quien le habla a un padre sordo, luego como a un niño sin juicio, luego como a la mujer amada, finalmente como a un diosecillo familiar, terco y antojadizo, pero cómplice.

Esa noche hubo una tormenta de relámpagos y un aguacero fuera de temporada que refrescó nuestro espíritu.

Al día siguiente, no bien di la orden de marcha para el

convoy, apenas caminada la primera legua, vi allá lejos, con el catalejo, en el gran cauce de un canal polvoso, al pie de un árbol como una cola de pavorreal, seco como un sarmiento, grande como una nube, las dos siluetas mínimas y admirables de mis virgilias. Vestían ropones rojos; sus collares, ajorcas, aretes, acaso sus ojos, centelleaban bajo el sol emitiendo rayos que yo encontré gemelos de mi alegría. Salí a galope hacia ellas, con dos mulas y viandas, y Basilisco atrás, hasta que le ordené volverse y seguir con el cuerpo del convoy, que dejé al mando de Pujh y Calabobos con la instrucción de no detenerse sino hasta caer la noche, y esperar ahí, donde quiera que quedasen, mi incorporación al otro día.

Caí en brazos de mis amigas como quien cae en un hospital y se abandona a los cuidados de los médicos luego de semanas de negarse a las capitulaciones de su cuerpo. Me recibieron, debo decirlo, con fiestas de carnaval, barajando en sus manos dos bules con repuestos de sotol. Sorbí como náufrago, a cuello de botella, lo que me ofrecían, y como náufrago las besé a ellas, de lo cual anoto que Bernarda tenía los labios secos y tristes, partidos por el desierto, mientras Cahuantzi los tenía contentos, húmedos de saliva y buena vida.

—¿Cómo están estos labios llenos luego de tanta ausencia? —pregunté, recelando.

—No he hecho sino lamerlos de pensar en que volverías, nagualón —riñó risueña Cahuantzi, mirando con entendidos ojos a su hermana.

—Una se seca y otra se moja —dije, beneficiándome de sus divergencias.

—Mis labios están resecos de añorarte sin esperanza —dijo Bernarda.

—Los míos están húmedos de desear que los beses —dijo Cahuantzi.

—Yo añoro tu lengua seca que me raspa el paladar —dijo Bernarda.

—Yo tu lengua larga que me moja el alma —dijo Cahuantzi.

Me dieron los segundos y terceros tragos de sotol, y a los primeros mugidos plenos de las vacas que empezaban a llenar el sotillo seco alrededor del árbol donde nos habíamos encontrado, con el primer olor de la verdura de las eras que venía de mi cabeza más que del secadero donde me habían puesto mis virgilias, me quedé dormido.

Mucho dormí y soñé. Oí entre sueños una curiosa letanía de las hermanas que decían, junto a una hoguerilla de hierbas de olor:

—Cuida todo lo que hay en esta piel, dentro y afuera. Cuida sus dedos, sus tobillos, sus rodillas y fémures, con todos sus cartílagos; sus caderas, costillas y omóplatos, lo mismo que sus brazos y dedos sanos; sus mandíbulas, muelas, mejillas, y cada hueso de su calavera, y todo lo que hay bajo y junto a los huesos. Cuida su piel con todos sus pelos, los nueve dedos y medio de su mano, las palpitaciones, cada una, de su pecho, y los aires que entran en sus pulmones. Cuida de él todo lo que hemos dicho y lo que no, lo que sabemos hoy y lo que descubriremos mañana, de modo que nada quede sin proteger, y mucho menos que nada el embrujo que tiene de nosotras, que lo tiene loco. Que loco se quede, como está, sin disminución alguna.

Creí entender que mis virgilias hacían una oración de uso en los ritos paganos de su tierra, una oración de encomienda a sus dioses del destino de un nuevo converso o un nuevo practicante. Así lo aceptaron cuando les pregunté, pues hasta ese punto me daban por converso a sus encantos, lo cual era, y a su causa, lo cual no era todavía.

Releo lo escrito hasta aquí y admito que la sospecha de que mis memoriales no llegarán más a su excelencia me exime de la contención que debe regirlos. En adelante no me ahorraré nada que juzgue digno de ser contado, sea o no pertinente a los códigos en que, por otra parte, naufraga de

157

retórica y exterioridad nuestra república. Pues hay más vida privada que la que cabe en nuestro discurso público y más cosa pública de la que pueden aceptar nuestros secretos privados. Es el terreno intermedio lo que no hay, y acaso no puede haber, y es su ausencia lo que impide que las cosas vayan con naturalidad de un lado a otro, y todo al final resulte una simulación de seres de carne y hueso actuando el papel de fantasmas públicos, o viceversa, y al revés. Todo es entonces un comercio fantasmal donde lo muerto en un lado está vivo en el otro, los hechos privados son fantasmas públicos y la vida pública una sombra que ahoga de vacío y solemnidad la vida privada. Y somos todos reos de ambas fantasmagorías.

Soy de usted, sin fastasmagorías
rúbrica

Carta 23

Excelencia:

Cuando volví con mis virgilias al campamento, Pujh y Calabobos discutían el rumbo a seguir. ¿Debíamos rodear por el poniente el Peñón de Palo Tieso, lo cual significaba dos días más de viaje, o debíamos cruzarlo por el centro, por un paso que había, de fácil tránsito pero fácil emboscada? Calabobos insistía en ir por el paso, Pujh quería la jornada más larga y más segura. El argumento oculto de Pujh era este: rodear el Peñón en vez de cruzarlo, nos ponía más cerca del momento clave de nuestro itinerario, que Pujh juzgaba decidido en mi cabeza, a saber: ir con nuestro cargamento hacia la ciudadela de los huitzis. El argumento abierto de Calabobos era este: cruzar el Peñón en vez de rodearlo nos ponía más cerca de nuestro propósito declarado, que era entregar el cargamento a las fuerzas de la república, es decir, a Pastor Lozano. La insistencia de Pujh en el otro camino, había sembrado la duda en la cabeza de Calabobos. Me preguntó si había algún viso de realidad en las certidumbres de Pujh sobre lo que pensaba yo hacer con el cargamento.

—No lo sé —admití.

—Si hay lugar a la duda, hay lugar a la posibilidad —dijo, y agregó—: Te pido que no lo hagas.

—Me lo pido a mí mismo todos los días —le respondí—. Y no lo acabo de conceder.

—Si no puedes convencerte de una opción, sólo queda la otra —dijo Calabobos—. Porque en esto no hay sino de dos.

Siguió discutiendo sutilmente con Pujh, como si hubiéramos decidido ir efectivamente hacia la ciudadela de los huitzis y no estuviéramos todavía dando vueltas en los circunloquios de mi cabeza. Aun en esa hipótesis, Calabobos argumentaba en contra de las razones de Pujh. Cruzar el Peñón en vez de rodearlo nos ahorraría dos jornadas de extenuación innecesaria, decía Calabobos. Y al final del cruce, podríamos tomar camino a la sierra por mejores caminos que rodeando. Además, rodear el Peñón por el poniente para marchar hacia la cordillera sería como invitar a nuestros seguidores a atacarnos, ya que regresar de ese camino a los valles, implicaba varias jornadas, del todo innecesarias o superfluas.

Los argumentos de Calabobos no convencieron a Pujh, pero me convencieron a mí, que necesitaba tiempo para decidir. No había aprendido aún que al indeciso nunca le alcanza el tiempo, que las prórrogas son tiempo ganado sólo para el decidido. Hicimos lo que decía Calabobos. Entramos por la garganta que conducía al cruce del Peñón de Palo Tieso una mañana ardiente, en el día once de nuestro regreso, luego de una reyerta en las vísperas donde yo decidí que fuéramos por donde decía Calabobos. Esto indispuso conmigo a Pujh y a mis amigas, las cuales me negaron su amistad esa noche de cielos estrellados. Desvelado y solo, pasé aquellas horas de tiritante esplendor bajo la pedrería del universo que hubiera podido cubrir los cuerpos de mis amigas, y los suyos el mío, con los brillos que su excelencia puede imaginar.

La idea de perfección es una imperfección de nuestra mente, una rigidez divina que siembra en nuestra mente las exigencias del infierno. Iba pensando en esto a las pocas horas de marcha por la garganta, en realidad un intestino, del

160

cruce del Peñón de Palo Tieso. De pronto, al terminar dos curvas en escuadra, verdaderas termópilas rancheras, unas manos de hierro tomaron de la rienda a mi caballo, y de los pelos y las barbas a mí, para ponerme en tierra y arrastrarme, sin tiempo de resuello, a un sotillo cercano donde gente de Pastor Lozano tenía presos ya a los tres exploradores que formaban la vanguardia de nuestra columna, delante de mí. Uno de ellos tenía un corte en la mejilla y se le veían los dientes a través del cachete; al otro le habían rebanado el copete hasta el hueso, de donde corría una cascada de sangre sobre el inútil represo de sus cejas. Los hacían caminar a puntapiés hacia una explanada de arbustos enanos donde esperaba el grueso de nuestros perseguidores. A mí me pusieron una daga en el cuello intimándome a no hacer ruido ni decir palabra, lo mismo que a Basilisco, que me seguía en la línea por el paso hacia tan inesperado cautiverio. El mismo trato sigiloso y seguro dieron nuestros captores a los soldados que iban atrás de nosotros, con las riendas del primer carro de pertrechos; de igual forma sometieron a los del segundo carro, y a los del tercero. A todos los asaltaron silenciosamente y los llevaron, como a mí, al sotillo de salida de la curva, para enviarlos de ahí, con distintas heridas preventivas y atentas bayonetas en sus gargantas, hacia la explanada mayor donde eran maniatados y puestos en línea, con la cara sobre la tierra y las manos amarradas a la espalda.

Uno tras otro cayeron los hombres de mi columna en manos de estos asaltantes a la salida de aquellos recovecos. Todos mis hombres, los escoltas de los carros, los palafreneros y rienderos entraban uno a uno o dos a dos por la senda estrecha, que apenas dejaba el paso de los carros, para caer en manos de los cuchilleros emboscados. Morían ahí mismo los que oponían mayor resistencia o parecían dispuestos a dar gritos de aviso a la hilera desprevenida que los seguía. Los demás seguían el camino previsto del sotillo, el cautiverio ignominioso de no poder siquiera alzar la mano en defensa propia y ser en todo sometidos a la vejación de una captura sin lucha. Así pasaron los carros de municiones y la media centena de soldados cuidadores que nos había entregado para esos fines el insobornable soldado de la república Pelagio Santamaría, desgraciadamente retornado ahora a sus deberes, lo cual nos dejó a nosotros proporcionalmente desprotegidos de su valor y su astucia.

Pasaron todos los carros, digo, y fueron sometidos, uno a uno, hasta que dobló por la esquina intransitable el carromato último de la caravana, que arrendaba Calabobos, con Pujh en el pescante. Era mi carromato inveterado, sombra de mi alma, encarnación absurda y absoluta de mi casa, de mi patria y de mi causa: sonámbula causa, nómada patria, errabundo hogar. Bajaron a Pujh con violencia digna de su tamaño hercúleo y lo pusieron en tierra con dos guardias pisándole las espaldas. Bajaron también a Cahuantzi y a Bernarda, que viajaban en la parte trasera del carromato. Las echaron amarradas junto a mí. No tocaron, en cambio, a Calabobos, quien bajó por su propio pie del pescante y entregó las riendas a nuestros captores con gesto de repudio, como quien entrega un cazo de viandas podridas. Cuando Pujh era llevado del sotillo a la explanada, volvió la cabeza hacia Calabobos que caminaba atrás de él, mirando al piso, y le gritó lo que entonces entendí como la peor de las afrentas:

—Entregaste a tus hermanos, cronista. Ésta fue tu emboscada. Nos entregaste indignamente, sin darnos al menos el orgullo de luchar y morir.

Calabobos no alzó la cabeza. Nadie había tirado de sus pelos ni amarrado sus manos, ni puesto una punta en su cuello. Me lanzó una mirada al soslayo, desde su cuello gacho. Entendí que Pujh tenía razón, que el cronista nos había entregado.

Calabobos echó a andar por la explanada frente a nosotros, en realidad frente a mí, pues yo era el único de los cautivos al que habían dejado sentado en una roca con las manos atadas a la espalda, para que pudiera ver, supongo, el derrumbe de mis quimeras amistosas. Calabobos me miró de soslayo varias veces mientras pasaba entre la recua de hombres que había entregado. Me miraba con rabia de saberse observado en su tránsito, confirmado en su traición, enervado conmigo porque atestiguaba su falta. En una esquina de la explanada lo esperaba el ladino general Silerio, jefe de las montañas de nuestro siniestro aliado Pastor Lozano. A un gesto de cabeza de Silerio, dos jóvenes sonrientes que vestían el uniforme de nuestra causa echaron a los pies de Calabobos a una cautiva. Tenía los pelos enmarañados y las ropas rotas, al punto de que podían verse sus pechos sublimes, erguidos de rabia como si lo fueran de deseo, y un muslo largo y blanco saliendo de una falda ripiosa como el lomo de una ballena blanca asomando en las aguas del océano. Calabobos recogió del suelo aquel despojo con devoción de eremita. La apretó contra sí, mientras ella lloraba, temblando, abandonándose a la emoción epiléptica de estar a salvo, en brazos de su amado. Era Rosina, la causa de la fiebre del cronista, cuyo amor había fraguado su traición. Pastor Lozano había comprado la traición de Calabobos con el cautiverio de Rosina.

Otros soldaditos risueños, burlones de la triste razón de su victoria, llevaron mi carromato hasta el lugar donde estaban Calabobos y Rosina. Lo vi pasar frente a mí como a un camello cansado. Calabobos subió en él a Rosina y me buscó otra vez la mirada, entre el manto de polvo que alzaba un remolino. El cronista se limpió con altivez los ojos, usando el canto de la mano. Algo tragó, su oprobio o su ojeriza, y echó a andar bamboleándose hacia la garganta del paso del Peñón de Palo Tieso. Al final del paso se abría el horizonte. Podía verse otra vez la franja fresca, lejana, de los valles detenidos en el cielo, esperándonos, como una promesa. Salvo que la promesa era de muerte.

Nada de esto escribí entonces, sino en mi cabeza, donde quedaron fijos los hechos, a la espera de recuperar algún día las plumillas y los papeles que me permitieran consignarlos con el mismo rigor de la memoria que los grababa indeleblemente en mí.

Soy de usted, indeleble
rúbrica

Carta 24

Excelencia:

Salía el sol cuando empezamos la marcha, presos, desde la explanada final del Peñón de Palo Tieso. Las virgilias venían amarradas de las muñecas entre ellas, y a mi cintura con otra cuerda, de modo que me seguían como uncidas a una yunta. Pujh venía atado a mi cuello por un yugo compartido, y Basilisco Pereyra al otro flanco, atado de sus manos a las mías, como las virgilias entre ellas, de modo que ni Pujh, ni Basilisco, ni mis virgilias, ni yo, podíamos caminar inconcertadamente sin hacernos daño. Íbamos unidos por nuestras amarras de tal manera que cada movimiento falso, o libre, en dirección contraria a las amarras, era un correctivo y un suplicio: el correctivo de hacernos marchar sólo al paso que imponían nuestras amarras, el suplicio de que, siendo imposible hacerlo así, no había modo de caminar que no doliera, y el dolor nos lo aplicábamos nosotros mismos tratando de evitarlo. Ésta era la pedagogía esencial de aquella cuerda malévola, la esencial pedagogía del mundo, a saber: que a veces es imposible hacer lo que no duele y duele hacer lo que es imposible dejar de hacer. La vida, bien vivida, no es sino dolor o tedio evitado en los parpadeos que llamamos felicidad, fortuna, fiesta o follatura.

Antes de salir de la explanada, el ladino general Silerio dispuso la suerte de sus otros prisioneros, los esforzados custodios del cargamento de municiones que enviaba para Malpaso la república. No necesitaba a esos hombres como aliados, dijo, ni podía sostenerlos como prisioneros. Les dio a escoger fusilamiento o abandono: una muerte rápida por bala o una muerte larga por extenuación en el delta desértico del Uxuljá Tote. Todos eligieron el desierto. Les puso a todos en la mano una tira de tasajo y un bule de agua, lo cual agradecieron como niños, antes de oír que les pedía las botas.

—Las botas sí las voy a usar.

Fueron formados descalzos y recibieron su orden de marcha hacia la sartén del delta desértico por el paso del Peñón de Palo Tieso por donde habíamos llegado.

—Que no se diga que la república no es magnánima cuando puede —dijo el ladino general Silerio.

La humedad de los valles no fue consuelo para la sequedad de nuestros cuerpos, estragados por cuatro días de camino, y por nuestras propias cavilaciones de la muerte inminente, mejor dicho, de las formas siniestras en que podían ser imaginadas nuestras muertes. Nada de esto ablandó nuestro espíritu, inclinándolo al consuelo recíproco, sino que afiló el afán oscuro de culpar a otros, que en aquel triste caso se encarnaban o resumían o emblematizaban, justificadamente, en mí, pues había sido yo el fabricante temeroso de aquel temible destino.

Después de las llagas de muñecas y cuello, a cuya inmediatez ardiente era imposible sustraerse, constituyendo esa absorción de los sentidos en la desgracia física la verdadera dimensión espiritual de la tortura, nada resentí tanto como el silencio inamoroso y hostil de mis virgilias. Durante nuestro viaje y vía crucis del Peñón hacia los valles, por primera vez desde el inicio de nuestra venturosa aventura, mis amigas reprocharon mis debilidades en silencio, como esposas avinagradas, hartas de la repetición de sus maridos.

Pujh murmuraba, de vez en cuando, con alto sentido de

la soledad que nos cubría, pese a andar reunidos como un tubérculo de varias bulbas:

—Estemos juntos, pase lo que pase.

Su sabia arenga no curaba de la acedia a mis virgilias y acababa de desconsolar a Basilisco, quien gemía a mi lado como un perro herido, buscando mi cercanía con desamparo desolado y desolador. Por las noches venía a inspeccionarnos el ladino general Silerio, en particular a mis virgilias, cuyas llagas en muñecas y cuellos ordenaba tratar con una grasa hedionda.

—Ésta es la mercancía que debo cuidar —decía—. Ninguna otra. Digo, por si tenían alguna duda al respecto.

Les miraba los dientes a mis amigas y les metía en el pelo sus dedos polvorientos o aceitosos, para ver si quedaban ahí liendres y piojos de que tuviera que desembarazarlas también.

Un día antes de la llegada al campamento de Pastor Lozano, en la Tenencia de Manuel Parada, el ladino general Silerio detuvo el convoy luego de pasar un vado. Había visto en un codo del arroyo un remanso donde creyó buena idea zambullir a mis virgilias. Quería que se lavaran y limpiaran de la tierra y las costras del camino, a lo cual ellas no accedieron de modo alguno, por lo cual las llevaron en vilo y las echaron en la pequeña poza de donde emergieron empapadas y humilladas, los pelos sobre las caras, los vestidos pegados a sus nobles formas flacas. No hicieron mis amigas el menor intento de lavarse como les habían ordenado, esperando sólo, inmóviles, que las sacaran del sitio con el agua chorreándoles por todos los bordes. El general Silerio dio orden a unas vivaqueras adscritas a su estado mayor, es decir, a la carreta andrajosa donde él viajaba embotado por el alcohol, soñándose general invicto de los ejércitos de la república, que entraran al agua y lavaran a las prisioneras, después de lo cual tres matronas ajamonadas, una tuerta y otra cacariza, las tres carcajeantes, entraron a la poza y cepillaron a mis virgilias con zacates y jabones de potasa, coronando la humillación con unas pompas burlescas de espuma y las risas de los soldados que miraban la escena.

Nada de esto entendí, ni de los cuidados nocturnos del ladino general Silerio, ni de las urgencias del baño obligado para mis virgilias, sino después, cuando llegamos frente a Pastor Lozano y supe las tristes cosas que había urdido en su cabeza para sus sobrinas, mis amigas.

Al llegar al campamento de nuestro aliado nos echaron amarrados, boca abajo, en el piso de piedra cruda de la casa de hacienda donde despachaba Pastor, sobre una mesa rústica y malempalmada, como su alma. Nos tiraron al piso para demostrar, supongo, nuestra condición de piltrafas, más que de prisioneros. Nos alzaron después para que enfrentáramos la inspección enconada de Pastor. Chasqueó la lengua despectivamente frente a mí, y sonrió diabólicamente frente a Pujh, anticipando un gozo turbio por un propósito ignoto.

—Traidor —le dijo a Basilisco—. ¿Sabes lo que le pasa a los traidores?

—No he traicionado nada que haya creído —dijo Basilisco.

—No tienes tamaños para creer, enano. Lo que hay dentro de esta cabezota apenas si alcanza para gruñir —le dijo, punzando su frente con su dedo índice como pico de pájaro carpintero—. Gruñir es el verbo único que conjuga tu alma.

Pasó luego a la inspección de mis virgilias, sus sobrinas. Las encontró sucias, malheridas y estragadas, pese al baño. Dispuso que las curaran y repararan de sus daños, y se las trajeran luego, cuando hubieran cedido las huellas del estrago y hubieran recobrado su fulgor, lo cual, le dijeron los complacientes curanderos, no sería antes de cuatro días.

—Cuatro días esperaré a que se pongan enteras —dijo Pastor, y añadió, riendo, mientras me miraba con sus ojos de

168

pájaro, palpitantes de salacidad y sevicia—. No me gustan los mangos maltrechos ni las mujeres magulladas.

Dijo así, al sesgo, lo que me diría después sin sesgo alguno. Ordenó que nos retiraran y eso hicieron, llevándose a mis virgilias al establo vecino, y a nosotros al corral vecino del establo, para tenernos en él como si fuéramos ya las bestias que íbamos siendo. Nos amarraron sentados de espaldas contra los travesaños del corral, bajo el sol ardiente, que aliviaron con unas cubetadas de agua sucia, residuo de los baldes donde enjuagaban las escobillas de lavar caballos.

Caída la noche me despertaron de un sueño torturante y narcótico, parecido, me supongo, a la agonía, y me llevaron a rastras a la presencia de Pastor Lozano. Se acercó a mí para hablarme a bocajarro, pero cuando me tuvo cerca se alejó, tapándose burlescamente las narices con el índice y el pulgar. Les dijo a sus esclavos:

—Arreglen y perfumen a este fantasma. Me da repelús su desaliño.

Me acercaron a una cubeta para lavarme la cara, me quitaron los ripios que quedaban de mi orgullosa casaca de explorador, me lavaron el torso, me echaron después unos cucharazos del agua de flores que esencializaban las vivanderas del estado mayor y me regresaron a la presencia de Pastor envuelto en una túnica de hilo, oloroso como una novia, tapado como una samaritana.

—¿Sabes lo que le pasa a los traidores, aliado? —dijo Pastor cuando me sintió entrar de nuevo, ahora con mi asfixiante olor a flores.

Lo dijo sin levantar la cara del escritorio donde escribía, o fingía escribir, asuntos de orden suprema. Sacó entonces del cajón y echó sobre el escritorio el mazo de cartas y memoriales que había enviado yo a su excelencia desde el inicio de mi viaje. Juzgué, a ojo de buen cubero, que estaban ahí todas, o casi todas, interceptadas por los espías de Pastor, mostrando con su cruda verdad de estar intactas, aunque violadas en su lacre, el hecho simple y terrible de que no habían llegado jamás a las manos que estaban destinadas.

—La traición anida en tu alma con naturalidad y elocuencia —dijo Pastor, tomando las cartas en la mano—. Así lo muestran estas cartas. Eres un traidor orgánico, aliado, un hombre de convicciones mudables, ligeras. En realidad, un hombre sin convicciones, una veleta al viento que se asusta y se sacude con cualquier cosa. Es decir: un cobarde. La imaginación te hace vulnerable y el miedo apadrina tu traición. Es una vieja historia sin nervio ni alma, una risible y despreciable historia. Lo que has hecho no puede tener otro castigo que la muerte, aliado. Eso lo sabes bien. Y sin embargo, debo decirlo, en alguna parte de tus dudas has sido muchas veces mi aliado verdadero. Así lo prueban tus cartas, me queda claro. Y esa lealtad parcial merece una pena también parcial. Lo he pensado mucho, con toda la hervidumbre de mi cerebro, y luego de mucho rumiar y mucho echar burbujas por el borde de la olla, he llegado a una iluminación deslumbradora, aliado, y es esta: te impongo la pena de escoger la muerte que prefieras. Ésta es mi recompensa parcial a tu lealtad parcelada: podrás escoger la muerte que prefieras. ¡Fortuna inesperada del guerrero la de escoger su propia muerte, aliado! No te quejes.

No me quejaba, quiero decir: mi miedo era superior a mis ganas de quejarme. Durante todo el tiempo que lo tuve enfrente, imaginando el suplicio que me tenía deparado, no pude dejar de pensar en aquella tortura de la invención de Pastor, consistente en pinchar el hueso con un verduguillo y rascar, grabando su nombre en el cartílago.

—¿Puedes imaginar algo más justo, aliado? ¿Algo más exacto, más misericordioso? —dijo Pastor.

—Imposible —dije—. Me ciega la luz de tu justicia.

—A mí también, aliado. A mí también —respondió Pastor—. Ése es entonces tu castigo y tu premio. Una pena dividida, perfectamente ajustada a tu lealtad bifronte, un premio a medias para la mitad buena de tu alma bífida. ¡Esto es genial, aliado! He recibido una epifanía en tu beneficio, y debo agradecerla, aunque seas tú el beneficiado. Respecto de tus amigas, mis viejas conocidas, a las que no veo desde que eran niñas, respecto a ellas, digo, no sé aún lo que haré en general, sé sólo lo que haré la primera noche que estén buenas. Y es esto: tú has gozado impune y felizmente de mis sobrinas, como dicen tus cartas, y yo, mientras leía, he recibido inspiración de ti. He decidido beber de su sotol y de sus labios, en imitación de tu amoroso ministerio. ¿Tienes algo que opinar a ese respecto?

—Son tus sobrinas —dije—. Tu casa y tu sangre.

—Mejor, aliado. ¡Mejor! —dijo Pastor Lozano, y agregó—: El pálpito gemelo de la sangre: ¡ése es placer! Perderte en los pasillos de tu propia sangre, en los brazos de una mujer que es tu hermana: ¡ése es placer! Violar los sellos de la prohibición, abrir los cielos del incesto: ¡ése es placer! Ése es el placer que me darán Bernarda y Cahuantzi cuando sanen de sus magulladuras, aliado. Y el placer que recibirán mientras me maldicen, porque la sangre aullará también en ellas con el aullido de las cosas prohibidas que aúllan hace tanto tiempo en mí.

Se había ido sulfurando al decir esto, como la olla que según él le hervía en el cerebro. Podría decirse que en el punto de hervor vino a gritarme de frente, echando fuego por los ojos y gases por la boca:

—¡No he querido sino mezclarme con este pueblo como si fuera de mi sangre! ¡He querido probar todas sus mujeres, dejar mi huella en todas, una memoria cualquiera, un cardenal, una herida, un hijo hecho al pasar, cualquier manchón de la memoria que perpetúe mi paso por estas tierras! ¡Y que el odio deje en el mundo un recuerdo de mi paso más fuerte e indeleble que el amor!

Hubo después de estas palabras una burbuja de silencio,

una burbuja atónita, que se rompió en el aire como la cuerda invisible de un violín. Pastor se dejó caer en el trono de su mesa de mando, como si sus palabras lo hubieran vaciado. Recobró el resuello y gritó a sus esbirros:

—Llévense a este coyote matrero. Su falsa serenidad me atardece el cacumen.

Me llevaron, no habiendo en mí por entonces otra voluntad que la de guardar las cosas en mi memoria, indelebles y exactas, a la espera del tiempo en que podría ponerlas por escrito en servicio simbólico, más que práctico, de nuestra rutina oficiosa, la cual empezaba a tener para mí el valor ilusorio de una tabla firme en el mar picado de todo lo demás.

Soy de usted, aferrado a la tabla
rúbrica

Carta 25

Excelencia:

Me dejaron dormir sin las manos atadas esa noche, uncido al palo mayor del corral por un grillete de galeote. Me puse a repasar lo que había oído para recordarlo bien, para no echarlo en la desmemoria del perdón. Luego le conté a Pujh de la fiesta que esperaba a mis virgilias. Pujh pasó la noche emitiendo unos aullidos de perro que me robaron el poco sueño que tenía. En la amarga duermevela abrí los ojos una vez y lo vi parloteando con unas sombras que iban y venían a él como si lo zarandearan, agarradas a su cuerpo. Después de eso no aulló más, me venció el sueño. Al despertar por la mañana, Pujh me dijo:

—Nos van a rescatar.

Vi pasar a lo lejos a Rosina, fresca de la noche en la ardiente mañana. Miró con ceño de miope, durante un buen rato, el corral donde estábamos. Nos trajeron de comer sobras de tortillas y costras de arroz frío, raspadas del fondo de la cazuela, con unas pringas de pellejos grasosos. Pujh pasó la mayor parte de la mañana mascullando rezos. Su lengua, blanca como una laja de cal, palpitaba tras sus labios violáceos. Tenía cerrados los ojos y sus párpados temblaban como si lloviera dentro de ellos. De pronto los temblores cesaron, Pujh volvió en sí.

—Nos van a rescatar —dijo, por segunda vez.

Basilisco recibió una visita. Una vivandera bizca le trajo una cantimplora de agua fresca con unas tiras de tasajo. Basilisco las hizo circular por Pujh y por mí, antes de tomar su parte. La mujer renegó de su gesto.

—Te traje estas cosas a ti —le dijo.

—Hay mujeres para todo —admitió Pujh, en voz baja, rehusando caballerosamente las viandas—. Y en cada mujer, hay una samaritana.

Yo también rehusé las viandas, lo cual llenó de gozo a la bizca pues dejé a Basilisco poseedor del agua y la carne seca, bajo el mirar torcido de la recta pasión de su dama.

Al mediodía, contra el sol salvaje, vimos venir un cortejo de frailes pardos. Traían las capuchas puestas. Las faldas de sus hábitos, de lana cruda, rozaban el suelo; ceñían sus cinturas con unas sogas toscas, como cordajes de barco. En el hoyo oscuro de la primera capucha, una noche mínima donde volaban luciérnagas, vi brillar los ojos del fraile Mendizábal. Pensé que venía a cobrar su cuenta pendiente con Pujh, a quien yo había sustraído de su torvo ministerio. Se detuvo, en efecto, frente a Pujh y dijo, con resignada felicidad:

—El Señor te llevó, el señor te trajo. Hágase la voluntad del Señor.

Pujh lo miró como se mira a un estorbo inesperado.

—Tu señor se parece demasiado a tu mal corazón —respondió.

—Mi Señor es el artífice de mi corazón, y de todo lo que en él se contiene —dijo Mendizábal—. Nada sucede en mí ajeno a su voluntad.

—¿Cagarás alguna vez por tus propios méritos? —lo asaltó Pujh, con una estocada bajuna.

—Dios es infinito también en mis miserias —santurroneó el fraile Mendizábal—. Y yo en su obediencia.

—Concluiré que tu dios te manda cagar de más —dijo Pujh—. Porque te cagas en todo lo que puedes.

—Me cago en la falsedad de vuestras cabezas, engendro —respondió el fraile Mendizábal.

—¿Por eso quieres cortarlas? —dijo Pujh.

—No me interesa tu cabeza, sino tu entendimiento, engendro. No me importa tu cuerpo, el tuyo o el de tus familias. No me importan tus clanes ni tus casas, tus pueblos ni tus ciudades. No es eso lo que quiero. Lo que quiero es acabar con el pasillo torcido de tu entendimiento radiante de oscuridad, nublado de falsos relámpagos.

—¿No es tu dios quien ha puesto todas las cosas en el mundo? —avanzó Pujh—. ¿Por qué ha de sobrar en su obra nuestro entendimiento torcido?

—Dios ha puesto en el mundo las cosas que hay, esperpento, incluyéndolos a ustedes —respondió, doctoral, Mendizábal—. Pero en su magnífica largueza no ha puesto en nuestro entendimiento el dogma de lo verdadero, sino la libertad de escoger, la libertad que te hace humano. Y es esa libertad la que ustedes han usado torcidamente para malentenderlo todo. Es eso, sólo eso, lo que quiero remediar. Yo no los quiero a ustedes seres beatíficos, siervos de las virtudes teologales. Eso es imposible en el estadio de evolución de sus mentes. Sus cerebros son ostensibles principiantes en el camino hacia la parte superior de la especie y el resplandor de Dios.

—Somos anteriores y posteriores a tus credos —dijo Pujh—. Vas apenas por el camino del que nosotros hemos vuelto. Y estamos ya en el lugar al que llegarás.

—He ahí en tus propias palabras el mismísimo brillo de la falsedad, que es la soberbia, la certeza loca de sí —dijo el fraile, con ira contenida—. Sobre esa falsedad han construido ustedes la apariencia de religión en que creen. El estaño parece plata sin serlo, la hiel parece miel sin serlo; vuestros dioses parecen divinidades sin ser más que las sombras febriles de vuestro error. La cosmogonía que gobierna sus mentes no sale de la inteligencia de Dios, que es infalible, sino de la libertad torcida de vuestro entendimiento.

—Tu dios es un padre colérico y olvidadizo —dijo Pujh—. Aún tienes que explicarnos por qué, de tanta infalibilidad como le atribuyes, pudiste salir tú. O pudo salir la guerra en que estamos. La perfección de tu dios produce taras. Es un árbol sano que da frutos podridos. Mi dios no es perfecto, ni omnipotente. Es un compañero de imperfecciones. No nos ha creado, ni nos salvará. Nos acompaña como un hermano grande, como una madre afligida. No es nuestro protector, sino nuestro consuelo.

—Tu dios está incluido en lo que ha inventado el mío. Lo aprenderás tarde o temprano —dijo el fraile Mendizábal, y ordenó zafar a Pujh de su tortura para llevarlo a la suya.

Los otros monjes y tres soldados escoltaron al gigante. Se fue riendo como un niño, hacia el potro del tormento.

Cayó la tarde por los balcones de un crepúsculo absoluto. Un sol descendiente, rápido y redondo, inflamó una niebla roja, de arcilla microscópica: polvo del desierto encendido por la luz. Los pájaros, delirantes de trinos, se recogieron en un coloso oscuro, un ahuehuete; fueron callando conforme la luz se iba tras las nubes, anaranjadas antes, grises como acero ahora, con una cenefa de nácar en sus bordes. Hubo un eco de metales, rifles guardándose o cacerolas cayendo sobre los braseros para los guisos de la noche. Alguien cantaba débilmente, con una voz delgada, como la cinta en el pelo de una muchacha. El aire cambió, trajo un olor a leña nueva en viejos fogones de pueblo, el olor de la patria. Una muchacha rio la risa de quien burla, jugando, a su perseguidor, una risa que promete dejarse alcanzar. Un cuervo graznó perentoriamente, se oyó una destemplada trompeta militar, y la luz se condensó un momento en su fijeza líquida de principios de la noche, como si el mundo se detuviera, conteniendo el aliento unos segundos sagrados, antes de una ejecución.

Estaba oscuro ya, con la única excepción del chisporroteo de unas fogatas, cuando vi venir otra vez al gigantesco Pujh entre las sombras de sus frailes carceleros. Venía intacto, y sonriente. Hizo unas venias fraternas a los frailes cuando lo dejaron en manos de los soldados, que lo volvieron a amarrar a su palo, vecino del mío. Le dije de mi asombro porque volviera ileso. Pujh se rio.

—Le pedí que me predicara —dijo—. Y la prédica le complace más que la tortura. Me interrogará mañana. Hoy sólo me ha indoctrinado. Pero puedes saber esto, para que no te aflijas: amaneceré mañana convencido de su prédica, y no me tocará. Me ha dicho cosas fantásticas, dignas de ser creídas por su sola ideación maravillosa. Me ha dicho, en prueba de la vida de su dios, que si todas las cosas se mueven impulsadas por otras, algo inmóvil ha de causar su primer movimiento, y ese algo es su dios. Que si todas las cosas son efecto y causa de otras cosas, alguna causa primera debe haber de la que se desprenden todas las otras, y esa causa es su dios. Que si todas las cosas empiezan a existir alguna vez, algo ha de haber que no empezó a existir nunca, sino que fue el principio de todas las otras, y ese principio es su dios. Me describió el templo de su dios, que llama cielo. Está lleno de gallinazos luminosos, que llama ángeles, los cuales forman las cohortes radiantes de su dios. Este dios ha tenido un hijo de carne y hueso, me dijo, como tú y yo, y lo mandó a morir desangrado en la tierra para salvar del pecado a sus matadores. Es el desangrado que hay en sus templos, del que nunca entendí la procedencia. "Padrecito cabrón", dije yo al entender esto, a guisa de comentario, pero mi juicio reavivó la cólera del fraile y no dije más. Escuché el resto de su prédica que a partir de ahí no fue gran cosa. Esto que te cuento, en cambio, me ha hecho pensar. ¡Quién tuviera un ejército de gallinazos luminosos para arrasar a Pastor con una parvada!

Ya alta la noche volvió la vivandera bizca a consolar a Basilisco de su hambre inmortal. Vino con ella una anciana tapada del rostro a la manera de las hijas del desierto. Pero no era una anciana, aunque rengueaba como tal, ni una samaritana, sino María Solís, la tía de los espíritus de mis virgilias, la mujer de Pujh. Se nos dio a conocer destapándose el rostro cuando estaba junto a Pujh, a quien le dijo:

—Piensa, cuando sufras, lo que yo sufro de pensar que sufres. No sufras más de lo que yo pueda tolerar.

Se puso luego a decirle cosas en su lengua, sonoras y melancólicas, hasta llenarlo de esperanza. Traía entre las enaguas una anforita de sotol, de cuya totalidad dimos cuenta esa misma noche Pujh y yo.

Hubo una noche estrellada, cuyos brillos se multiplicaron al infinito por las humedades cómplices de nuestros ojos, pues lloramos esa noche de felicidad, siendo felices de nada, del sotol en nuestros cuerpos, en medio de nuestra desgracia. Lloramos de comunión con los misterios del cielo y con el viento tibio que refrescaba la tierra. Por la mañana vi a Basilisco conversar, enérgicamente, como si los regañara, con dos centinelas que venían a vigilarnos por primera vez. Cuando terminó su conferencia se acercó a mí, para decirme:

—Me han dicho estos esbirros amigos, señor, que no morirás antes de que veas a tus amigas montadas por Pastor Lozano. Y eso no será antes de tres días. Sobre el día en que moriremos el gigante y este enano, no hay noticia cierta.

Calló pero vi que retenía algo y lo increpé gruesamente, como le gustaba, para que desembuchara. Titubeando del espíritu y de la lengua me dijo:

—Dicen estos esbirros que al día siguiente de que todo esto ocurra, los guardias de Pastor tendrán rehenas mercedadas, es decir, que después de gozar Pastor a tus amigas, las entregará a la soldada para su solaz.

El llanto acudió a mi pecho como un vómito. Me tapé el rostro para no mostrarlo a Basilisco ni a Pujh, pero mis ruidos decían lo que no dejaba ver, eran más elocuentes que mis lágrimas.

—Nos van a rescatar —dijo Pujh, por tercera vez.

Por tercera vez, no pude creerle.

Sin nada digno de contar, salvo el dolor de las amarras, pasó el segundo día de nuestro cautiverio. Gran parte de la noche siguiente me mantuvo despierto mi desgracia. Me la pasé viendo el cielo, tratando de adivinar en su juego de luces la arruga de agua anunciadora de la llegada de las gigantas, es decir, el principio de algún consuelo. Pero no había sotol en mí, lo habíamos terminado el día anterior, y nada pude ver en el cielo sino la sombra siniestra de mis propias adivinaciones. Vi a mis amigas sometidas una y otra vez al estoque de Pastor, y a la tentación de su sangre paralela. Confieso, con vergüenza, que me atormentaba más la posibilidad de su goce que la de su dolor. Pastor había sembrado en mi alma los celos por el placer prohibido de la sangre buscando su igual.

Soy de usted, celosamente
rúbrica

Carta 26

Excelencia:

Al quinto día de nuestro cautiverio supimos, por los centinelas cómplices de Basilisco, que mis virgilias habían sido declaradas nuevas, es decir, limpias de heridas y raspaduras. Pastor decretó día de fiesta. Desde el almuerzo corrieron las vivanderas con peroles de aguardiente entre la guarnición que nos cuidaba. El grueso de los ejércitos de la república estaba acampando una legua abajo del promontorio en que nos tenían presos a nosotros, junto al potrero de la hacienda modesta, de tres cuartos, donde Pastor despachaba, rodeado de su guardia personal. Había junto a la hacienda un potrero con tiendas de campaña, un gallinero de gallinas solas, un establo donde dormían los frailes inquisidores y un corral donde nos freíamos al sol durante el día los únicos prisioneros: Basilisco, Pujh y yo.

Tenían a mis amigas en uno de los cuartos de la hacienda, servidas por vivanderas y curanderos, como animales de engorda camino a una feria ganadera, es decir, camino a los ritos lúbricos de Pastor Lozano.

Al llegar la noche, el potrero de la hacienda era ya una sola orgía de cantos y gritos de borrachos. Los guardias de Pastor perseguían vivanderas. A falta de vivanderas, se ayuntaban entre ellos y con los animales de patio, gallinas, terneras u ovejas, que pudieran encontrar. Tres jóvenes hicieron fila para servirse de una oveja conocida nuestra, la oveja que venía a visitarnos con la vivandera bizca de Basilisco, siguiéndola como su perro. Tenía esa oveja la pelambre blanca, rosados los labios, la nariz y el culo, y una mirada perdida de esclava soñadora en trance narcótico. La vimos pasar en brazos de un guardia ebrio, dando balidos de niña, y a la vivandera bizca corriendo atrás, en su rescate, hasta que la frenaron con un golpe de culata en la frente, tan exacto, o estricto, que la habría dejado bizca de no estarlo.

Las tiendas de campaña del potrero estaban tomadas por el desenfreno. No se oían sino quejidos y gemidos, gritos, burlas, órdenes, carcajadas. Disparos sin blanco punteaban la noche con una euforia salvaje. Era como si Pastor hubiera querido rodearse de un furor de bacanal para dar paso a eso mismo dentro de sus aposentos. Nada ocupaba tanto mi atención como la vigilancia hipnótica del cuartel de nuestro aliado. Sus ventanas, iluminadas por quinqués potentes, hacían parecer la casa un pastel de luces o una fragua de hornos o un pabellón de luciérnagas descomunales. No podía verse a través de los cortinones blancos de la casa, pero yo creía ver a nuestro protervo aliado yendo y viniendo con su paso sulfúrico, impaciente de la aparición de mis amigas. No podía ver tampoco a mis amigas, pero creía verlas ajuareadas por siniestras celestinas para el rito de rehenas que habría de imponerles Pastor esa noche de oprobio.

Puse los ojos fijos en las luces de la casa hasta cegarme con ellas. Creí ver tras aquel resplandor todas las cosas que había temido, en particular el goce de mis virgilias al contacto con los arcanos de su sangre. Era posible que el agravio terminara en placer, la violencia en caricia, la humillación en éxtasis; y todo en amor lánguido, placer prohibido, paraíso recobrado. ¡Era posible! Por un momento largo y sucio, confieso a su excelencia, mi corazón se torció de tal modo que funcionó al revés. Odié a mis virgilias por el trance en que estaban en lugar de condolerme. Me despertó de mi obsesión la voz inesperada y susurrante del cronista de Malpaso, Antonio Calabobos. Se escurría como serpiente por mi flanco bajo los travesaños del corral.

—Voy a liberarte —dijo, con acento sereno y decidido.

Traía mi cuchillo de pelar reses, el que yo había perdido en la emboscada del Peñón de Palo Tieso, y con él empezó a cortar mis amarras. Cortaba las últimas cuando se desató el tiroteo en las tiendas del potrero, junto al cuartel de Pastor.

—Ustedes deben esperar aquí —dijo Calabobos, mientras cortaba las amarras de Pujh—. Huirán en aquella carreta.

Señaló una carreta ligera y tres caballos formados en las sombras, a espaldas del corral. Había también ahí un grupo de guerreros huitzis, con su característico chambergo, doblado hacia arriba en el frente, como una cofia. En el pescante de la carreta esperaban Rosina y la bizca de Basilisco, con su oveja niña rescatada. Calabobos las había traído. El cronista cortó las amarras de Basilisco y procedió a sacar de una bolsa de yute que arrastraba dos escopetas y una pistola, que puso en nuestras manos.

Tomé la pistola y corrí hacia la casa de la hacienda, donde había ya un tumulto de tiros y gritos. Cuatro huitzis luchaban en el corredor con el último cerco de la escolta de Pastor Lozano. Los repelían con disparos de fusil a quemarropa. Corría yo en medio del aluvión de huitzis que se sumaba al asalto, cuando se abrió la puerta de la casa y apareció Pastor Lozano. Tenía la camisola abierta, el torso de mulo al aire cortado por los rayos de luz de la casa que cortaban las sombras de la noche. Tenía, sobre todo, los pantalones a medio fajar. Tres hombres le detuvieron un caballo brioso para ayudar su fuga. Subió a la bestia de un salto y pasó a galope junto a mí, abriéndose paso a sablazos entre el reguero de huitzis, seguido por el resto de su escolta. Le disparé con la pistola sin que nada alterara el flamear de su camisola blanca en el aire de la noche, en cuyo seno se perdió.

Volví entonces mi atención a la casa. Caminando hacia

mí, entre los huitzis que las habían rescatado, vi, gloriosamente, a mis virgilias. No había nada glorioso en sus rostros ni en sus gestos. Habíamos llegado tarde, y no sé por cuánto tiempo. Cahuantzi lloraba. Bernarda mantenía alta y airada la frente, mirando con frialdad de diosa que recuerda su agravio. Las abracé sin ser abrazado. Las encaminé al corral donde nos esperaba la carreta, cobijándolas bajo mi brazo. María Solís, Basilisco y Pujh caminaron detrás de nosotros.

Al pie de la carreta esperaba Calabobos. Abrazaba a Rosina, igual que yo a mis amigas, salvo que Rosina lo abrazaba también a él. Como quien entrega su espada al rendirse, el cronista me devolvió mi daga de pelar reses. No dijo nada del oprobio de Palo Tieso, pues nada había que decir para justificarse, ni para disminuir el tamaño de su ofensa. Pero me tendió la mano con un papel, diciendo:

—Mi hermano de oficio se llama Renato, y vive entre los huitzis. Desertó de este lado del mundo hace dos años. Con él podrás hablar cuando te ahogues. Dile que tuvo razón, pero que la razón no es todo. Y que ahora soy feliz.

El sobre tenía en la cubierta el escueto nombre de Renato. Tomé el papel y le estreché la mano. Vi a Bernarda hacer una mueca de disgusto, y a Pujh amonestarla por ello.

Calabobos montó a Rosina en las ancas de un caballo y partió a galope, rumbo al campamento de los ejércitos de la república. Debía esconderse de cualquier sospecha, apareciendo con Rosina pegada a su cuerpo, como si viniera de uno de sus paseos amorosos por la intemperie. Bernarda lo maldijo al verlo partir. Pujh volvió a amonestarla como un padre estricto. La hizo subir a la carreta, antes que Cahuantzi y que María Solís. Cahuantzi se cubría la cara con las manos. Basilisco subió al pescante donde esperaba su vivandera bizca y tomó las riendas de la carreta, que los huitzis rodearon como haciéndole un escudo. El jefe de aquella escolta habló en la lengua de la tierra con Pujh. Le informó que debíamos correr hasta reventar.

Mientras montábamos en nuestros caballos, Pujh me dijo que había regañado a Bernarda por sus maldiciones contra Calabobos, porque debíamos al cronista nuestra libertad. Calabobos había hecho saber a Renato, su colega desertor a quien yo llevaba la carta, el lugar exacto donde estábamos. Renato se lo había dicho a Anselmo, jurándole con su vida que Calabobos era incapaz de mentirle, es decir, que no le había mentido nunca. Anselmo organizó el rescate de sus hijas, acercándose al sitio por la noche y enviando a María Solís a corroborar los informes. Toda la información del cronista resultó exacta. Llegado el momento, Calabobos se ofreció a escurrirse de su propio campamento para venir a liberarnos. De modo que nos había dado la prisión primero y la libertad después. Era un hijo cabal de la dualidad de su tierra. Hizo algo más: informó del lugar donde estaba el cargamento de municiones secuestrado por Pastor. Y mientras un grupo nos liberaba a nosotros, otro fue a volar el cargamento. Supimos que habían cumplido su objetivo por el flamón amarillo que alumbró la noche, al oeste, y una explosión que hizo temblar la tierra. Los huitzis echaron al aire sus chambergos, celebrando la misión cumplida.

Poco después galopábamos, escoltados por los hombres de Anselmo, rumbo a las estribaciones del Tushquelná Ina. Mientras subíamos por una pendiente pudimos ver en la hondonada del valle, lejos, nimbada por la luna, la cauda de polvo que dejaban nuestros perseguidores, los brillos de sus armas, el espectro de sus antorchas.

Galopamos dos horas, hasta encontrar la columna de huitzis que nos esperaba a la salida de los valles para asegurar la retaguardia de nuestra huida. Cuando cruzamos esa red de seguridad, Pujh ordenó aflojar el paso, y seguimos sin agitación. Me acerqué a la carreta. No tenía toldo, estaba descubierta, la bañaba la luz ascendente de la luna. La vivandera bizca de Basilisco llevaba a su oveja herida en brazos. Le habían rasgado el culillo y llagado las ancas, que eran rojas y moradas ahora, en sustitución de su tierna textura de albina. María Solís la curaba con sus manos de bruja.

Mis amigas iban llorando, ahora las dos. Pensé que Cahuantzi lloraba porque era la ultrajada, y Bernarda por contagio del dolor de su hermana. Supuse que Pastor había cumplido su designio en Cahuantzi, no en Bernarda. Luego pensé que lo había cumplido en Bernarda, la más fuerte de las dos hermanas, y que Bernarda no lloraba por su daño, sino por el dolor que ese daño producía en su hermana. Bernarda podía estar más rabiosa que triste por el agravio recibido. Cahuantzi, más herida que rabiosa. Por estas imaginerías llegué al peor de los mundos posibles pues fue cierto en mi cabeza que Pastor Lozano las había ultrajado a las dos. Lo cierto es que Bernarda, aunque llorosa, tenía más clara la rabia, y Cahuantzi más libre el dolor. Bernarda me dijo:

—Por tus dudas pasó todo, buhonero. Por tus dudas perdimos el convoy de armas. Y lo que perdimos en la hacienda, también fue tu culpa.

Las consolaba la idea de estar a salvo ya, camino de Nonoshco, cosa que Pujh les recordaba con un grito paterno:

—A casa, de regreso a casa.

Tarareaba una canzoneta cuyo estribillo infantil y nostálgico decía: *Nonoshco loshco, bié*, lo cual quería decir: *A mi Nonoshco querido (voy)*.

Sólo eso las consolaba un poco, pero acabó consolándolas del todo. Dieron, poco a poco, en seguir el canto de Pujh cada vez que éste lo reiniciaba. Así, como suele suceder, después de llorar de dolor, lloraron de alegría. Tan copioso fue un llanto como el otro, y los dos fueron una revelación para mí, porque nunca las había visto llorar. El espectáculo de sus lágrimas abrió en mi corazón un protectorado de amor salvaje, que fundía la ternura por sus almas indefensas con el deseo de sus cuerpos tristes, infinitamente dignos de ser poseídos.

Al llegar el día, Pujh decretó un alto en un aguaje, para

descansar bestias y hombres. No pude dormir lo que debía. Opté por la otra clase de sueño que es escribir a su excelencia lo que pasa y lo que ha pasado, tal como sucedió, sin inventar ni callarme nada.

Luego de escribir lo que arriba queda consignado, cerca del amanecer me fui a distraer mi pena por el aguaje. Me siguió y encontró caviloso Basilisco. Me dijo:

—El peligro de tus amigas quedó atrás. Has hecho bien, señor, jugándote por ellas.

Había un tufillo de experto en sus palabras, como sugiriendo que él se había jugado también por su vivandera bizca.

—El peligro quedó atrás —acepté—. Y las mujeres están con nosotros.

Agregué, con petulancia:

—Pero se han ido a la mierda los principios. Me he volteado contra todo lo que juré defender.

Me dijo entonces Basilisco con sabiduría infusa, supongo, por su recién descubierto amor:

—Los principios, señor, como su nombre indica, son para principiantes. Y para principiar, pues no pueden mantenerse todo el viaje.

Soy de usted, sin embargo, de principio a fin
rúbrica

Carta 27

Excelencia:

Luego de veinte horas de fuga, llegamos al último mirador de los valles. Era un terraplén al filo de la cañada por donde corre, cien metros abajo, el cauce seco del río Tatishnú (Padre de Agua o Semilla de Agua). Desde ese mirador tuvimos (este plural incluye a Basilisco, a su vivandera bizca y a mí) nuestra primera visión de Nonoshco, la ciudadela de los huitzis.

Tal como me lo había anticipado Calabobos, la ciudadela de los huitzis es un promontorio ocre y verde en lo que hay que considerar el monte de Venus del Tushquelná Ina. Vista por el oriente, esta montaña dibuja, en efecto, la silueta de una mujer dormida. Para completar el símil, tal como dijo Calabobos, la ciudadela está rodeada por una selva de arbustos rastreros, que aquí llaman zazcabache, cuyo dibujo visto desde el cielo podría ser como el vello que protege las ciudadelas públicas de las mujeres.

El promontorio donde se asienta Nonoshco está cortado por dos desfiladeros, cavados largamente en la montaña, a través de los siglos, por el río Tatishnú, seco ahora. A espaldas del promontorio, cortada por los mismos cauces del río, se alza una estribación boscosa y húmeda. Parece un valle fértil, pero es en realidad la estribación penúltima del Tushquelná Ina. Son las tierras comunes de Nonoshco, la reserva

189

de siembra, caza y leña que le da al lugar su condición de fortaleza, a la vez inexpugnable y autárquica. No es posible llegar a esta ciudadela sino por los senderos de cabras de los desfiladeros, cuyos vericuetos sólo conocen los nativos, lo cual hace que la ciudadela esté protegida por una colección de "imbatibles termópilas", según la gráfica expresión de Calabobos.

Vista por primera vez, Nonoshco es como un espejismo amarillo y verduzco. Sobresale en su paisaje la pirámide de los rezos que hay en el centro del pueblo. Sus casas son de palma y palos de zazcabache. La tierra es oscura, pero los bejucos secos del zazcabache y las palmas tiernas de los techos, al curtirse al sol, toman un color rubio tenue, remotamente verde. Ese color de lima tiñe la superficie visible de Nonoshco, de modo que el pueblo parece brillar con un fulgor inherente, palúdico. Un cerco de jacarandas rodea la ciudadela. Se ostenta a la fantasía como una formación de colosales cabezas de elefantes.

Bajamos por las brechas del desfiladero oriente, que llaman Río Viejo, hasta el cauce seco del Tatishnú, una pista de arena de amplitud inesperada. Caminamos por ella hasta la primera brecha de ascenso y subimos por el desfiladero gemelo hacia Nonoshco, lo cual nos tomó casi un día. Llegados nuevamente a las alturas, ahora del otro lado del cauce del río, pasamos otro día cruzando la selva de zazcabache que rodea Nonoshco sin ver delante de nosotros otra cosa que las ramas sarmentosas de esta planta de infinitos bejucos y retorcimientos. Sin aviso alguno, como quien se topa en la noche con un sueño, salimos de un rodeo y nos topamos con el perímetro de jacarandas del pueblo. Son piezas inmensas, oscuras, frondosas, bien plantadas sobre un suelo liso, desyerbado a conciencia.

El viento, que traíamos de lado, empezó a soplar de frente. Nos trajo la primera vaharada del corazón de la ciudadela, un olor a azufre recocido, a mierda histórica, tan denso que calentaba el aire, ardía los ojos y arqueaba el vientre, y tan insoportable que algo en lo profundo del cerebro se adaptaba rápidamente a él para no tener que soportarlo. A poco de andar bajo su miasma, de pronto la peste era ya parte del aire y en el bastidor pútrido pero uniforme de aquella atmósfera opresiva volvían a tener vida propia los demás olores, entre ellos el de la boca de Cahuantzi y el de Bernarda, que venían, reprochantes, junto a mí, una a cada lado en el pescante de nuestra carreta, hablándose entre ellas como si yo no existiera, aunque hicieran cruzar sus alientos gloriosos frente a mis narices atribuladas.

Dejamos atrás el cerco de jacarandas y tomamos la única calzada del pueblo. Fueron saliendo de callejuelas y escondrijos alegres gentes, atentos animales, en especial mujeres y perros. "Los asomados de Nonoscho", dijo Basilisco. Miraban atentamente el paso de nuestros escoltadores, que iban adelante, y nos saludaban a nosotros, a Pujh y a mis virgilias, a María Solís, a Basilisco y a su vivandera bizca, y a su oveja, con vítores celebratorios, como si volviéramos de una campaña triunfal.

Fuera de la calzada por donde entramos, no parecía haber nada recto en Nonoshco. Sus calles eran interminables curvas de serpiente, senderos atestados de casas, gente que vivía codo con codo, puerta con puerta, en una promiscuidad de vecindario. Al terminar la calzada llegamos a una plaza redonda, ocupada por el día de mercado. Cruzamos la plaza y seguimos por unas callejuelas sinuosas repletas de casas, todas iguales en su indigente mezcla de bejucos, adobes, maderas y zazcabache, todas distintas también en su forma, de espaldas al sendero unas, abiertas otras como cobertizos a la inspección de quien pasara, ocurrentes todas en sus colgajos de macetas y flores, cintas y amarraduras. Había en las ventanas multitud de piedras, puestas ahí como señas de identidad de sus moradores, pues recordaban a sus muertos. Fungían, me había dicho Calabobos, como diosecillos tutelares. No había más cercas o divisiones entre las viviendas que sus pobres paredes. La gente y los animales, niños y perros, gallinas y mujeres, vacas, puercos y ancianos, pululaban por igual en las casas y los patios, si patios podía llamarse a los vericuetos serpentinos que unían más que separar los linderos de las casas, como costuras de la misma tela.

Todo eso pude ver, con ojos asombrados, en nuestro lento arrastre hacia el lugar adonde nos llevaban, lugar que resultó ser la colmena de casuchas y cobertizos donde despachaba el caudillo de Nonoshco, Anselmo Yecapixtle, padre de mis virgilias, sobre cuyos humores, vistos los de sus hijas, no podía hacerme ilusión alguna.

Había un cerco de vigilantes en torno a la colmena, que en realidad era un ovillo, un lío de cuartos conectados por una traza loca. Nos hicieron bajar de la carreta y entrar por una puerta ancha que daba a un sendero estrecho donde empezaban de nuevo las curvas y los pasos intrincados. Pasamos de un patio con animales a un patio con soldados, de una casucha que hacía las veces de garita a un cobertizo donde quince mujeres guisaban un titánico rancho soldadesco.

Llegamos finalmente a una vivienda larga, más larga que grande, de techos altos y ventanas veladas a medias por toldos de palma. En ese recinto inesperado, sereno y diáfano en medio del revoltijo, conferenciaban cuatro huitzis, puestos de cuclillas, ceremoniosamente absorbidos en sí mismos. Vestían ropas de hilo fresco, blanco y bien cuidado, lo que representaba una excepción en el desfile de andrajos variopintos que era la facha común de los asomados de Nonohsco.

Dos de los conferenciantes tenían las cabezas anudadas con pañoletas azules, de puntas tan pródigas que les caían por la espalda como colas de caballo. Otro conferenciante, el que nos miró a los ojos cuando entramos, tenía los pelos sueltos, largos hasta los hombros, los ojillos inquietos, penetrantes, irritados por el resplandor de una visión o por los estragos de un insomnio. Reconocí en sus facciones de viejo joven al mismísimo Tata Huitzi, profeta mayor de la causa, a quien había visto en el mercado fantástico de mis recuerdos, arengando a las generaciones de huitzis pasadas, presentes y por venir. Tenía la mirada que recordaba: fija, fría, y sin embargo alegre, y la misma comisura riente en los labios de saurio. Sin levantarse del cónclave donde estaba, alzó los brazos hacia nosotros. Su gesto llamó la atención de los otros, que seguían sin vernos, hablándose en cuclillas. El otro acuclillado sin pañoleta se alzó también, siguiendo los movimientos de Tata Huitzi. Tenía unos pelos de león entero en la oscura cabeza delirante. Se levantó del suelo con prestancia, enorme como un oso, económico de esfuerzos como un gato. Pasó por mí los ojos una vez, y vio a Cahuantzi, luego vio a Bernarda. Tenía unos ojos negros como los de Cahuantzi, hundidos en el fondo de una nariz larga, meditabunda y apasionada, como la de Bernarda. Mis virgilias corrieron hacia él lo mismo que potrancas al potrero. Anselmo Yecapixtle las recibió bajo sus brazos de cóndor. Sus hijas lloraron, besaron sus manos, su cara y sus plantas. Él no. Las dejó estar y retozar bajo su manto mientras miraba al resto de la comitiva. María Solís fue también hacia él, le puso las manos sobre la cabeza de minotauro y le dijo bendiciones en la lengua de la tierra. Pujh fue atrás de María Solís y se postró frente a Yecapixtle como ante un dios, antes de ponerse de pie y dirigirse a Tata Huitzi, frente a quien se postró de nuevo.

Anselmo dispersó esos homenajes como quien quita papeles sobrantes de una mesa. Vino luego hacia mí, que estaba un paso delante de Basilisco, de la vivandera bizca y de su oveja. Fui objeto por primera vez de la mirada tersa, clara, recóndita, terrible, de Anselmo Yecapixtle.

—Tú las salvaste, Avilán —dijo con voz tonante, tendiéndome la mano y la sonrisa, echando mi apellido sobre mí como un latigazo, el apellido que casi había olvidado, como todas las cosas de mi vida pasada. Sólo me habían llamado en estas tierras "aliado", "buhonero", "señor" y otros motes secretos, acaso menos ciertos, desatados por mis virgilias en la intimidad, cuyo sonido guardo para mí, a salvo de orgullos y sonrojos.

—Tú las salvaste —repitió Anselmo.

En medio de la peste soberana de Nonoshco, creí oler en las palabras de Anselmo un hilo de alumbre y aguardiente.

—¿Has cambiado de bando o te trae sólo el olor de mis hijas? —me preguntó Anselmo.

—He cambiado de bando por tus hijas —mentí, o casi.

—Suena bien, pero no casa —dijo Anselmo—. Nadie cambia tanto por unas mujeres. ¿Has cambiado, Avilán?

—He cambiado —dije, sin que me temblaran la voz, ni el corazón, ni la mirada. Es decir, engañándolo con todas esas cosas.

—Si así es, así será —sentenció Anselmo, con un dejo de chunga, dando por terminado nuestro parlamento. Volteó luego hacia Tata Huitzi que había quedado a su espalda y le dijo, señalándome:

—Este que aquí ves, padrecito, es Avilán, el cuidador de tus ahijadas.

Tata Huitzi hizo algo que podría describirse como una bendición, aunque el rictus malevolente de su cara sugiriera más bien un pitorreo. Su gesto fue, sin embargo, como un bando de absolución para mis virgilias, que se hincaron ante sus pies de uñas gavilanas, y vinieron luego a mí, reconciliadas de sus muinas. Cahuantzi puso la cabeza en mi hombro izquierdo y Bernarda, que era más alta, en mi cuello derecho, con lo cual se apartaron de mi ánimo todas las gravedades, incluida la inapartable y grávida pestilencia que envolvía a Nonoshco.

Presenté a Basilisco y a su bizca con unas palabras de afecto, a resultas de lo cual Basilisco imitó a mis virgilias echándose a los pies de Yecapixtle, y la bizca siguió su ejemplo cayendo a los pies de Tata Huitzi. Sólo la oveja herida

194

mantuvo su dignidad haciendo un beeé idiosincrático cuando su dueña, al agacharse, le apretó de más el buche.

Así fue, señor, nuestra llegada a Nonoshco, así mi primer encuentro con los principales de esta ciudadela, el padre y el padrino de mis amigas.

Nos despedimos cuando anochecía. Pujh y María Solís ofrecieron su casa para albergarnos a todos, pero Tata Huitzi se rio: "Ni que fueran conejos", con lo que daba a entender que la casa ofrecida era muy pequeña para tantos.

—Mis muchachas se quedan conmigo —dispuso Yecapixtle—. Y usted, Avilán, en ningún sitio estará mejor, junto con su comitiva, que con el sabio Renato, que habla su misma lengua y puede que tenga hasta sus mismas mañas.

Ordenó a un huitzi de su escolta que nos llevara donde Renato. Salimos del ovillo al caer la noche. El pueblo estaba oscuro, pero no desierto, una como fluyente romería ocupaba sus calles. La gente caminaba rozándose, tan apelmazada como dentro de sus casas, con un humor de fiesta sin materia, sin motivo ni recinto, salvo la fiesta misma que estaba en todas partes.

Un viento fresco soplaba del otro lado de los desfiladeros, desde los valles arrasados por donde a nadie parecía importarle pero yo podía casi sentir el avance de nuestro mortal aliado, Pastor Lozano.

Suyo soy, en la fiel imaginaria
rúbrica

Carta 28

Excelencia:

Escribí ya mi envío anterior en la mesa de cedro crudo que es el único lujo de la choza donde vive Renato, mi anfitrión en Nonoshco. Renato Macabeo es su nombre completo. Parece cosa del destino que la orden de Anselmo me haya traído hasta él, siendo él la secreta recomendación de Calabobos. Se trata de una casualidad feliz, inexplicable dadas las divergencias entre ambos recomendadores y dados los criterios exclusivistas de Calabobos en materia de afinidades electivas. Sólo ante Rosina, por las sinrazones explicadas, vi al cronista de Malpaso deponer su rigidez principista en la materia. Pudo fallar en su elección de Rosina, pero no ha fallado en la de Renato Macabeo. Renato es, como el cronista, un coyote de su propia loma. Supe que lo era antes de conocerlo, por la forma ceremoniosa en que los huitzis que nos escoltaban se acercaron a su morada. La casucha que ocupa Macabeo está puesta sobre una elevación del terreno, respetada por todas las casas vecinas en su pequeña altura solitaria. Contra el espíritu de aglomeración que se diría inherente a Nonoshco, las casas próximas a la de Renato Macabeo conservan su distancia. En esa deferencia colectiva me pareció ver un grano de respeto y otro de discriminación. Pensé que Anselmo nos enviaba ahí para que compartiéramos con Renato una condición sutil de ex-

197

tranjería, ya que la pertenencia de Renato a las peculiaridades de este mundo resulta debatible o nula.

Renato parece vivir al margen de los hábitos tumultuosos y la ruidosa camaradería de Nonoshco. Su choza, separada del montón, es de una limpieza y una dignidad infinitas. Renato, por su parte, es un joven calvo de imperiosa calma. Bastó que pusiera en sus manos la carta de Calabobos para que el horror ante la plaga que caía sobre su casa, es decir nosotros, se disolviera en sobria alegría. Luego de leer la carta del cronista, Renato Macabeo cayó a mis plantas, no con la indigna literalidad de Basilisco frente a Yecapixtle, sino metafóricamente hablando, como un caballero recóndito. Se rindió también ante la oveja herida de la vivandera, que la cargaba en brazos. A cambio de sus mimos, la oveja le ofreció un balido tierno y dos lengüetazos.

Basilisco y la vivandera se acomodaron con su oveja en el cobertizo trasero que hace las veces de taller de Renato. A mí me fue ofrecida la pieza única de la choza, donde duerme el propio Renato. La pieza incluye dos hamacas, un anafre, una vajilla variopinta, una colección de cacerolas cacarizas, una estantería llena de libros, otra de papeles, y la gran mesa de cedro crudo donde escribo, como un altar en el centro de todo.

Luego de refrescarme con el agua fría de su pozo, Renato y yo tuvimos nuestra primera conversación.

—Tú también has desertado —me dijo sin rodeos, con una voz de suavidad franciscana.

Me puse defensivo por ninguna razón. Respondí:

—Sirvo los mismos ideales en distinto bando.

—Eso pregunto —dijo Renato—. ¿Has dejado el bando de Pastor Lozano?

—Por las mismas razones que vine a pelear a su lado —riposté.

—¿Has desertado por congruencia, porque no puedes tolerar las cosas de Pastor Lozano? —preguntó Renato, buscando mi anuencia, pero el diablo de la contradicción y de la esgrima se había apoderado de mi.

—La tolerancia es el fiel de la balanza de mis creencias —dije—. No son mis creencias las intolerantes.

—Es lo que digo —porfió Renato—. Nadie con tus ideas puede tolerar los actos de Pastor Lozano.

—Mis ideas no tienen nada que ver con los actos de Pastor Lozano. No hay ninguna idea en los actos de Pastor Lozano.

—Eso es lo que trato de decir —siguió Renato—. No puedes tolerar la intolerancia y has desertado por ello.

—Intolerancia es una forma tenue de llamar a lo que hacen los ejércitos de Pastor Lozano —sentencié.

—Es lo que digo —se empeñó Renato—. Gente con tus creencias no puede tolerar eso.

—Mis creencias no son intolerantes —repetí—. Lo intolerable son las prácticas de Pastor.

—Es lo que quiero decir —dijo Renato—. Nadie con las creencias en su sitio puede dejar de cambiar ante las prácticas de Pastor Lozano.

—No soy yo el que ha cambiado —rematé—. Sigo siendo el mismo en otro bando.

Este primer intercambio no prometía grandes entendimientos entre nosotros, pero fue una falsa alarma. Por la tarde, luego de comer unas frituras de insectos y yerbas que él mismo preparó en el anafre, Renato me ofreció unos cigarrillos de su cosecha. Echamos unas fumarolas al alimón. Renato hizo unos anillos redondos y demorados; salieron de su boca con una pausada elegancia, avanzando luego, sin diluirse, en sus perfectos círculos de humo, hasta perderse en un confín de sueños vagos y esperanzas rendidas.

Me contó su deserción del bando de Pastor Lozano y la pérdida de lo único que según él valía la pena en aquel bando, a saber, la cercanía de Calabobos. Le conté los amores corsarios que había despertado Rosina en el cronista de Malpaso, la manera como lo había llevado a los cielos y a los infiernos. Por fidelidad a la infiel, le dije, Calabobos había sido infiel a sus fidelidades. Dejó pasar mi pobre trabalenguas con su invencible dulzura dialogal y me contó la historia de su propio amor desdichado, raíz de su mudanza al mundo de los huitzis.

Se había perdido, dijo, en la mirada de una muchacha huitzi llamada Macaria. Macaria lo había aceptado en su corazón, pero le había exigido que viniera a Nonoshco a conocer a sus padres. Le había pedido también que sus bodas se celebraran según los ritos de la tierra. Habían venido los dos a cumplir ambas cosas, pero a las horas de estar en el pueblo ella había caído presa de unas fiebres cuartanas que se la llevaron, en efecto, al cuarto día. Renato había pedido celebrar de cualquier modo el rito nupcial y se lo habían concedido, ya que la presencia de los espíritus vale tanto en Nonoshco como la de los cuerpos. Con la mayor naturalidad se piensa aquí que el aire y sus vientos no son sino soplos de los espíritus rondadores, siendo los espíritus rondadores la esencia misma de los aires que limpian y azotan al mundo. Una vez casado con el espíritu de Macaria, una mañana en que sopló un viento terso y tibio, Renato Macabeo decidió quedarse aquí, donde los espíritus son parte cotidiana de la vida. Aquí vive desde entonces, husmeando y sintiendo el hálito de Macaria en todas partes, aromándola cuando fuma los cigarrillos de su invención, con los perfectos anillos de humo que echa por la boca.

Nada le conté a Renato de mis cuitas con mis amigas. Eran ridículas frente a las glorias fúnebres de la suya.

Al día siguiente, del brazo de Renato empecé a caminar y a conocer el pueblo. Salimos muy de mañana al primer recorrido. Apenas rompía el alba pero ya las calles estaban en su romería. Había en el pueblo un hormigueo de fiesta y animación, pero no la animación vandálica que había visto en las filas de Pastor Lozano, sino una animación infantil, de escuelas a la hora del recreo. En medio de la fiesta había, sin embargo, una perceptible enjundia militar. Se daba cumplimiento rápido a las órdenes que externaban huitzis de sobresalientes chambergos. "Saludar", gritaba uno, y todos los transeúntes que lo escuchaban se ponían de un golpe las manos volteadas por el envés sobre los cuellos, como si fueran a ahorcarse ellos mismos. Era su invención salutatoria. "Formar filas", gritaba alguien, y los oyentes corrían a formar filas. "Marchar", decía otro, y todos marchaban con paso inflexible, tropezando en sus recorridos con salientes y ventanillos de las casas serpentinas de Nonoshco.

El dios de la burla acompañó nuestro paso entre la ocurrente muchedumbre. Me detenían a cada paso para mirarme con atención confianzuda. Según Renato Macabeo, soy desde que llegué "el fuereño familiar", porque vengo de fuera y porque me he metido en la familia de Yecapixtle, a través de mis amigas, lo cual me vuelve casi el príncipe consorte de este pueblo.

Cuando le confié a mi amigo Pelagogo, experto sin rival en estas cosas, que mis aficiones amorosas eran por las hijas del mayor guerrero de la provincia, me dijo con aire distraído y pesaroso: "Toda dinastía, querido amigo, ha de empezar por la voluntad de una bragueta". Añadió: "Si quieres conservarlas a las dos, no quieras a ninguna", consejo que a la fecha no he podido seguir porque no pienso sino en darle gusto a ambas y en obtenerlo de las dos. Por cínico que pueda parecer este último enunciado, dice la verdad de mis desvelos, como consta a su excelencia y a cualquier testigo imparcial, si lo hubiera, de esta historia.

Renato Macabeo me llevó a ver las defensas de Nonoshco. No había mucho que ver. La defensa mayor es la tierra misma, empezando por los desfiladeros y las barrancas que separan a Nonoshco del fondo seco del río Tatishnú, cien metros abajo. Todas esas potentes cañadas están tejidas de senderos, cada uno de los cuales tiene en su ruta tres o cuatro sitios ideales para una emboscada, o para un combate de paso ciego, cuerpo a cuerpo. Ésta es una condición muy favorable para los huitzis, pues hace valer a los combatientes uno por uno, siendo los huitzis reputados guerreadores a cuchillo. Todo puede hallarse en el repertorio de sus debilidades menos el miedo. No temen a la muerte, ni al dolor que suele precederla. Son capaces de cargar con el dolor sin inmutarse gran cosa, bajo cualquiera de sus formas, hambre o fatiga, herida o enfermedad, corte o fractura. Renato Macabeo sostiene, admirativamente, que son como animales: inconscientes de su muerte y de las posibles consecuencias del dolor en su vida. Ninguna herida, por monstruosa que sea, parece acercarlos al horror de imaginar su muerte. Hay en esa grandeza estoica de los huitzis, dice Renato, una gota de indolencia divina y otra de inconciencia animal.

El hecho es que todo quieren sus enemigos menos toparse con ellos frente a frente y constatar que pueden herirlos o matarlos sin quitarles la dignidad, sin vencerlos de veras. Por esta razón, las interminables laderas que rodean Nonoshco son la mejor de sus fortificaciones, con sus senderos estrechos por donde apenas cabe una carreta y que pueden cerrar dos hombres con sus cuerpos. Lo he dicho ya: imbatibles termópilas. Los defensores sólo tienen que esperar a sus atacantes en los pasos y cobrar con sus rifles precisos, mortales en la caza de conejos y pavos del monte, al soldado enemigo que elijan, uno por su cara de ardilla, otro por su cicatriz de presidiario, éste por irse riendo de una broma sin saber que lo acecha la broma de su muerte, aquél por llevar los ojos abiertos pero ciegos de miedo, cualquiera por cruzarse en la mira del odio juguetón de los huitzis francotiradores. Ésta es la primera línea de defensa natural de Nonoshoco, la principal razón, según Renato Macabeo, de la decisión de Anselmo y Tata Huitzi de encerrarse aquí. Según Renato, la divisa inspiradora de este encierro puede ponerse en una frase terrible: "Me matarás pero te morirás".

Hemos hablado sólo de la primera estación de la defensa. Cuando los atacantes hayan sorteado las termópilas sucesivas de la subida, no estarán todavía a las puertas de la ciudadela, con sus altivas jacarandas. Habrán llegado sólo al inicio del anillo púbico, erizado y eriazo, del bosque de zazcabache que rodea Nonoshco. También ahí es imposible el combate a campo abierto en el que los ejércitos de Pastor tienen ventajas incontestables. El bosque de zazcabache debe ser vencido a mano, metro a metro, arriesgando las también infinitas posibilidades de emboscada que la mata da a quien la conoce. Los huitzis pueden esconderse como camaleones tras las ramas del zazcabache y cazar, uno a uno, como cazan conejos y jabalíes, a los soldados distraídos, aislados, separados de la capa protectora de su cuerpo expedicionario. Nadie estará más solo entre las matas de zazcabache que el soldado fuereño, acostumbrado a la compañía del compañero y a la cobertura de su cuerpo de línea. Nada lo cuidará ni lo protegerá en las veredas del zazcabache de Nonoshco, salvo su suerte para no pasar por la mirilla invisible, paciente y burlona, del rifle que está a punto de cazarlo.

Todo esto me explicó Renato Macabeo, con efusión sutil, durante nuestro recorrido. Y todo esto recibí de él, junto con la evidencia de la grandeza diáfana de su cabeza, y el pálpito retenido de su corazón.

Cuando volvimos a la ciudadela, al caer la noche, había un huitzi de chambergo agujereado esperando en la casa. Traía una orden de Anselmo: debo presentarme mañana en el ovillo, para conferenciar.

—Anselmo querrá saber todo lo que sabes de Pastor Lozano —me advirtió Renato—. Y todo lo que pueda saber de ti.

Pasamos un rato fumando después de la cena, echando fumarolas contra el cielo estrellado. En ningún lugar he visto tantas estrellas como en esta estribación del destino, acaso porque estamos aquí más cerca de los cielos.

Suyo soy en Nonohsco, pese a todo
rúbrica

Carta 29

Excelencia:

Sigo mi cuenta de los hechos diciendo que vinieron por mí muy de mañana para llevarme con Anselmo Yecapixtle. Los esperaba ya, despierto y bien fumado, desde antes del amanecer. Anselmo estaba con dos hombres, a quienes me presentó como sus lugartenientes. Eran el responsable del "desfiladero de acá" y el responsable del "desfiladero de allá". Quería decir con esto que eran los jefes encargados de cuidar la ladera oeste y la ladera este del río Tatishnú. Tenían anudada una pañoleta azul que les chorreaba en largas puntas por la nuca. Reconocí en ellos a los hombres que hablaban en cuclillas con Anselmo y Tata Huitzi el día de nuestra llegada. Uno se llamaba Juan Tolete y el otro Juan Morcilla (Tehzumo y Tehunto en la lengua de la tierra). Eran dos jóvenes curtidos por el sol, de dientes radiantes y ojos tenebrosos.

Luego de las presentaciones, Anselmo procedió a lo que llamó "una plática". Fue, en realidad, un interrogatorio. Dijo:

—Quiero saber todo lo que viste y todo lo que sabes de los ejércitos de Pastor.

Sentí otra vez la veta de alumbre o aguardiente en su boca y, a través de sus facciones desencajadas, ese mismo aliento quemándole por dentro los ojos y la vida.

Le conté lo que había visto, todo lo que he referido con

abundancia de detalles a su excelencia en estos envíos, a los que sigo llamando envíos por ninguna razón pues no los envío a ninguna parte. Los lugartenientes de Anselmo preguntaron detalles interminables sobre hombres y armamento, jefes y vituallas. Respondí lo que pude, sin callarme nada, aunque cada vez más incómodo por el hecho de que Anselmo me miraba a mí cuando yo les respondía a los otros, pero miraba a los otros cuando le respondía a él. Yo sentía por igual su mirada y su no mirada tratando de adueñarse del fondo de mí, para lo cual no tenía obstáculo alguno, pues nada tenía que ocultarle, mi debilidad por sus hijas menos que nada. Pero no era esta debilidad lo que aguzaba su mirada, sino las razones de mi abandono del campo de Pastor, la sospecha de que su hermano hubiera encontrado en mí al espía ideal para la guerra, justo por la apariencia de que sólo era leal al amor. Entendí que eso rumiaba porque al final del interrogatorio me dijo:

—Hablas bien, Avilán, y bien trenzado, pero yo me pregunto: ¿por qué hemos de creerte todo esto? ¿Porque te has conquistado a mis dos flores? Me pregunto a cuál de ellas estarás engañando, a cuál quieres más que a la otra, a cuál traicionarás en sus deseos por desearla menos?

Ésta fue la parte difícil del interrogatorio pues nada podía decir que fuera verosímil a la razón ni a la experiencia, siendo como son las cosas del amor intransferibles y únicas. Dije sólo que en mis deseos, como en su paternidad, Bernarda y Cahuantzi eran doble y una, por lo cual quería decir que el amor y apetencia de una no disminuía, sino al contrario, el amor y la apetencia de la otra, de manera que eran como dos gemas de aumento que se reflejaban mutuamente para mejorarse.

—Nadie puede creer lo que dices, Avilán —me dijo Yecapixtle—. Aunque nadie puede negar que le sobran ganas al mundo de que lo que dices sea cierto. Tus deseos sueñan lo que soñamos todos. Son sueños verdaderos, pero no pueden hacerse realidad. No juzgaré por esta vez tus hechos, sino tus deseos, Avilán.

—Mis deseos se han hecho realidad en tus hijas —dije.

—No abuses de mi clemencia, Avilán —dijo Anselmo—. Ni de tu imaginación. Todo se resume al final en lo siguiente: ¿Estás dispuesto a pelear con nosotros?

—Donde me ordenes —mentí.

—¿Y a morir, Avilán?

—Donde me toque —dije, ceñido esta vez a la verdad, pues hace ya un tiempo que cuidar mi vida no es la razón primera de mis actos.

—¿Donde te toque? —embistió Anselmo, con astucia lateral—. ¿Aunque dejes viudas y marchitas a mis dos flores?

—Tus flores no florecerán para mí si no peleo —le dije—. Y mi memoria florecerá en ellas si me pierden peleando.

—Bien trovado —dijo Anselmo, contrariadamente conmovido. Volteó a sus lugartenientes y les dijo—: A trabajar, cabrones, que bastante material han cosechado.

Los lugartenientes liaron sus bártulos y salieron del lugar como gallinas correteadas. Anselmo me dijo entonces:

—De tanto guerrear, Avilán, sólo guerrear tiene ya sentido para mí. He olvidado lo que buscaba con esta guerra. Los que matan y mueren en esta guerra también lo han olvidado. Hace ya mucho tiempo que no buscamos sino matar al enemigo, cortarle el cuello, abrirle el pecho, vaciarle los intestinos. ¿Tú recuerdas de qué se trata esta guerra, Avilán?

—Para mí se trata ahora de defender lo que quiero —le dije, sin rubor.

—¿Mis chamacas, Avilán? ¿Eso es todo lo que quieres?

—Y lo que las hace felices —mentí—. Lo que las explica y alimenta.

—¿Quieres decir nosotros, Avilán? ¿Los huitzis pedorreros y sus cosas? ¿Nuestras imaginerías pastorales? ¿Nuestros dioses de pacotilla? ¿Nuestras orgullosas opresiones?¿Valen nuestras costumbres delirantes esta guerra? Yo y Pastor aprendimos desde niños a descreer del mundo que hoy él quiere destruir y yo defiendo. ¿Vale la pena destruirlo? ¿Vale la pena conservarlo? Ni una cosa ni la otra, pienso yo. Y sin embargo nos estamos matando por ambas.

Mientras decía esto, sorprendí en un esguince de su hermosa cabeza de león el brillo de cálculo y astucia que había visto también, en algún momento, en los efluvios verbales de Pastor Lozano. Un brillo de engatusador atento a las reacciones de su víctima.

—He dado la espalda a la causa de Pastor Lozano porque dejé de creer en ella —dije—. Y no hay en esta tierra otra causa en qué creer que no sea la tuya y la de tus hijas. Ésa es la causa en la que creo ahora —mentí—. Estoy dispuesto a morir y a matar por ella.

—Bla bla bla —dijo Anselmo, rechazando con un aspaviento mi abominable retórica, pero complacido con ella.

—¿Me llamarás Capitán? —preguntó luego.

—Capitán —le dije.

—¿Y obedecerás mis órdenes?

—Sin preguntar.

—¿Sólo mis órdenes?

—Las de nadie más.

—¡Las de nadie más! —ordenó Anselmo.

Me tomó luego de la cabeza y me acercó a su pecho donde recogí en una sola inhalación tóxica todo el tufo de sudor y aguardiente que había percibido hasta entonces como una veta lejana en Anselmo. El olor de su pecho era agrio, pero fue dulce mi sensación de haber cruzado por la malla de púas de sus dudas. Al menos esta vez.

—Irás a ver ahora a Tata Huitzi —me dijo Anselmo—. Es el viejo loco de la tribu. Mi cómplice hoy, antes mi traidor. Por él estuve preso de mi hermano. Él me entregó, engañado por Pastor, para evitar la guerra. Pero la guerra siguió y entonces Tata Huitzi quiso tenerme de nuevo al frente de sus ejércitos. Fue aquí donde apareciste tú, Avilán. Por ti supieron mis hijas que Pastor me tenía en el Altozano. Y el Huitzi pudo rescatarme. De manera que yo te debo ésa, no sé si te la deba esta tierra. Porque mi salida no hizo sino multiplicar la guerra. Oye a Tata Huitzi, te querrá predisponer contra mí, tenerte comiendo de su mano, como a mis hijas. Hazle sentir que comes de su mano, pero no olvides que comes sólo de la mía. Luego me contarás, porque en ti hay muchas virtudes, Avilán, pero ninguna superior a la de espía. Hablando de comer, ya es de tarde y no has comido. Ve que te den de comer antes de visitar a Tata Huitzi.

No espero demasiado de la lealtad o la pureza de los hombres, pero asomarme al doble fondo del vínculo de Anselmo y Tata Huitzi sacudió lo que me quedaba de candor.

Me dieron de comer unos hongos suculentos con rodajas de armadillo. Me llevaron después a la casa de Tata Huitzi. El viejo patriarca despacha en una choza por cuyas ventanas merodean agitados papagayos. Los alimenta con su propia mano desdeñando la sombra fatal que, según las cábalas de Nonoshco, hay en las plumas hiperbólicas de esos pájaros y en sus chillidos de mal agüero.

Tata Huitzi preside un consejo de sacerdotes descalzos, a quienes llama los hermanitos mayores. Los hermanitos mayores son cuatro, pues presiden los númenes de los cuatro reinos: el reino de las piedras, el reino de las plantas, el reino de los animales, que incluye a los hombres, y el reino de las ánimas, que se compone de las emanaciones de todos los seres cuando pierden su forma terrenal y quedan sus auras volando, libres para mezclarse, como pájaros invisibles, en el viento.

Los hermanitos mayores estaban en la pieza contigua, haciendo rezos y gemidos. Echaban sobre el brasero polvos que inflamaban humos picantes y aromáticos, polvos de pimienta y canela, de chile, almizcle, mirra y comején.

A Tata Huitzi lo acompaña casi siempre el llamado cura Demediado, el obispo réprobo de Malpaso, del que me ha hablado al pasar Renato Macabeo. Me fue presentado como el Hermano Menor, pero parecía tener más lugar y peso que los otros. Me dio una mano tibia y falsa, envuelta en una sonrisa beatífica y falsa, bajo el brillo inteligente y falso de sus ojos. O sería que en sus manos no había callosidad alguna, en su sonrisa algunos dientes sucios que trataba de ocultar cerrando los labios y en los ojos un párpado caído que daba a su mirar un doble aire de maldad y cálculo. Dos niñitas rientes, de pechos apenas brotados, trajeron unas bandejas con hierbas de fumar semejantes a las que liaba Macabeo. Acepté un pitillo ante la mirada condescendiente y calculadora del cura Demediado y ante la complacencia del cabillo de boca de saurio que había en las comisuras de Tata Huitzi. Las niñitas liaron nuestros pitillos riendo siempre y sin parar, con aquiescencia, debo decirlo, de meretrices.

Me dijo Tata Huitzi, luego de fumar su hierba:

—Tú eres un recién llegado, pero estás con nosotros hace mucho tiempo. Eres nuestro pariente recobrado y nuestro pariente futuro.

Debí mostrar extrañeza ante semejante declaración porque Tata Huitzi empezó a explicarla.

—En las vueltas del tiempo —dijo—, todos somos hermanos, hijos, padres y sobrinos. Nuestros abuelos acaban de nacer y nuestros choznos retozan en el vientre de sus descendientes. Ahí, en el mundo de abajo, que es el espejo negro y mudo del mundo de arriba, los niños nacen viejos y las mujeres paridas. Ahí los huesos vuelven a vivir y los deseos corren libremente por el cuerpo y los ojos.

Ése fue el inicio de una semana de catequesis, cuyas sesiones han consistido fundamentalmente en largas peroraciones, hechas en su mayor parte por el cura Demediado, obispo réprobo de Malpaso, quien, inexplicablemente para mí, funge en este lado como guardián, monaguillo y boca de ganso de Tata Huitzi.

Tengo una alergia cuasi religiosa por todas las cosas de la

religión, pues he sido educado de ese modo, sin premeditación ni inquina, pero con eficacia de catequista. He escuchado en días sucesivos las disertaciones del cura Demediado y Tata Huitzi sin ostentar mis alergias. Resumo lo que oí sin ánimo de fidelidad, poniendo al paso no lo que dijeron sino lo que recuerdo, lo que añadió Renato Macabeo y lo que no repite cosas dichas ya en otros envíos.

(¡Ay, mis envíos, que no se envían a ninguna parte!)

En la cosmogonía huitzi existen, como en todas, un Diluvio, una Torre o Pirámide para escalar el cielo, un Inframundo, una Atlántida, y un tiempo antes del tiempo al que todo ha de volver. El diluvio recuera los días de las avenidas locas del gran río Tatishnú, ahora seco. La pirámide es la hija del volcán, su imagen y semejanza. En el inframundo moran Ohmar, el descuartizado, y su hermana Zul, la de las cuencas vacías, que todo lo sabe sin ver, pues hizo matar a su hermano por celos de sus tratos con la luna. Luego, ante el dolor de su pérdida, Zul no quiso ver más y se arrancó sus propios ojos, pero los espíritus del arcano, o el gran dios, padre de ambos, la castigaron con la videncia, y todo lo ve desde entonces, empezando con los miembros cortados de su hermano.

Tata Huitzi es el reflejo en la tierra de este rey descuartizado del mundo infernal, donde nadie pena, sino que todos se ayuntan y se mezclan como vientos, sin el estorbo de sus cuerpos pero con los goces de su vida corpórea, inmortales en su plena humanidad. El asunto de los vientos es crucial en todo. Hay, como he dicho, cuatro reinos de los cuatro hermanos mayores: piedras, plantas, vivos y ánimas. Hay también cuatro diosas de la fertilidad: la de las plantas, la de los animales, la de los hombres y la de las ánimas que se mezclan en el cielo y crían hijos etéreos que continúan su vida llevados y traídos por el viento. Las ánimas gritan en las noches de huracán, se quejan en los desfiladeros y en las planicies ululantes del desierto, mecen los árboles en las tardes de brisa, hacen rugir las olas en las noches de luna, orquestan los cantos en el amanecer birolo de los pájaros, empezando por los gallos telepáticos, siguiendo por las gimnásticas alondras y los maniáticos gorriones. Son las sacerdotisas de esas diosas las que mueven los vientos y convocan las ánimas, las dueñas de la noche, las potentes gigantas que he visto gobernar el cielo.

Respecto de la Atlántida o reino feliz perdido, que aquí llaman Shul Tec Shalná (Lugar buscado con el corazón o Corazón del Lugar Perdido) no es sólo un sitio sino un tiempo, que está atrás y está adelante, un tiempo al que todo ha de volver y en el que los huitzis viven a través de la adivinación y la profecía, pasiones intemporales de esta tierra. Hay en Nonoshco, efectivamente, junto con la peste ubicua y la fiesta que no cesa, el aire misterioso que acompaña a los augures, y un algo taciturno, acaso la serena resignación de quienes saben dónde, cómo y cuándo puede terminar su vida.

Estos y otros muchos disparates incluye la cosmogonía huitzi. Por ejemplo: adoran aquí a las serpientes porque son vecinas del piso y oyen del rumor del inframundo, porque corren sobre la tierra al igual que los ríos y las aguas que la fecundan, porque viven en el limo de fangos y pantanos donde nace la vida que se ofrenda cada tanto a Ohmar, bajo la forma de sacrificios rituales de bestias y plantas, y mediante la ofrenda de los infantes muertos, en particular los nonatos que son paridos muertos por sus madres.

Todas estas cosas, me informa conmovidamente Macabeo, han sido compiladas en un volumen loco por el cura Demediado, quien celebra aquí los misterios y mentiras que repudia en su religión original. El cura Demediado es un sofista, de elocuencia implacable con lo que odia e indulgente con lo que ama. Odia la vida falsa que ha visto fuera de Nonoshco y ama la vida genuina que sólo encuentra aquí, según él. Las deformidades de Nonoshco le parecen originalidades, todo lo justifica diciendo que la gente de Nonoshco ha sido envilecida por los otros. Manifiesta el propósito de querer cambiar todo lo que no se parece a Nonoshco, para lo cual ha erigido a Nonoshco en su modelo de cambio. Sobre esta premisa ha construido su catedral de sofismas nonoshqueños. La muerte fuera de Nonohsco, dice Demediado, es el hecho más solitario de la vida, porque es una tragedia que se vive en la egoísta soledad del mundo. Morirse en Nonoshco, en cambio, es un acto de comunión colectiva, aunque sólo se muera el infeliz al que le toca, y los demás ocupen la ocasión para embriagarse en memoria del occiso, cuya memoria dura tanto como el despertar en blanco del día siguiente, en la nata vítrea de la cruda de cuyo cuerpo lancinante ha sido borrado ya hasta el último vestigio del muerto.

Estas y otras cosas me dijo Demediado en las sesiones de instrucción a que acudí por órdenes del patriarca Tata Huitzi. Al final de aquellas rondas, me dijo el propio Tata, a quien llaman también Joven Abuelo:

—Esto que te ha dicho nuestro Hermano Menor es lo que necesitas saber para convertirte a nuestra causa. No es menester que lo sepas, basta con que lo hayas escuchado. Porque tú has sido ya testigo y sostén del mundo y del inframundo en que vivimos, eres ya parte de nuestra vida.

Debió leer muchas preguntas en mis ojos, porque empezó a despejarlas con promesas y exigencias. Dijo:

—Yo haré fieles a mis ahijadas para ti. Yo las haré beber y morir de amor en tu mano. Yo te mantendré a mi lado, pediré a Anselmo tus servicios, para librarte de los riesgos de la guerra idiota. Hay quien debe morir y quien debe vivir en esta guerra. Tú eres de los que deben vivir. Vivirás si eres fiel a nuestras cosas y a sus ministros. Fiel a los hermanitos mayores y a quien te habla. Anselmo te ofrecerá su protección a cambio de una lealtad de perro. Quiero que le digas que sí, que te ganes su confianza y su afecto para que te invite a beber y te cuente lo que piensa. Porque dice que se encierra en las noches a combatir y a llenarse de los espíritus. Pero sólo se encierra a beber. El traguito es su cárcel y su dueño, y ha olvidado ya la causa de esta guerra. Nada conserva en su corazón sino las ganas de beber y las ganas de pelear. Dime que serás fiel a nuestras cosas.

—Seré fiel —mentí.

—Y a sus ministros y al que te habla.

—Al que me habla —acorté, con gran efecto en el brillo de caimán de sus ojos y en el rictus malévolo de sus comisuras.

—¿Me dirás lo que sepas de Anselmo?

—Hasta la última palabra.

El cura Demediado se sobó las manos dándoles vuelta una sobre otra como quien acaba de untarse una esencia exquisita. La esencia de la mentira y la traición, pensé.

Al salir de mi visita a Tata Huitzi, vi el cielo cerrado. El color de bronce de las nubes amenazantes me hizo sentir que engañar y traicionar a estos hombres es una forma de ser leal y decirme la verdad a mí. Entendí, sin embargo, con melancolía juvenil, que el brillo de todas las causas se va apagando en mis adentros, dejando un vacío difícil de llenar. Soy incapaz de creer, como creía, que lo que veo es la práctica defectuosa de un principio superior, cualquiera que sea. Es decir, soy incapaz de creer. El sueño de la república se ha separado del mundo, y con él todos los otros. El fulgor de aquel sueño late ahora solitaria y desengañadamente en mi corazón, cuyas únicas otras habitantes son mis virgilias.

Suyo soy, incrédulo pero invariable
rúbrica

Carta 30

Excelencia:

Mis virgilias estuvieron taciturnas varios días, distantes de ellas mismas y de mí.

> —Avilán, gavilán:
> ¿has cambiado, ganapán?

Estas inquinosas rimas me gritaba Bernarda al verme aparecer, ante la risa cómplice y caníbal de Cahuantzi.

Traté de meterme otra vez bajo su amparo fingiendo una contrición que estoy lejos de sentir, pero que las hace sentirse mis dueñas. Lo son, en efecto, y en una dimensión mucho mayor de la que exigen. Quiero decir que no han visto en el mar de mis dudas previas el tamaño de mi decisión a favor de ellas. Les pareció siempre, sin fundamento alguno, que yo había decidido ser su cómplice desde mi primera rendición a sus encantos. En sus cabezas, todo lo que siguió no fue sino el resultado de aquella parcialidad iniciática. Pero yo no he sido su cómplice todo el tiempo, sólo al final, y darme por sentado desde el principio sólo ocultó ante sus ojos y aligeró ante su orgullo el verdadero peso que su amor podía tener en mí.

En una de nuestras últimas conversaciones, mi amigo Pelagio Santamaría, diestro en las cosas del corazón, me dijo:

—Las mujeres deben saber siempre que las quieres, pero nunca que las quieres incondicionalmente, pues la certidumbre es en ellas garantía de desdén.

Esto es sin duda cierto y hubiera aconsejado de mi parte una distancia frente a mis virgilias, pero fui incapaz de eso, no sólo por los demasiados días de privación de sus favores, sino porque en mis amigas empezó a compendiarse la única razón de mi estadía en Nonoshco o, para el caso, en cualquier parte. Por lo demás, como he dicho antes, el olor de la ciudadela es tan persistente que uno termina por dejarla de oler. Esta pátina tóxica hace inflamar los ojos como tanino de curtiduría y llega a tener, por fuerza de la costumbre, el olor neutro del aire, el rasero a partir del cual empieza otra vez el olfato. Pero la peste gravita sobre uno, está pegada a uno de modo tan estricto que cualquier respiro fuera de ella es una gloria. Quiero decir que, en medio de los olores intramitables de la ciudadela, la proximidad a mis amigas es un oasis para el olfato. Me acerco a ellas como el hombre que se ahoga a una burbuja de aire. Acercar mis narices a sus cuellos es entrar a una ampolla de luz y buen aliento.

El hecho es que estaban distantes, enojadas conmigo. Iba a verlas a la casa de Anselmo, en el ovillo de su cuartel general y me topaba siempre con tenaces resistencias de parte de guardias y cuidadores. Algún truco habían injertado mis amigas en esas molestias, porque todas las veces, cuando estaba a punto de rendirme a tanta inspección y me disponía a retirarme, como por arte de magia la inspección cedía y lograba no sólo el paso franco, sino hasta un centinela que me llevaba a ellas en medio de aparatosas disculpas. Los guardias se inclinaban ante mí como ante un dios iracundo, luego de haberme tratado como a un idolillo de bisutería.

La reconciliación con mis virgilias fue un hecho para mí la tarde en que vinieron a buscarme para que fuéramos a pasear montaña arriba, al lindero de lo que aquí llaman el Pueblo de los Cazadores. Me mostraron en el piso de la carretela en que venían, cubierta clandestinamente por un jergón, la cantimplora del sotol que no me habían brindado desde nuestra última fiesta a campo abierto, antes del desastre del Peñón de Palo Tieso. Como nada bueno en la vida viene sin sombra o acidez, aquella reconciliación vino después de que, sin querer, mi virgilias me dieran acceso al más terrible secreto de los huitzis, al que los huitzis acuden, sin embargo, como a un parque de diversiones. Muestran ese oprobio como una curiosidad envidiable de su vida, y hasta como un orgullo. Me refiero al ya mencionado Pueblo de los Cazadores, una zona feraz situada montaña arriba, no muy lejos de Nonoshco, donde viven, por así decir, los hombres y mujeres que los huitzis llaman, sin ironía, Los Cazadores. Para asegurar su propia supervivencia, los huitizis, que son más fuertes, más ricos, infinitamente más numerosos que los habitantes del Pueblo de los Cazadores, han prohibido a esta gente cazar en las tierras fértiles de la estribación, su coto natural de montería. Ha sucedido entonces con esta tribu la más increíble de las transformaciones. Me informa Macabeo que de ser un pueblo amante de sí, armónico en sus costumbres, fraternalmente cuidadoso de los débiles y los enfermos, se tornó con los años de privación de la caza una tribu cainita donde cada quien ve por sí mismo y desconfía de los demás, al punto de que los hijos son dejados a su sobrevivencia cuando las madres dejan de amamantarlos, pues pueden darles la teta pero no conseguir el alimento que requieren al ser destetados. Las madres han de elegir entre su propia alimentación y la de sus hijos. Eligen la suya. Antes, muy jóvenes, niñas todavía, han elegido al padre de esos hijos por dinero, mejor dicho, por alimento. Comer ha llegado a ser la necesidad única de los hombres y las mujeres del Pueblo de los Cazadores.

Curiosa ironía que los huitzis sigan llamando cazadores a quienes se han envilecido porque no pueden cazar. Son los huitzis quienes suben a los montes del Pueblo de los Cazadores, y cazan lo que éstos no pueden. Algunos llevan luego los animales muertos a los linderos del Pueblo de los Cazadores y obtienen por ellos cosas que obtendrían por pepitas de oro puro en otro lugar. Con el tiempo, los huitzis han añadido a sus ventajas leoninas, un comercio vil. Han puesto a los cazadores a pelear a muerte por el botín de caza que no pueden obtener por sí mismos. Y escogen a los contendientes dispuestos a pelear. Cuando se ha casado el pleito a muerte, a veces entre niños, a veces entre mujeres, a veces entre ancianos, siendo los ancianos unos hombres jóvenes prematuramente envejecidos, los "arregladores", como llaman aquí a quienes organizan estas siniestras peleas por la comida, invitan a sus familias y amigos a presenciar el espectáculo en algún llano de los linderos del pueblo. Los invitados vienen a ver la batalla como quien va a un baile o a una celebración. La disponibilidad absoluta de los cazadores a los caprichos de los huitzis ha ido envileciendo el comercio de estas peleas y extremando el gusto desviante de los arregladores, para mejor complacer con novedades a sus invitados. Se han visto, me informa Macabeo, peleas a muerte de hermanos niños, de ancianas hermanas, de mujeres con meses de preñez, y aun recién paridas. De modo que los cazadores se cazan entre sí por la caza que les traen, fresca, los mismos huitzis responsables de haberles robado su coto de caza.

Todo esto me contaron mis virgilias, y me completó más tarde Macabeo, como quien describe una carrera de caballos o una competencia de tiro al blanco, o un juego de cartas. Admito que no concentré mi atención ni mis fibras detectoras de lo inaceptable en estas barbaridades, pues nada quería sino saltar sobre mis amigas y llegar al momento en que se ocuparan finalmente de nuestras cosas, es decir, del sotol que me habían dejado ver bajo el jergón de la carreta y de sus atenciones de antes, que me habían dejado intuir como posibles por el nuevo aire de juego que había en sus modos, en sus palabras, en sus gestos hacia mí.

Estaban radiantes, he de decirlo, en la luminosidad de los días de invierno, frescas como las brisas que venían de lo alto de la estribación del Tushquelná Ina anticipando las brisas de la primavera. Aquel brillo de la tarde en sus cabellos y en sus facciones anticipaba para mí, con claridad impaciente, la otra luz, secuestrada tanto tiempo, de sus caricias y sus fuegos. Estaba pues, frente a la desgracia de los cazadores pero en la inminencia de mi dicha, y esto me blindaba contra las miserias que mis virgilias me mostraban, como niñas que muestran sus juguetes. Es un hecho que fui su cazador cazado esa tarde de oprobio, su esclavo y su concubino, con lo que quiero decir que abusaron de mí sin contención, hasta dejarme medio muerto de excesos, ebrio de sotol y de sus caricias predadoras, cuyas marcas violáceas han de durarme días.

Me dejaron también marcas en el alma. En un aparte de nuestros juegos, Cahuantzi me dijo que Juan Tolete (Tehzumo en la lengua de la tierra) andaba tras los huesos de Bernarda, y Bernarda que Juan Morcilla (Tehunto en la lengua de la tierra) tras los de Cahuantzi. Lo hizo cada una al resguardo de la otra, de modo que no pude ver concertación alguna en todo ello, sino al revés, una primera batalla entre ellas. En medio de la fiesta desmandada a la que fui felizmente sometido, no pude entender aquellas arteras versiones cruzadas como lo que eran en verdad: la advertencia de que el reino de mi dominio sobre mis virgilias tiene los linderos flojos y sufre invasiones, como todos los reinos.

Acudiré mañana a María Solís en busca de enseñanza, adivinación y consejo para esta anticipación de malas nuevas venidas, como casi siempre, con las buenas.

Suyo soy, en las buenas y en las malas
rúbrica

Carta 31

Excelencia:

María Solís vive en una casita al lado de los recintos de Tata Huitzi, con Pujh a sus espaldas, amoroso y protegiente. Ya estuve ahí una vez, al salir de una visita a Tata Huitzi, que me llama cada vez que quiere oír malas cosas de Anselmo. El trato con Tata Huitzi echa sobre mí un aire de fatalidad risueña, de ominisciencia maligna, difícil de explicar y resistir. Le dije a María Solís mis impresiones sobre esa aura fatal, adivinatoria, que siento gravitar sobre Nonoshco con tanta fuerza como su aire recocido de mierdas inmemoriales.

—Yo no soy de ellos, pero estoy teñida de ellos —me dijo María Solís—. Me han dejado hacer, por delegación inexplicable para mí, lo que hacen sus hermanas mayores, las gigantas que cuidan y tejen sus cielos.

Aclaro, por si hiciera falta, que la noción de tejer y el culto de las tejedoras que mezclan aires en el cielo y vidas en la tierra, es consustancial a la vida de Nonoshco, lo mismo que la adivinanza y el agüero. No hay límite a esta pasión en estas tierras, como creo haber consignado envíos atrás. (¡Envíos!)

Me confesó María Solís, por ejemplo, que para adivinar el porvenir, para ver hacia delante y hacia atrás en el tiempo, ella aprendió a ponerse entre los labios y a chupar un huesecillo de niña nonata. La gente de Nonoshco venera a los nonatos como sabios pequeños. Dicen que han tomado el atajo a la vida verdadera rozando apenas este mundo, para poder volver al otro. Le pregunté por los amores cruzados de mis virgilias, por sus pretendientes. Apenas pudo contener una risa materna que, lejos de acariciarme, me laceró.

—Quiero que te pongas los huesos en la boca y adivines y me digas lo que deba saber de mis amigas —le dije.

Accedió a mi pedido. Me hizo azuzar y coger un ratón que corría por las esquinas de su casa. Lo puse en sus manos y ella lo puso frente a mí. El ratón me miró con sus ojos histéricos, suplicantes, refulgentes. Movía los bigotes con vigor de niño y temor de anciano, como si quisiera hablar. María Solís me dijo:

—Los ratones intrusos que se comen las sábanas son en esta tierra heraldos de la infidelidad. Si han venido y comido los calzones de Pujh, quiere decir que Pujh ha estado con otra. Si han comido mis calzones, soy yo la infiel. Si han comido nuestras sábanas y nuestros trapos comunes, los dos somos. Ésta es la verdad del ratón, entra en todas las casas y come todos los trapos perjuros de la tierra. No temas lo que anuncia el ratón. Si dice la verdad y tus mujeres están aún contigo, son tuyas, aunque también sean de otros. Ser de otros es una forma de saber que tus mujeres quieren seguir siendo tuyas. El amor de otros enciende su amor. Revisa las sábanas y las prendas de tus virgilias y sabrás lo que sabes y no quieres saber.

—¿A saber? —pregunté.

—Que mis sobrinas no son tuyas sino de ellas, y de las costumbres amorosas de esta tierra.

Sus palabras fueron como un asalto, pues no sé si he dicho suficientemente a su excelencia que este asunto de los amores dobles y triples, de la circulación de las parejas y los tríos no es cosa extraña, sino habitual en las costumbres de la provincia. No puedo alegarme ignorante de la situación. Digo sólo que, una vez revelada por María Solís, la dicha situación pareció inaceptable a mi cabeza. Fue repugnante la sola idea de pertenecer o estar perteneciendo a esta otra república imperfecta de la circulación amorosa.

El hecho es que me atravesó, como una lanza, saber por las palabras de María Solís, que mis virgilias no sólo han sido de otros, según la ley de la tierra, sino que lo siguen siendo, alegremente. Y que se huelgan con otros, como me pareció hasta ahora que lo hacían sólo conmigo. Estar en otros lechos además del mío, como acaso los de Juan Tezuhmo y Juan Tehunto, no sólo no es la excepción, sino la regla de estas tierras, pues no se escapa a mi entendimiento, por nublado que esté, que si la república de las parejas existe clandestinamente en nuestro mundo, donde está prohibida, debe existir en gozosa explosión geométrica donde se la acepta, como aquí, donde el roer infatigable de los ratones delata el frote infatigable de las cuerpos.

Suyo soy, aunque perdido de mí mismo
rúbrica

Carta 32

Excelencia:

Anselmo y Tata Huitzi me llaman a consulta casi todos los días para escuchar de mi boca calumnias recíprocas. Aprovechando este acceso privilegiado y las observaciones de Renato Macabeo, uso el tiempo que me dan para criticar la defensa de Nonoshco, es decir, los trabajos de Juan Tehzumo y Juan Tehunto. Demolerlos es tarea fácil, pues la idea misma de la defensa atrincherada de esta ciudadela es una aberración, sólo rescatable por la sombría grandeza que la respalda, a saber: que todos están aquí dispuestos a morir. Morir es la apuesta radical que esta gente hace para seguir viviendo como vive.

Persistentes y enloquecedoras, al igual que los mosquitos en el insomnio de la noche, rondan mi cabeza las palabras, mejor dicho las preguntas, de Anselmo Yecapixtle sobre las cosas que él defiende y Pastor Lozano quiere destruir en esta guerra. ¿Vale la pena matar y morir, ha dicho Anselmo, por defender o para destruir el mundo de los "huitzis pedorreros", sus "imaginerías pastorales", sus "dioses de pacotilla", sus "costumbres delirantes", sus "orgullosas opresiones"? La respuesta que nadie emite en voz alta pero todos respaldan con su actitud es afirmativa: sí, están dispuestos a matar y a morir, sobre todo dispuestos a morir, para conservar el maravilloso mundo imaginario y el terrible mundo real en el que viven.

Me había dicho Calabobos:

—Toda esa gente viene del mismo tronco, o de los mismos troncos, pero no saben bien quiénes son. Hay algo antiguo y anónimo en sus rostros y algo nebuloso, antiquísimo, en su memoria. A veces no tienen palabras para hablar de algunas cosas, porque recuerdan cosas anteriores a las palabras.

Yo no veo nada de ese saber anterior a las palabras en la gente de Nonoshco. Veo más bien unas cohortes manadescas de gente que, en efecto, no sabe quiénes son, ni quién las manda. Hay, sin duda, zonas de su cabeza anteriores a las palabras, como en toda la gente con cabeza. Pero sus anterioridades, es decir, sus silencios, son más frecuentes de lo que puede desear cualquiera interesado en tener una conversación. Es muy difícil conversar con ellos, por su exclusiva posesión de la lengua de su tierra, que es lo único que hablan. Esta lengua común no es una lengua única, sino una germanía de vertientes variopintas, tan indescifrables entre sí para sus hablantes como si fueran lenguas en gestación. Bajo las medias palabras de tantas medias lenguas, hay sabidurías completas, dice Renato Macabeo. Renato sabe de qué habla, sin duda, pero yo no alcanzo a ver ni a oír más que la mitad de esos saberes.

Aclaro en buena ley que todo este sentimiento rival sobre las cosas de la ciudadela ha de tomarse con un grano de sal, pues tiene hilo directo, como no puede escaparse a la perspicacia de su excelencia, con mis recientes descubrimientos de la tentación de ecumenismo carnal que ataca a mis virgilias por el flanco que menos puedo defender. Me refiero al flanco de las costumbres amorosas de su tierra, las cuales son aberrantes para quien no las practica, pero inmunes a la sátira o la diatriba para sus tributarios. Somos siervos de nuestras creencias como los ciegos de las sombras que ven. Y así mis virgilias son siervas de un mundo amoroso que las hace libres de mí. No las culpo de invidencia culpable, pero las celo con rabia estrábica en lo profundo de mi corazón.

Mis insidias contra Juan Tolete y Juan Morcilla han ido en aumento desde que creí ver salir al primero del ovillo de Anselmo, en las últimas horas de la madrugada, por el rumbo en que me consta que duermen Cahuantzi y Bernarda, pues por los mismos pasos he entrado algunas noches yo. Otra vez, estando ya refugiado en las activas esterillas de mis amigas, vi la sombra de la pañoleta y el perfil de perro escuintle de Juan Morcilla. Salí a perseguirlo con mi cuchillo de pelar reses en la mano, dispuesto a poner en práctica mis críticas a su persona. Cahuantzi y Bernarda me retuvieron el tiempo suficiente para que la sombra se esfumara entre los andadores del ovillo. Una mañana, al cruzar del mercado me encontré en una de las mínimas arterias de circulación de Nonoshco, siempre atestadas de gente, al cortejo de paniaguados que anticipa el paso subimperial de Juan Tolete. Salté sobre ellos echando mano de mi cuchillo y se abrieron a mi paso sin chistar pero estorbando suficiente para que al llegar al fondo de su custodia, Juan Tolete hubiera podido esfumarse entre los escondrijos de patios y los linderos de casas que son la especialidad enmarañada de Nonoshco.

Ya que no he podido cortarlos a cuchilladas, como quisiera, los corto a comentarios bajo la forma de impersonales tecnicismos militares. Mi presencia frecuente en los recintos de Tata Huitzi luce natural y aun necesaria a los ojos de Anselmo; mi presencia en los cuarteles de Anselmo hace confiar a Tata Huitzi de la calidad de primera mano de mis versiones. Yo hablo mal de uno frente al otro, pero con los dos hablo pestes de Juan Tehzumo y Juan Tehunto. En esta atmósfera de división y recelo de la que soy, por desgracia, parte activa, pero, por ello mismo, ejemplo suficiente, no sé cómo alguien pueda pensar en la victoria. Refiero sin afición ni odio, como el historiador antiguo, los detalles de la querella que me incumbe, porque retrata lo que pasa en la trastienda de nuestra ortopédica epopeya. Todo es aquí división y recelo, de lo que no puede salir sino pleito y desconfianza.

Basilisco se ha adscrito con su vivandera bizca a los ocios y negocios de la escolta de Anselmo Yecapixtle. Va y viene sin parar del ovillo a la casa de Renato. Trae víveres y lleva viandas que la bizca cocina con una sazón sin distorsiones, muy distinta de sus ojos. Nada hay más plácido en la casa, más en acuerdo con su destino, que la oveja niña de la vivandera. No quedan huellas de heridas en sus ancas martirizadas ni en su semblante de cuencas acuosas. No pueden verse mucho tiempo sus pupilas dolientes sin que se humedezcan las propias. Después de la oveja niña, sólo Renato conoce en nuestra casa la quietud. Basilisco ocupa su tiempo en ir y venir febrilmente por la ciudadela, empeñado en infinitas tareas prácticas, de las que su vivandera infatigable es un espejo exacto dentro de la casa y yo un gemelo hipócrita, pues llevo la música por dentro de mi impasibilidad respecto de todas las cosas.

Me atormentan mis deberes desleídos con la república, mis compromisos de doble tapa con Anselmo y Tata Huitzi, la oscura sabiduría, en realidad bastante diáfana, de que no hay ante nosotros sino el muro de la muerte, un destino de ratas de barco. Me desvela la suerte de esta gente ignorante de sus ignorancias, la evidencia de que ha de ganar esta guerra el peor de los bandos y de que la república tendrá los triunfos de manos de quienes son la negación de la república. Escribir estas líneas insistentes sabiendo que no llegarán a ningún lado, es también parte de mi desazón. Me hierve por dentro la pregunta de cómo moriré, quién verterá mi sangre, qué parte de mis huesos o mi carne será rota por qué tiro, qué sorda agonía me espera en el tendajón de los heridos de este lado o entre los prisioneros del otro. Todo esto y mil hormigas más muerden mis nervios bajo la carátula impávida de mi rostro, la carátula que aprendí de Calabobos y ahora copio de Renato, la carátula de la serenidad y la distancia.

Todo eso me fastidia, y mucho más, pero nada hiere tanto mis cavilaciones como la lejanía de mis virgilias, llena de infidencias espectrales. Nunca están más cerca mis amigas de mi cabeza que cuando están lejos, en los brazos de otros que invento, con brazos y abrazos más precisos, más duros de soportar en su quimera que en su improbable y vaga realidad. Entre más lejos están mis amigas de mí, más veces las entrego a otros en mi imaginación y más las quiero cerca de mis manos. En una celda invisible quisiera tenerlas, a mi disposición, en una celda de la que no fueran conscientes o, mejor, donde vivieran felices sin sentir su encierro, mejor aún, prefiriendo ese encierro como un espacio abierto, digno de ser habitado, respirado, frecuentado. Que me quisieran suficiente para ser mis esclavas voluntarias, como empiezo a serlo yo de ellas desde que empecé a pensarlas abrazadas a otros, en particular a los ineptos Juanes de la Morcilla y el Tolete, pero no exclusivamente, pues mi cabeza es más promiscua y ecuménica que las costumbres de mis amigas.

Anoche, buscando romper esta lejanía perniciosa y rumiante, salí muy tarde en la noche en busca de Bernarda y Cahuantzi. Quería poner fin a mis imaginerías con su presencia. Llegué de madrugada al ovillo de Anselmo, su cuartel general, sorteando las muchedumbres habituales de las calles. Me colé, burlando la guardia, por una de las rendijas del aglomerado que me han mostrado mis virgilias para que llegue a ellas furtivamente, con secreto de amante invisible, inesperada condición que me enciende la sangre. Pero al cruzar las flojas mamparas de palma indicadas y llegar al recinto prometido, donde debía quitarme la ropa y deslizarme con paso de leopardo hacia las esteras de mis virgilias, en medio de la amable oscuridad que ellas abrían para mí con la llama tiritante de un cabito de incienso, en lugar del resplandor mínimo que buscaba topé con un recinto iluminado con cirios y velones y dos hombres, sentados frente a frente, luchando una querella compadrosa de abrazos y jaloneos. Me había equivocado, obviamente, de rendija y de recinto. Me dispuse a corregir mi yerro y a encontrar los cuartos que buscaba, cuando escuché las voces de los forcejeadores. Hablaban con la salivación astropajosa del alcohol, pero eran claras para mí las voces de Yecapixtle y Tata Huitzi, a quienes no podía identificar porque las espaldas de uno me tapaban el rostro del otro y porque estaban los dos doblados hasta el suelo por la risa y por sus estrujones de ebrios imperiosos.

Me dio grima pensar que en manos de este par se hubiera puesto la digna y estoica causa de los huitzis. Pensé luego que los grandes hombres han de tener también sus ratos de hombres normales y hasta de hombres pequeños. Pensé luego que era demasiada pequeñez, y luego que yo era un díscolo, que acaso había oído y visto de más, o inventado la escena, por mi tendencia inveterada a ver el lado obtuso de las cosas, junto con su lado bueno, en el que es crédulo mi natural optimismo, pero del que es descreída mi melancolía subsistente. Toda mi vida ha sido así: una ola de fe con un cadáver descreído en las entrañas.

Soy de usted, descreído pero optimista
rúbrica

Carta 33

Excelencia:

Una mañana radiante, con la luna pálida fija todavía en el cielo húmedo del amanecer, empezó la campaña de Nonoshco. Pastor Lozano dio la señal de partida al otro lado del desfiladero. Una cobertura de cañonazos y una granizada de rifleros disparando a ninguna parte ensordecieron la belleza del día con un recordatorio de muerte.

Desde el puesto de observación que Anselmo me ha asignado, Renato, Basilisco y yo vimos a los ejércitos de Pastor iniciar el descenso por distintos senderos del gran barranco de enfrente, como hormigas por el hormiguero. Se movían todos con su cofia, su gorra o sus pañoletas rojas en la cabeza, símbolo del ardor de la patria en el código de la república, un rojo heroico y legendario que sin embargo, usado por los hombres de Pastor, significa sólo sangre. Nada queda en ese color de la dignidad y la valentía. Los héroes encarnados que soñó nuestra república son en este ejército simples aventureros colorados, y así les llaman los huitzis con un desprecio que es difícil exagerar: "los colorados".

Pocas cosas dignas de contar hubo este primer día, aparte del retumbar de la tierra en el campo de zazcabache que rodea la ciudadela, pues sólo hasta ahí alcanza el rango de los cañones apuntados desde la otra orilla del barranco. Los obuses no pueden alcanzar la zona poblada. Anselmo hizo desplegar una miríada de rifleros en el farallón frontero al que usan los soldados de Pastor para descender. A lo largo del día, esos francotiradores ejercieron un fuego discreto, esporádico.

Consecuente con su diagnóstico de mis supuestos dones, Anselmo me ha dado la encomienda de espiar en todas partes, para informarle luego. Muestro como un sable el salvoconducto que me ha dado para el efecto y me complazco en violar despóticamente las restricciones de circulación impuestas por los ineptos Juanes, Tehzumo y Tehunto. Voy husmeándolo todo con mi modesto estado mayor, que forman Basilisco y Macabeo. Sorprende el buen humor que priva entre los huitzis combatientes. Van a la guerra como a un día de campo o a un torneo de caza. Eso hacen, en efecto: cazan colorados en el farallón de enfrente, sin que los colorados atinen a enfocarlos a ellos con sus rifles.

El hecho es que durante todo el primer día la ciudadela retumbó con los obuses de Pastor, mientras los tiros de nuestros rifleros se dejaban oír en la cañada como un eco de trallazos tenues que podía confundirse con el sonido de una cohetería de iglesia. Empezaba a ponerse el sol cuando tuve noticia del primer huitzi herido. Fue un muchacho flaco, casi un niño, al que un disparo a sedal le vació el ojo izquierdo. Lo pasaron junto a mí con la mitad del rostro y el pecho empapados en sangre. Su paso fue para mí la demostración tangible de que la guerra había empezado.

La noche de ese día dormí en el ovillo con mis virgilias. Estaban de fiesta, pródigas de caricias y sotol, con esa animación del espíritu, o de los sentidos, que acompaña los inicios de la guerra, asunto misterioso para mí que he visto, sin embargo, en todas las vísperas de combates o campañas: la euforia ante la inminencia de la muerte o, acaso, más exactamente, ante la embriaguez originaria de matar. Fui el beneficiario de aquella electricidad de los sentidos. Mis amigas hicieron pródigos escanciamientos de sotol y dieron abundantes tragos, con tan vivos resultados que, a media madrugada, en la cima de su fuego, Cahuantzi urdió subir a la azotea de nuestro escondite, dijo, para matrimoniarnos con la noche.

—Que nos case la noche —dijo, con sus labios de ardilla.

Había un resplandor inexplicable en el cielo, pues no había estrellas ni luna, sino esa luz venida de otra parte, de algún límite incendiado de la tierra, para nosotros invisible. Ya que estuvimos arriba los tres, de pie sobre el techo de nuestro refugio, Cahuantzi alargó una mano para agarrarme la tripa, que llevaba al aire, pues habíamos dejado las ropas abajo. Tomó con su otra mano el pelo de Bernarda, que llevaba también suelto sobre las espaldas desnudas, a lo que Bernarda respondió poniendo sus dos manos largas sobre la cabeza de Cahuantzi, lo único cubierto que había en su cuerpo, aparte del musgo de las axilas y el rizo de carbón bajo su vientre. Yo improvisé tomarlas a ambas por la nuca y así prendidos todos de nuestras partes, arrancaron ellas una rabiosa letanía en la lengua de su tierra, de la que yo entendí sólo un coro de centellas y aliteraciones.

—Eres nuestro ante el cielo y frente el viento —dijo Cahuantzi cuando terminó la letanía.

—Y nosotras tuyas —aclaró Bernarda.

Yo respondí ebriamente a sus promesas con mi propia letanía inverecunda contra los dos Juanes de mis celos, sin reparar del todo, como suele suceder, en que exigía a sablazos lo que me acababan de dar con caricias, salvo que en aquellas promesas de pertenencia ante los cielos nada habían dicho mis amigas de abominar de los infectos Juanes, y de los otros predadores que licenciaban sus costumbres bárbaras, ajenas a las reglas propietarias del amor.

—Tú nos tienes a las dos, y ninguna se queja —dijo Bernarda, con insidiosa dialéctica—. ¿Por qué habríamos de tenerte sólo a ti?

—No es lo mismo —dije, reconociendo al instante la pobreza de mi posición—. Yo no pienso sino en ustedes, ni quiero estar sino con ustedes.

—Seguimos siendo dos las que tú quieres —dijo Cahuantzi.

—Y tú nada más uno —remató Bernarda.

Debí verme muy lerdo ante esos filos, porque Bernarda abundó:

—Yo te dejo que tengas a Cahuantzi, mientras me tienes a mí. Y Cahuantzi deja que me tengas a mí. De modo que otra vez preguntamos: "¿Por qué hemos de tenerte sólo a ti si tú nos tienes a las dos?"

—Porque las quiero —acerté a decir, en medio de la niebla de mi rabia—. Porque las quiero como si fueran una sola. Y porque no me da la gana.

La incoherencia tuvo un efecto intangible pero indudable sobre mis amigas.

—¿Sólo a nosotras nos quieres? —preguntó Cahuantzi con un dejo de tierna, falsa, coqueta incredulidad.

—Sólo a ustedes.

Bernarda me dio la vuelta riendo una luz sin fondo con los ojos:

—Jura que sólo a nosotras —exigió.

—Lo juro.

—¿Por la tripa que tengo en la mano? —dijo Cahuantzi.

—Por la tripa —farfullé.

—¿Que te la corte si mientes? —me asaltó Bernarda, con alevosía de usurera.

Se destemplaron mis dientes ante estas palabras, se encogió hasta la minusvalía la mismísima tripa que Cahuanti aferraba en su mano, pero tuve el rapto que hizo mi fortuna y dije, sin arredrarme:

—Con mi cuchillo de pelar reses pueden cortar esa tripa si yo, alguna vez…

Bernarda puso una mano en mi boca, con la autoridad de quien calla a un loco o consuela a un niño.

—Deja tu tripa aparte de tu boca —dijo.

Las había ablandado, sin embargo. Se reconcentraron en mi cercanía, poniéndome las frentes en el pecho y los labios en el cuello.

—Tú nos importas, nagualón —dijo Cahuantzi.

—Nadie más —dijo Bernarda.

—Y ni siquiera tú completo —dijo Cahuantzi.

—Sólo tu tripa —sonrió Bernarda

—Y tus canillas —añadió Cahuantzi.

—El dedo cucho de tu mano carpintera —dijo Bernarda.

—Y los ojos de lechuza que te pone el sotol —dijo Cahuantzi.

Siguieron acercándose con sus palabras, hasta hacerme olvidar lo esencial, a saber: su juramento recíproco de que guillotinarían a los Juanes. Nada hubo en sus labios florales al respecto, pero fui feliz incluso de esa ausencia y esa astucia.

Así transcurrió para mí la primera noche del primer día de la guerra de Nonoshco: poco guerreramente. Cuando pude salir de la crisálida de mis amigas volví al tema de mi primera observación de aquella subida al techo, a saber, el resplandor inexplicable del cielo. Tengo ya suficiente tiempo en esta tierra para saber que aquel resplandor es el propicio a las gigantas y a sus manifestaciones nocturnas. Mi anticipación del hecho lo precedió por segundos. Apenas entendí lo que pasaba empecé a verlo, es decir, vi a las mujeres enormes en sus girones de niebla sobre la bóveda oscura del cielo. Tejían una tormenta, una bolsa de vientos y relámpagos sobre el desfiladero del lado de allá, por donde habían empezado a bajar los colorados. La bolsa de truenos se licuó en los telones plateados de un aguacero gigantesco. Un aguacero geométrico también, cuya cortina de agua parecía cortada justamente sobre el desfiladero enemigo, de modo que no caía una gota de agua sobre Nonoshco y caía un diluvio, en cambio, sobre los farallones donde se movían los ejércitos de Pastor Lozano.

Supe de los estragos de aquel aguacero a la mañana siguiente. Es decir, el día en que escribo estas notas, con la habitual sensación de esparcimiento inútil, de obsesión insustancial que me cubre desde que tengo la certeza de estarle escribiendo a nadie. El hecho es que hoy fui con mi estado mayor a visitar nuestras posiciones y encontré el farallón frontero limpio de colorados. Abajo, en el cauce lodoso del Tatishnú, podía verse una colección de cabecitas de alfiler coloradas, resumidas en el fango, siendo estas cabecitas los cadáveres de los hombres de Pastor que las aguas del aguacero habían arrastrado.

Hallé inexplicablemente contrariado a Anselmo cuando le rendí el parte de las bajas por el aguacero, las cuales ya conocía en lo general.

—Este viejo cabrón ha ganado su primera batalla —dijo Anselmo, refiriéndose a Tata Huitzi.

Me explicó después que el joven abuelo hacía correr el rumor de que las fuerzas fantasmales bajo su mando habían logrado esta victoria, la cual, según Anselmo, sólo era fruto de las lluvias volubles. Me guardé mi visión de las gigantas de la noche anterior, porque es verdad que su presencia en el cielo podía imputarse a los efectos del sotol de mis virgilias, efectos que algunos llaman proféticos y otros alucinatorios, y porque las andanzas nocturnas de sus hijas con un desnudo servidor de la república no era la escena más a propósito para descontrariar al padre de la guerra.

Tata Huitzi estaba de fiesta, cierto. Celebraba los estragos del aguacero como si él lo hubiese ordenado. Pude constatar su euforia al hacer mi ronda vespertina por su campamento para ofrecerle mis calumnias del día. La sola mención de la molestia de Anselmo hizo las delicias del anciano. Me invitó a cenar con el cura Demediado, y cenamos los tres, servidos por estas niñas aquiescentes que rondan a Tata Huitzi. Aquiescentes digo por no decir medio putas, y aun putas completas, pues tienen la salacidad de la inocen-

cia, vale decir, la integridad moral de muchachillas que no
han aprendido sino que ser putas y parecerlo es el oficio natural de la vida.

Soy de usted, de corazón y oficio
rúbrica

Carta 34

Excelencia:

Los habitantes de Nonoshco han hecho acopio de cereales y ganado para resistir mucho tiempo. Han desazolvado el antiguo acueducto que baja de la montaña, varias leguas arriba, y tienen agua nueva, más agua que nunca. El manantial del que chupa el acueducto, hijo de una corriente subterránea, es el único vestigio de los antiguos veneros del río Tatishnú, cuyo cauce milenario ha cavado en la montaña los desfiladeros que escoltan a Nonoshco. Creo haber dicho ya a su excelencia que Nonoshco es como una serpiente enrollada en círculos concéntricos. De lado a lado mide media legua, y otro tanto si se incluye el Pueblo Nuevo. Cruzar la ciudadela siguiendo la serpentina de sus calles, en particular la Calzada Tushtenoch (Ombligo nuestro), que la recorre curveando como un intestino, puede llevar medio día.

El llamado Pueblo Nuevo de Nonoshco se extiende hacia las alturas, rumbo a la montaña, después del cinturón de jacarandas que ciñe al pueblo viejo. Es una colmena provisional, todavía más enredada que Nonoschco, hija del aluvión de refugiados que han llegado aquí huyendo de la guerra con el único propósito de encontrarla, pues nada los movió de sus aldeas en los valles sino el deseo de pelear y morir en este sitio.

Los huitzis residentes y los refugiados se saludan en la calle como viejos amigos que se encuentran luego de mucho tiempo de no verse. Nada perturba su ánimo, hablan, juegan, se derraman por las calles y embarullan como niños. Hay en ellos una cordialidad de parientes felices por el reencuentro. Entiendo que saluden con afecto a Renato, que lleva tiempo aquí, porque lo conocen y lo quieren. Pero los abrazos de cóndor que le prodigan no puedo entenderlos. Mucho menos la obsequiosidad con que premian mi paso, como si fuera yo uno de los ineptos Juanes, que exigen venias imperiales. Todos esos tratos pueriles no quieren decir nada sobre las emociones profundas de esta gente, que abruma con sus modales amorosos pero no ama, o ama pocas cosas, por momentos ninguna, sin que eso les impida, quizá les inspira, las abrumadoras exterioridades de que hablo.

Hay guerra todos los días, pero no en todas partes. Los hombres van y vienen, se oyen disparos, gritos, órdenes, quejas y lamentos. A veces, la tierra tiembla por el tronido del cañón que nos apunta desde el otro lado del desfiladero. No hay víctimas ni daños en este amedrentamiento, el cual resulta inútil, salvo por sus estragos en el zazcabache, que arde un poco después de la metralla. Vuelve luego a su retorcimiento impenetrable, negro ahora, después del amarillo de las llamas. Los heridos y los muertos son hechos casi todos en los desfiladeros por donde bajan nuestros enemigos. Bajan disparando y escondiéndose pero son blancos relativamente fáciles para nuestros expertos tiradores. La guerra consiste hasta ahora, casi exclusivamente, en la fusilería de precisión que cruza el desfiladero. La gente de Pastor avanza de aquel lado, lenta pero seguramente hacia el cauce del río. Subirá después, con mayor dificultad aún, por el desfiladero de este lado, para llegar al bosque de zazcabache y por fin al lindero de las jacarandas donde empieza Nonoshco.

Los huitzis heridos o muertos en el desfiladero son traídos a las afueras de la ciudadela en brazos de otros combatientes, en camillas rústicas o en lomos de burros y mulas. Los muertos son entregados a sus familias que los entierran donde pueden, casi todos ellos en los patios de sus casas. Los heridos son llevados a unos tendajones donde reciben cuidados displicentes, otros son entregados en sus casas, para que sanen o mueran con sus parientes. En realidad, según mi opinión de médico descalzo, los heridos no son atendidos por nadie, ni por los cuidadores de los tendajones ni por sus familiares. Los dejan curarse o morir con alivios epidérmicos, pues la noción de curar es por su mayor parte ajena a los habitantes de esta tierra.

Las mayores bajas de esta guerra son, sin embargo, las de las hormigas coloradas de enfrente, es decir, la gente de Pastor Lozano. Caen aquí y allá, con las descargas de nuestros tiradores, pero no interrumpen su flujo.

En los terrenos bajos del Tatishnú, al pie de los farallones de este lado, Anselmo ha empezado a reunir hombres para dar una batalla formal, o al menos una escaramuza seria, frente a frente. Vale la pena esta batalla, piensa Anselmo, porque será la única. No pensaba así hace unos días, pero ahora sí. Su nueva creencia militar es que una derrota de los invasores en el cauce seco del Tatishnú obligará a Pastor a retirarse y a poner fin, provisionalmente al menos, a la campaña de Nonoshco. Una derrota de los huitzis, piensa Anselmo, determinará también el fin de las batallas de esta campaña, pues toda la lucha siguiente quedará ceñida al plan original de resistencia mano a mano, sendero por sendero, hasta la defensa final, casa por casa, de la ciudadela. Su álgebra sombría no ve sino ventajas en ese riesgo. Cree que una batalla frontal en el cauce del Tatishnú será en todos los casos una ganancia. Traerá una victoria rápida sobre el enemigo o una derrota que probará la validez de la estrategia original: defender Nonoshco hasta la muerte, como se había previsto.

Sugerí que podríamos perder demasiados hombres en

esa aventura. Anselmo me contestó que el único hombre cuya pérdida le quita el sueño es la del último. Pedí una explicación de tan enigmáticas palabras y contestó:

—En la guerra no importa cuántos mueren sino cuántos quedan vivos. Hay que pagar el precio de todos los muertos para quedarse con el último vivo.

Anselmo ha instruido a sus ineptos Juanes para que tomen providencias y acumulen hombres en posición ventajosa para la batalla. Debo inspeccionar los pasos de esta movilización y reportar a Anselmo el cumplimiento de sus órdenes. Esto me da el doble placer de espiar y delatar a mis competidores, cuyas impericias marciales me preocupan menos que sus rondas civiles en la proximidad de mis virgilias. Estas rondas me atormentan más que la guerra, despiertan en mí las pasiones homicidas que debiera suscitarme sólo el campo de batalla.

Las noches que mis virgilias no me dejan verlas, paso a visitar a María Solís y le confío mis penas asesinas, a lo que ella responde con cinismo de matrona:

—Comprende, no te agravies. Los generales son soldados rasos en el corazón de tus amigas. Tú eres ahí el único general.

Me mira con ojos amorosos que me hacen dudar, mejor dicho, que apartan hasta la última duda de mí, pues me confirman que las rondas afantasmadas de mi cabeza son de carne y hueso en el santuario de mis virgilias. Me digo entonces, cuando regreso al ovillo donde me esperan aquellas a las que odio tanto como quiero, que quien todo lo comprende, todo lo disculpa y, al final, en nada cree. Luego de tratar de comprenderlo todo, queda sólo el vacío, la comprensión universal nos vuelve neutros, como el aire, que absorbe igual gemidos y carcajadas. Pienso que es eso lo que me ha pasado a mí, pues todo lo rechazo y todo lo comprendo, siendo el rechazo absoluto una torpeza moral tan grande como la aceptación absoluta, salvo que al final del rechazo hay un histérico o un misántropo, y al final de la aceptación, un simple o un cínico.

Lo cierto es que el ir y venir de los ineptos generales por los andadores de mis virgilias no sólo no se ha atenuado luego de nuestras pendencias, sino que creo ver sus sombras multiplicarse sobre el territorio de mi ofensa, es decir, bajo los techos del lugar donde, más que dormir, irradian mis virgilias, como la llama de la luz en la piedra rubí o su reflejo de arpas azules en las aguamarinas. Los invento rondando a mis amigas, regocijándose en ellas, y el espíritu de la muerte me nubla el alma. Nada pienso entonces sino en apartarlos de mis bienes, y de los bienes todos de la tierra, y me ensueño, gozoso, cortando sus gargantas y sus rabos, esparciendo sus vísceras sobre el polvo que ha de sentarles bien como premio del olvido.

Suyo soy con celo sin olvidos
rúbrica

Carta 35

Excelencia:

Los sueños ocupan mis noches, me curan del día. Anoche soñé que venía huyendo a caballo, bañado por la luna, con unas ganas locas de llegar a casa. Rodeaba un peñón rumbo a un llano, sobre el cual mi galope dejaba unas motas de polvo plateado, pequeñas explosiones simétricas, silenciosas, en el bastidor de la llanura. Tenía frío, un frío de huérfano. La casa a la que quería llegar era el ovillo de Anselmo en Nonoshco, donde duermen mis virgilias. Pero de pronto, a media cabalgata, tenía la iluminación de que no era ésa la casa que buscaba, sino otra, anterior, situada más allá de Nonoshco, en un confín remoto que no encontraría nunca o que había perdido para siempre. La casa que había en la nostalgia de mi cuerpo frío resultaba ser la casa de mi infancia, perdida en mi memoria, como mi infancia misma, salvo por mi prisa en aquel sueño. A partir de este momento, cabalgaba dentro del sueño con los ojos llenos de lágrimas. Me despertaba la extraña plenitud de esas lágrimas, pero al despertar no lloraba, sólo veía por la ventana de la casa de Renato Macabeo los primeros colores del alba, cenizos en el cielo, rosados en las sierras que empezaban a dibujarse entre la maraña de la mañana, amarillos en los bordes de la ventana incendiada, cuyos vanos ardían como líneas de aceite con el vigor rubio del amanecer. Estaba desnudo, exhausto, en mi camastro contrahecho, apenas expulsado de la noche; y era feliz en mi orfandad naciente, como un cachorro tumefacto que se asoma a la luz por primera vez, húmedo aún de su paso por el vientre nocturno de su madre.

La guerra no avanza de un lado ni del otro, simplemente empeora. Fui con Anselmo a ver las cuevas en las afueras del Pueblo Nuevo. No las conocía. Me dejó entrar a una de las once que pueden verse en las rugosidades de la estribación. Cuando cruzamos el umbral, me dijo:

—Te dejo que entres para reforzar tu fe, Avilán, si no es que para sembrarla.

Me alumbró el camino con la antorcha de hilo embreado que llevaba en la mano. Una tea libertaria, habría dicho Pastor Lozano, burlándose de sí mismo y de su causa. Anselmo no. Su desencanto es tan radical que no le alcanza para celebrar ni para burlarse de su causa. Apenas para un humor estoico, cuya grandeza es la certidumbre, serena y desalmada, de su propia inmolación.

La cueva era un arsenal. Había cajas de rifles y municiones, toneles de pólvora, ristras de balas, almiares de bayonetas.

—Llevamos años juntando estas cosas —dijo Anselmo, gozando de mi sorpresa—. Para que nada falte en los pocos días que estas cosas han de durar.

Recorrió el sitio con orgullo de mayoral que cuenta animales, poniendo la mano en una pila y otra de municiones. La melena de león le saltaba sobre los hombros de mono, y de sus pasos nerviosos, por sus piernas de cabra, subía una nerviosa corriente de vida.

—Usaremos hasta el último cartucho del último riflero, Avilán. Luego, hasta el último cuchillo del último hombre. Luego, hasta las uñas de la última mujer. ¿Estás dispuesto?

Más elocuente que cualquier mentira me pareció mostrarle mi daga de pelar reses. Lo conmovió mi faramalla.

—Cuando cortes con eso, corta aquí —me dijo, en compulsiva confidencia, tocándose con el dedo índice la arteria tras la mandíbula, bajo la oreja—. Lo demás vendrá por añadidura.

Con este comentario formativo dejamos la cueva.

Anselmo inspeccionó las otras, una por una, sin dejarme entrar. Cuando volvió de la última, me dijo:

—Hay municiones para cinco guerras, Avilán. Pero falta la munición mayor. ¿Sabes cuál es la munición mayor?

Negué bovinamente.

—La fe —dijo él—. Me pregunto si tú, con Macabeo, puedes inventar algo para mejorar mi fe. Mejor dicho, para sembrarla en mí. Me pregunto cada día para qué todo esto. Me gusta la batalla, me gustan el pulso y el rastro de la sangre, me gusta la camaradería del odio, me gustan las historias de piedra de la guerra. Nunca están los sentidos más abiertos, más activo el corazón, más templado el ánimo. Y nunca es más capaz el hombre de mirar de frente su única restricción, que es la muerte. Me gusta todo esto, Avilán, como a la leona perseguir y ahogar a la gacela. Pero la antigua felicidad salvaje de la lucha es ahora un tedio. He perdido la alegría de pelear, conservo sólo el instinto. Y eso es porque en la vuelta de los tiempos algo se ha perdido en mí, o algo ha aparecido. Ese algo que se perdió es la certeza del sentido de mi rabia. Y eso algo que apareció es una voz que pregunta dentro de mí: "¿Para qué todo esto, Yecapixtle? Cuánta exageración. ¿No podrías matarte tú y abreviar este absurdo espectáculo?"

Hizo un gesto teatral con la mano, voleándola como una fumarola sobre su cabeza. Sus escoltas le pasaron una garrafita. Dio unos tragos de aguardiente, tan grandes que se le derramaron por los carrillos, por el cuello, por la abertura corsaria de la camisola. Su mirada se encendió primero y se dulcificó después.

—Esto es al fin lo único en que creo —dijo, con rostro beatífico, alzando la chorreante garrafita.

En la iluminación del rostro de Anselmo que suele seguir a sus inmersiones alcohólicas, hay un resto fósil del animal que asoma algunas veces al rostro de mis virgilias cuando hemos abusado del sotol. Paso sobre esas huellas del tiempo como sobre ascuas, mejor dicho, como junto a las chispas germinales de la hoguera que ha de ser mi porvenir.

Todos los días voy con Basilisco, a veces con Renato, al farallón donde están apostados nuestros hombres, disparando sobre los de Pastor Lozano. Cada día encuentro algún obstáculo puesto a mi paso por los ineptos Juanes, cuya impericia me suscita el pensamiento aliviador de que serán también torpes amantes.

La gente de Pastor avanza. Hay cada día más encuentros cuerpo a cuerpo entre cuadrillas de invasores colorados y partidas de huitzis que los atajan, usando los senderos clandestinos de su especialidad. Hubo un festejo salvaje hace tres días porque un comando huitzi pudo colarse al desfiladero de enfrente y capturar una carreta de municiones. Los triunfadores trajeron las orejas de los guardias ensartadas en un sedal y sus manos cortadas en otra ristra macabra. Saludaban con ellas diciendo adiós a la gente que atestaba festivamente las calles, como siempre.

Nuestra ventaja en estos encuentros es radical, pero la tenacidad de los colorados en su avance no deja de sorprenderme, sabiendo, como sé, que su única moral es el botín y su única ley el saqueo. Parecerían en esto inferiores a los huitzis, que luchan por su vida y por su mundo, pero no lo son de hecho en ferocidad y fervor, lo cual me llena el alma de piedras, pues los hechos parecen probar que tiene más bríos la crueldad que el honor, y la agresión más fuerza que la defensa de la propia vida.

Como resultado de estos choques han empezado a llegar a Nonoshco los primeros prisioneros del ejército de Pastor Lozano. Ha vuelto a sorprenderme la unanimidad de sus caras de niños asustados, mejor dicho, el contraste de esas caras con sus actos. Estos mismos soldaditos con cara de niños, que parecen arrancados del cuidado de sus madres, son los monstruos que roban, matan y violan lo que encuentran a su paso, incluidas la oveja niña de Basilisco y su vivandera. Puestos en la fila de presos, las manos atadas a la espalda, descalzos, sin sus gorros frigios, despeinados del hambre y del susto, estos prisioneros parecen sólo unos chamacos mal peluqueados, injustamente detenidos por sus captores, que los han removido de sus pupitres escolares, se diría, confundiéndolos con sus padres, los verdaderos criminales. Esa impresión dan cuando marchan prisioneros, ahítos y desconcertados por su propia indefensión. Pero estos chamacos son los criminales, aunque parezcan las víctimas, no hay un solo inocente entre ellos, todos son leones cebados, y no se han enamorado la primera vez.

Esto es fácil decirlo pero es difícil creerlo y actuar en consecuencia, sobre todo si los espíritus chocarreros de la guerra mezclan sus hilos para reírse de los combatientes, para usar sus pasiones en beneficio del camino siempre oxidado y torvo del negocio de matar. Ayer mismo caí por los desfiladeros de una de esas trampas. La pisé a fondo, como acaso hemos de pisarlas todos alguna vez. Fue que atisbaba por mi catalejo, expropiado de la impedimenta del cronista de Malpaso, y concentré la vista en un punto singular de la batalla. Una patrulla volante de Pastor había logrado trepar por nuestro desfiladero hasta las primeras arborizaciones del zazcabache. Bajo la enjundiosa pero estúpida dirección de Juan Tolete, una escuadra huitzi se empeñó en batir frontalmente aquella patrulla enemiga, en lugar de rodearla y obligar su inmovilidad o su avance, ambas cosas mortales en la siniestra selva seca, espinosa y para ellos desconocida, que tenían adelante. No. Juan Tolete los atacó con su escuadra desplegada, lo cual lo puso pronto en situación si no de desventaja al menos de igualdad de fuerzas, pues el zazcabache protegía a los atacados tanto como estorbaba a los atacantes, y viceversa. En cosa de minutos quedaron compensadas las escuadras, la batalla se volvió un incierto combate cuerpo a cuerpo. Nadie pagó desventaja mayor en esas condiciones que el propio Juan Tolete, quien se vio de pronto en medio de una refriega mortífera, la cual, bien planteada, hubiera terminado sólo en una cosecha de prisioneros. Decidí acudir en ayuda del inútil Juan, llevado por el ánimo solidario que cabe esperar en un partidario de la propia causa. Con Basilisco Pereyra y unos hombres de respaldo, nos acercamos a la escaramuza hasta tenerla a tiro de fusil, distancia adecuada para poder cazar sin costo a los combatientes de Pastor que se movían entre el zazcabache esperando a los nuestros. Fue así como tuve bajo la mira de mi fusil al inepto Juan Tolete. Hacía un torpe rodeo de arbustos para sorprender, según él, a un colorado desprevenido, maniobra tan mal hecha que puso al sedicente general a merced de un embate trasero de su perseguido, pues lo pasó de largo sin percatarse y quedó dándole la espalda.

Todo lo vi por la mirilla de mi rifle. Por un extraño efecto que conocen los tiradores, lo que miraba por la mirilla pareció crecer, agrandarse. Como si viera con catalejo, vi la espalda del inepto general en medio del zazcabache, y vi la silueta de su emboscador, saliendo de un nido de espinas sarmentosas, para echarse sobre la espalda de su presa, el inepto general, con una bayoneta formidable. La cabeza del asaltante quedó en el centro de la mirilla de mi fusil justo en el momento en que iniciaba su movimiento para ensartar a Juan Tolete. Fue ése el momento exacto para disparar, cobrar la vida del colorado y proteger la del inepto general, pero no disparé en ese momento. ¿Por qué? Porque la cara del colorado que cruzó por la mirilla de mi rifle fue la de un niño legañoso, perturbado aún en sueños por la ausencia nocturna de su madre, las mejillas llenas y redondas de la infancia, dos rosetones de manzana en la cima de los pómulos y unas pestañas color paja que daban a sus ojos un aire de animal virgen, dueño de una belleza inconcebible, ignorante de sí. No disparé, digo, paralizado por esta visión beatífica, rebelándome a la idea de suprimir con un disparo el sueño de leche de aquella cabeza en tránsito aún de los temores huérfanos de la niñez a las pesadillas desalmadas de la edad adulta, rebelándome a esto digo, y negándome también a impedir que aquel querubín con bayoneta tuviera su oportunidad de atravesar los pulmones, o los riñones, acaso los genitales, del inepto Juan Tolete. Dudé entre disparar y dejar que la guerra se llevara a mi enemigo. Dudé, digo, pero finalmente decidí disparar, impedir que la suerte se llevara a mi rival mientras yo me quedaba agazapado, indignamente, en la coartada de la guerra. La cabeza del niño bayonetero reventó con mi disparo como una sandía; mi virginidad como homicida reventó también con ella.

Suyo soy, más allá de mis hechos y mis culpas
rúbrica

Carta 36

Excelencia:

Supe, ayer, por unos prisioneros, el terrible rumor: en una escaramuza dispareja con un oficial de Pastor Lozano, una escaramuza de doce contra uno, cayó cruzado de cuchillos y puñales, moderno Julio César, el universal cronista de Malpaso, Antonio Calabobos.

Me rebeló la sola idea de esta muerte. Tanto, que desahogué mi rabia con los prisioneros que la contaban. Le tiré de los pelos a uno y tomé por el cuello a otro exigiéndoles con gritos criminales que dijeran la verdad. Me serené luego, pero volví a zarandearlos cuando, ante mi exigencia, repitieron la especie de la muerte del cronista. Según su versión, Calabobos murió acuchillado por la escolta de un oficial a quien reclamaba sus conatos galantes con Rosina, conatos cumplidos, según los testigos, que conocen y veneran al oficial, pues han matado bajo sus órdenes.

Pasé la mañana inspeccionando las estupideces de los Juanes pero en realidad pensando en el irreparable Cronista de Malpaso. Me ahoga la culpa de no haberlo hecho cruzar la raya que yo mismo crucé. Estaría de este lado, con Rosina, en la sombra propicia de una vida más larga, aunque, hay que decirlo, no mucho más. Peno haber sospechado de su nobleza, concediendo que había en él un cobarde, o un traidor, que no había. Había sólo un hombre enamorado, infinitamente superior al objeto de su amor. Me entristece, por último, haber creído que nuestra separación sería temporal y que, pasado el torbellino donde estamos, volveríamos a vernos como viejos colegas, en torno a una lúcida infusión de láudano o un trago de sotol. Cuando nos separamos actué como si estuviéramos emprendiendo ambos un viaje voluntario que voluntariamente podríamos reanudar alguna vez. Calabobos vino a mi mente todo el día como una prueba fatal de la ligereza con que he visto, o me he negado a ver, las coordenadas fúnebres de nuestra aventura, el molino de hierro que nos muele, sin vuelta atrás.

Regresé a interrogar a los prisioneros que contaron la muerte de Calabobos para preguntarles los detalles. Añadieron poca cosa, chismes del vivac y la vida soldadesca. Salvo esto: Rosina despacha ya sus favores en la tienda del moruno general Laborante. "Murió de lo que quería", dijo Basilisco al saber la noticia. Le di un zape en la oreja y otro en el cachete. Luego, conforme la noticia cayó en mí, acepté que Basilisco tenía razón: si Calabobos había muerto a consecuencia de Rosina, podía decirse que había muerto de amor, es decir, a causa de lo que amaba. Pasada la rabia, la noticia de la muerte del cronista fue dejando en mi ánimo una nube de luto. Renato y yo pasamos la tarde sentados uno frente a otro en la mesa de la casa, sin decir palabra.

—No hagas caso de rumores —me dijo Macabeo—. Calabobos es inmortal. Aunque lo hayan matado, no puede morir.

Mis amigas me consolaron por la noche con su vivacidad incomparable, hasta persuadirme de que estoy corriendo en esto una suerte mejor que la de Calabobos, pues los objetos de mi amor son infinitamente superiores a mí.

Los cuidados de mis virgilias no apartan, sin embargo, la certidumbre de que nuestra deriva anuncia para nosotros la misma suerte triste y tonta de mi amigo. Puede haber espacio, pero no hay futuro para nuestro amor en el rumbo siniestro que tenemos por delante. He sentido flaquear todos mis sentidos ante la aparición de lo obvio, a saber, que hemos de perder la vida en esta ciudadela. Mejor dicho, que han de perderla mis virgilias. Ha de pasar a la nada cada relieve de sus cuerpos, cada esguince de sus bocas, cada burla risueña de sus ojos. La sola idea de que mis amigas puedan ser apartadas del mundo, llevadas al sitio de la niebla donde hoy está Calabobos, me come durante el día y me asalta por la noche, impidiéndome dormir.

Durante mis vigilias de estos días pude saber de cierto, aunque lo sabía de sospechas, que Bernarda y Cahuantzi adoran a sus madres muertas en el reflejo de la luna. Ponen piedras traslúcidas y atajan con sus cuerpos y sus rostros los reflejos que la luna deja en ellas. Mientras pagan su tributo adoratorio, sienten que sus madres las bendicen desde el fondo radiante de la noche. Hablan con ellas en sueños y en sus duermevelas, pues tienen el encanto, en esos días, de hablar dormidas. Su rumia del reencuentro con sus madres es como un arrullo. Hace unos días, al despertar, les pregunté si ese mismo ritual puede practicarse en memoria de los amigos muertos. Me dijeron que sí, con variantes, si consigo una piedra que en lo profundo de mi corazón encuentre parecida a la memoria del amigo ido. No lo dudé un instante, pues en el atado de pertenencias de Calabobos que quedó en mis manos junto con el catalejo había una piedra cárdena con el fósil de un lagarto milimétrico, en cuya contemplación solía perderse el cronista. La noche siguiente, con luna menguante, subimos al techo del refugio de mis amigas, provistos de sotol y de mi piedra lagartija. Bebimos en espera del mensaje de los cielos, que llegó en la madrugada. Vi esa noche a María Solís y a las madres de Bernarda y Cahuantzi tejer entre los puntos de las estrellas el rostro del cronista de Malpaso, blanco por el hilo de niebla de las hilanderas, con los ojos enormes color del cielo y un torso que se iba adelgazando y constriñendo hasta volverse una cola de lagartija.

—Ha aceptado tu piedra —dijo Cahuantzi.

—Y te ha aceptado a ti —dijo Bernarda.

María Solís dio un tirón de su manto hilandero y el prodigio empezó a desvanecerse en el aire. Los contornos de la efigie del cronista se fundieron en un haz de luna, que cayó sobre mí como un disparo. Una alegría de perro que encuentra a su amo atravesó mi cuerpo, y la tristeza toda, por un instante, desapareció. A partir de esa noche, como cada familia huitzi, como cada casa, casi como cada cuarto de esta ciudadela, tengo también mi piedra y mi culto, la piedra donde creo que está capturado el espíritu de mi amigo o, al menos, mi culto por su recuerdo.

Entiendo que con asumir esta superstición doy un paso hacia este mundo, pues condono sus fantasías a cuenta del personaje que menos creía en ellas. Es la consecuencia lógica, supongo, de que me haya vuelto incrédulo, adversario incluso, de la causa que me trajo aquí, nuestra causa, de la que no sólo estoy desencantado sino a la cual, para todos los efectos prácticos, combato como un renegado. Digo en mi descargo que si he perdido la fe en la forma como nuestra causa se extiende por el mundo, bajo la efigie de Pastor Lozano, no he adquirido tampoco la fe de nuestros adversarios, más digna en sus medios si se quiere, pero absurda en sus fines. En su absurdo hay un encanto, no puedo negarlo, y en su irracionalidad unas razones impenetrables a la razón. Pero no he llegado a creer ni por un momento que su resistencia suicida y sus creencias arcaicas puedan traer al mundo más bienes o menos males que nuestros ejércitos; nuestros ejércitos, digo, no como salen de los decretos de su excelencia, o de sus intenciones, sino tal como han llegado en carne y hueso a esta provincia, convertidos en bandas imperdonables de asesinos y saqueadores. Confieso a su excelencia, para evitarle desengaños y para no apartarme un renglón del compromiso indeclinable de decirle la verdad, aun si esa verdad contradice sus órdenes y sus esperanzas, que la única cosa creíble que va quedando en mí es la pasión por mis amigas y, desde que la tengo en mi poder, ritualizada por la luna, mi devoción por la piedra lagartija que perpetúa supersticiosamente la posteridad de Calabobos.

—Me pregunto por sus cuadernos de trabajo —dijo Renato, al final del largo silencio que me dio por respuesta cuando le conté el significado que la piedra tenía ahora para mí, el mismo que referí a su excelencia en párrafos previos.

Dijo eso, o trajo eso a colación, para recordarme que nada en Calabobos autorizaba una licuefacción lunar como aquella a la que había sometido su piedra y su memoria, pues nada en el cronista sostenía la creencia en el mundo sobrenatural, salvo por el hecho de que otros lo creyeran, siendo él un cronista del mundo tal cual es, con sus piedras y sus plantas y sus delirios sin retoque. Traté de contarle a Renato cómo eran aquellos cuadernos, lo que recordaba de ellos y lo que Calabobos me había contado, pero no había un rastro preciso de su escritura en mi cabeza. Toda mi memoria de Calabobos estaba tomada por él, por su facha de cristo terso y su mirada melancólica que sabía mirar a través de las cosas con una frialdad absoluta que era al mismo tiempo una sonrisa.

Luego de escuchar mi relato, Basilisco y su vivandera han hecho un pequeño nicho de musgo para acomodar la piedra como lo que es, un objeto de culto. Han actuado en consecuencia. Se han sometido al imperio lunar de la piedra como piadosos feligreses, los primeros adeptos de este desatino. Quiero decir que rezan en silencio ante la piedra, encomendándose a ella, y hacen a su oveja dar balidos de aprobación, con lo cual se alcanza un efecto, difícil de describir, de comunión zoológica con el mundo sobrenatural.

Soy de usted, como de culto propio
rúbrica

Carta 37

Excelencia:

Como he dicho repetidamente, Nonoshco está rodeada de jacarandas, árbol pulmonar de floraciones lilas en la primavera y sequedad mortuoria en el invierno. Su plenitud es lujuriante y su postración agónica. Es el árbol edénico del sí y del no. Como un mal indicio de la marcha de la guerra tomaron los habitantes de Nonoshco el que, hace unos días, una partida de colorados haya podido acercarse hasta ese perímetro para prenderle fuego a cuatro de los colosos vegetales. La incursión y el incendio de las jacarandas dieron pie a una oleada de habladurías sobre el plan de defensa de Anselmo Yecapixtle, tanto, que precipitaron su decisión sobre la batalla prevista en el cauce del río Tatishnú. Las críticas se oían en todas partes por las calles aglomeradas de Nonoshco. Me consta sin embargo que nacieron, una por una, en el santuario de Tata Huitzi.

Es difícil entender que hombres como el cura Demediado y Tata Huitzi, que forman con Yecapixtle la misma causa, la misma masa de locos destinada por igual a la derrota o a la victoria, más bien lo primero que lo segundo, dediquen tantos esfuerzos a barrenar el mando de su general en jefe, como si hubiera más jugo en sabotear al aliado que en combatir al enemigo. Es asunto impenetrable a la razón, pero así es. Lo oí, lo vi y lo sé de cierto. Una noche, luego de recibir mi informe sobre los ineptos Juanes, Tata Huitzi instruyó a su réprobo cura Demediado, a su corte de niñas salaces, y a sus hermanitos genuflexos, con estas palabras:

—Corran la voz de que nuestro general bebe de más y manda de menos. Y que nos está dejando, con su inacción, en manos de nuestros enemigos. Digan que caerá Nonoshco sin pelear, pues su general no quiere pelear. Que nuestros hijitos serán machacados en sus tiernos huesos, decapitados con bayonetas mohosas, y sus cabezas, como pelotas, irán de pata en pata de sus matadores. Digan a las gigantas que cubran las estrellas para que la oscuridad de la ciudadela sea total por las noches, y que las mujeres chillen de miedo en medio de esa oscuridad, y que las comadres agoreras levanten el día de Nonoshco con terribles profecías.

Todo esto instruyó Tata Huitzi que sucediera, y todo eso sucedió. Las niñitas que sirven la casa, despiertísimas pirujas deslenguadas, son el primer círculo de expedición de los rumores. Estas chamaquillas putanescas son bastantes, y vuelven a sus casas por las noches o por el día, según los turnos que dictan las apetencias del anciano, cargadas de cuentos sobre lo que pasa en el santuario del Tata. Todo lo que dicen lo beben sus oyentes como agua de biblia. También los hermanitos subnormales del Tata son eficaces chismeadores. Oyen las palabras del anciano con la misma devoción con que aspiran sus flatulencias, como quien oye y huele cosas del más allá. Son ellos los encargados de pastorear a las gigantas, las madrinas del pueblo, mujeres volanderas que en cualquier otro lugar llamarían brujas, y que forman aquí una poderosa cofradía. Es dogma que sus ensalmos protegen al pueblo de desgracias, que dominan los cielos nocturnos con sus mantos, que gobiernan el sueño, duermen o agitan a los animales, y ordenan a los astros en obsequio de sus favoritos. Los hermanitos les dan comida y aguardiente, y ellas son por esto clientas leales del anciano, a quien proveen de las historias que oyen en el pueblo, y de filtros y videncias. Tata Huitzi dispone así de una red de infundios superior a la de Anselmo, de modo que la fuerza cruda de las armas está dominada en esta ciudadela por los hilos invisibles del rumor, cuyo hilandero es Tata Huitzi.

—Volverán las aguas que se han ido —dijo Tata Huitzi al terminar su arenga aquella noche—. Las aguas revolventes barrerán a los ejércitos de quien nos agravia. Tronará el hermanito relámpago fulminando a quien nos amenaza. Y las gigantas tejerán en el cielo las redes que inmovilizarán a nuestros agresores, para dejarlos a nuestra merced cuando aparezca el día.

Nadie, salvo yo mismo y el cachazudo cura Demediado, pareció reparar en que el anciano rezumaba licor y locura, el licor que le acercan sus niñas custodias, expertas en nublarle la choya y juguetearle el gaspirucho.

Pocas horas después de aquella noche, la ciudadela hervía contra Anselmo, y Anselmo estaba contra la pared, cercado por el celo de sus solidarios.

—Te consta, Avilán, que no estamos listos para esta batalla —me dijo—. Pero las especies del viejo y su cura, y sus niñas huilas y sus hermanitos lesos nos obligan a darla y perderla.

—¿Para qué, capitán? —pregunté yo.

—Para que no se pierda la fe —contestó Anselmo—. Hemos de perder a sabiendas, para darle fe a nuestra gente de que podemos ganar. ¿Puedes creerlo, Avilán? Hemos de tirar la mitad de nuestra riqueza para conservar la fe que nos queda en la otra mitad.

Me citó y acudí al día siguiente a sus instrucciones para la batalla. Había planeado su ofensiva del cauce del río como una gran emboscada, envuelta en la apariencia de una batalla. Los hombres de Pastor Lozano verían frente a ellos una especie de ejército regular, dándoles la cara para un encuentro a campo abierto. Pero la verdadera batalla de Anselmo iba a estar escondida media legua detrás del lugar donde los huitzis se presentarían al combate. Luego de un choque superficial, los batallones huitzis debían retroceder en desbandada, con desorden y cercanía suficientes para atraer la persecución de sus enemigos. La persecución llevaría a los perseguidores a la trampa de los rifleros apostados por Anselmo en una pared de tiradores de media legua. De aquel embudo de rifleros no saldría vivo hombre ni animal. Colocar a los rifleros había sido asunto de pedrería, pues suponía escalamientos temerarios para apostar a cada tirador, y una línea de abasto de municiones y alimentos, cuya logística exigente no había entrado nunca en la cabeza de los ineptos Juanes. De ahí la mayor parte de sus ineptitudes en aquellas horas. Sus errores retrasaron el montaje de la emboscada muchas jornadas más de lo previsto. De hecho, la cosa estaba a medias todavía cuando los malos humores contra Yecapixtle inducidos por el Tata precipitaron las cosas. Yecapixtle decidió presentar combate sin tener a los rifleros apostados, seguro, como me dijo a mí, de que la batalla sería una derrota. Decidió no empeñar en ella sino la mitad de sus tropas, como un trámite sangriento, convincente para sus críticos, y volver a la estrategia original de encerrarse en la ciudadela a esperar a Pastor para venderle cara la derrota en una defensa heroica, claustrofóbica y suicida.

Las órdenes de la batalla quedaron dispuestas para la primera hora del amanecer. El día cerró ominosamente para mí, pues fui a buscar a mis virgilias al ovillo sólo para saber que habían salido desde temprano a un paseo por las montañas, de cuyo itinerario nadie pudo dar ningún detalle, salvo que volverían al día siguiente. Había estado toda la mañana con los ineptos Juanes en la junta de Anselmo, y no había lugar topográfico a los celos, pero mi cabeza fabricó una escena fatal para la noche, siendo esta escena que mis amigas daban a los ineptos generales su ronda del adiós, la despedida del guerrero, cuyos tiernos y tristes amores no habrían de darme a mí.

Al llegar a casa conté todo a Renato Macabeo, salvo esto último. Como conversador, Renato tiene muchas deficiencias, pero ninguna como escucha. Me hizo tres o cuatro preguntas resignadas, y nos fuimos a dormir con el espíritu gacho, yo en la hamaca y él en su catre franciscano, uno junto a otro. No dormimos, ni volvimos a decir palabra, hasta que nos levantó el alba guerrera.

Podrá imaginar su excelencia la atrocidad de ese día belicoso, decidido de antemano en nuestra contra. No entraré en los detalles del desastre. Baste decir que las huestes de Pastor Lozano pasaron por la resistencia que Anselmo les propuso, como sobre un prado de flores, salvo que estas flores sangraron y los aullidos pudieron oírse como un eco a lo largo de los farallones, por los cauces del río montaña arriba, y hasta en los vericuetos de Nonoshco, donde hubo quien dijo que había escuchado los gritos que se dieron dos hermanos de distinto bando antes de que uno metiera su daga por el cuello del otro y lo oyera vaciarse, chillando como un puerco.

Murieron tres hombres nuestros de cada diez que entraron en combate, cinco de cada diez fueron heridos. Cuando los despojos del campo de batalla, por así llamar al matadero, empezaron a escurrir a Nonoshco, hubo en el pueblo un júbilo extraño, funeral. Anselmo fue aclamado como césar victorioso cuando entró en derrota por el pueblo. Las carretas que venían detrás suyo, con los cuerpos de sus oficiales muertos, convocaron la formación de una hilera espontánea de dolientes, una hilera multitudinaria que dio vuelta al pueblo gritando vivas y jurando venganza.

Basilisco viajaba a mi lado bañado en sangre de la gente de Pastor, pues entre todas las formas de fracaso de ese día, la única figura combatiente vigorosa, incluso hercúlea, que pudo verse en nuestro lado fue la de este topo enardecido, pistón de furias, máquina corcovada de pelear y matar que hizo estragos en quien pudo. Gran diferencia hubo, debo decirlo, entre la enjundia mortífera de Basilisco y la fanfarronería rebuscada con que los ineptos Juanes y sus escoltas se pusieron camino de la guerra, con una valentía sin seso y un alarde de tan barrocas ceremonias, que se hallaron pronto rodeados de enemigos. No pudieron sortearlos. Entre los cuerpos de oficiales cortados al través en la batalla, cuerpos ensangrentados que Anselmo puso en su carreta para entrar a Nonoshco, tuvieron el primer sitio los ineptos generales, mis hermanos de leche venérea, mis hermanos enemigos: los generales Juan Tehzumo y Juan Tehunto.

El campo de batalla suprimió así la peor de mis pesadillas. No he podido alegrarme ni entristecerme con el hecho. Si la conciencia es una casa que se quiere habitar sin sobresalto, la mía tiene dos puertas que se asaltan mutuamente sin parar. En una de las puertas hay un cínico celebrando la muerte de sus rivales, dando gracias a los dioses de la guerra. En la otra puerta hay un cursi adolorido que predica la compasión y ejerce un luto de circunstancias. Yo cuido las dos puertas sin poder cerrar ninguna.

Las palabras de Anselmo al llegar a sus cuarteles fueron aliviadoras para mí:

—Mejor haber perdido a estos ineptos. Perderemos menos vidas con ellos muertos que con ellos vivos.

No quise mostrar emoción alguna, en particular la emoción de la victoria. Me encontré en la noche con mis amigas sabiendo que sabrían ya de la pérdida de sus Juanes, sus realísimos amantes fantasmales. Vinieron como perras a olerme tramo a tramo, para ver si les había quedado completo al menos esto, yo. Y fue en esos momentos de triunfo sin rivales, victorioso y solitario en aquel otro campo de batalla, cuando el ácido de los celos fue mayor y mi inquina contra ellas más potente, pues me sentí en manos de mis amigas como un premio de consolación, vencedor de una batalla no ganada. Eché de menos a los ineptos Juanes en estas cepas de los celos que ellos habían dejado llenas de sus sombras imbatibles, las sombras de sus triunfos en mi imaginación.

Volví a la casa triste, vencido de la guerra y de mi guerra. No hago desde entonces otra cosa que un amargo recuento de daños. Para la generalidad de los huitzis de Nonoshco, tal como anticipó Yecapixtle, pelear ha sido una forma de recuperar la confianza en su causa y en los dones de su general. Como conozco la razón terrible que tuvo el propio Yecapixtle para dar esta batalla, me queda claro que con ella sólo hemos acelerado nuestra destrucción. No comparto el consuelo colectivo que la derrota ha traído a la ciudadela.

Los ejércitos de Pastor Lozano tienen ahora el paso franco por el farallón de nuestro lado hasta la última barrera del zazcabache que rodea Nonoshco. Ahí volverán a detenerse, y terminarán de avanzar.

Soy de usted, rodeado pero invariable
rúbrica

Carta 38

Excelencia:

Tal como anticipé en mis últimos pliegos, los ejércitos de Pastor Lozano subieron el farallón de nuestro lado y pusieron sus tiendas donde termina, o empieza, el cerco de zazcabache de Nonoshco.

La resistencia que Pastor no encontró en los desfiladeros la ha tenido en este yedral encantado, o endemoniado, donde apenas pueden moverse sus hombres. Los vericuetos del zazcabache presentan obstáculos formidables. Es imposible ahí el combate a campo abierto del que la gente de Pastor viene ufana. El viejo loco Tata Huitzi ha pedido a sus brujas que ordenen resistir al zazcabache, para beneficiarse de los hechos. Por sus propias razones arbóreas, el bosque se retuerce al paso de los hombres de Pastor; debe ser vencido rama a rama, con riesgo de la vida, pues la mata brinda infinitas ocasiones de emboscada; no es posible moverse en ella sin entrar en el campo visual de un riflero huitzi. Los huitzis se disfrazan tras las ramas de este "arbusto arbóreo", y cazan a sus enemigos uno a uno.

La guerra no ha sido por un tiempo sino ese tiroteo incesante, en el que los rifleros huitzis cobran al menudeo, pieza por pieza, lo que perdieron a granel en el campo abierto de la batalla del Tatishnú. La cuenta de los muertos de Pastor sube cada día. También la de prisioneros. Una especialidad de los huitzis es sorprender a sus enemigos en el zazcabache y traerlos vivos a Nonoshco, para solaz de la ciudadela, que se entretiene en el juego macabro de ejecutarlos. Estuve con Macabeo en una de las plazas donde los captores muestran a sus presas en triunfo, antes de entregarlos a la multitud jubilosa, que los injuria primero y los lapida después con una alegría feroz.

Nonoshco nunca ha estado tan cerca de la rabia de Pastor, y nunca tan lejos. La rabia de Pastor cruza los aires y llega hasta nosotros por voz de los prisioneros.

—No sólo quiero derrotarlos —dicen que dice Pastor—. Quiero que sufran, que terminen rogando no por su vida, sino por su muerte. En su caso, la muerte no será lo peor, sino lo último.

Llevado por su rabia, durante varias semanas Pastor no hizo otra cosa que echar más gente contra la muralla del zazcabache. Obtuvo como respuesta más rehenes y reveses. Finalmente entendió que si quiere hacernos blanco de su rabia, debe dominarla. Y eso ha hecho. Hace unos días, luego de semanas de combates ciegos en el zazcabache, los soldados de Pastor dejaron de moverse. Como una luz que se retira en el crepúsculo, fueron apagándose en el yedral los tiros, los gritos, las quejas, los insultos, los lamentos, el rumor de pasos, el frotar de aceros, el ir y venir de muertos y homicidas.

Hubo un efecto extraño en esa suspensión. Al día siguiente no oímos sino el viento entre los árboles, el coro de los pájaros, la alharaca doméstica de nuestros animales, los ruidos solitarios de la serpentina de Nonoshco. Anselmo se recluyó en sus cuarteles a escuchar aquella normalidad. Dos noches oímos sus pasos y vimos su sombra ir y venir por el corredor de la gloriosa pocilga donde yo también me recluí, estas noches, con mis virgilias. Sobre la paja que funge de cortina para nuestras ventanas, vimos pasar la sombra de Anselmo, la botella de aguardiente en la mano, sorbiendo y gruñendo. Una mañana, en la junta de sus oficiales, Anselmo externó por fin sus conclusiones. Aquella falta de signos guerreros, dijo, anunciaba el sitio de Nonoshco.

—Nos va a matar por hambre —dijo Anselmo, y ordenó de inmediato medir nuestras reservas, nuestra capacidad de resistencia.

Sus previsiones fueron confirmadas en los días siguientes. Hubo informes y escaramuzas por la marcha de tropas de Pastor hacia el límite montañoso de Nonoshco, para cerrar el sitio. Anselmo me ordenó hacer un reconocimiento del lugar. Subí con Macabeo y veinte huitzis montados, conocedores de la zona. Durante dos días recorrí la estribación, tomando nota de sus debilidades, que se resumían en esta: rodeando el bosque de zazcabache, montaña arriba, los ejércitos de Pastor podrían cortar el agua y apoderarse de la reserva de caza y leña de la ciudadela. Estas y otras alarmas quedaron registradas en el informe que escribió Renato, con su letra serena. Pero hubo en nuestro vagabundeo una iluminación más íntima y esencial para mí. Mientras recorríamos el sitio me pareció evidente lo que hasta entonces había sido impensable en mi cabeza, a saber: que siguiendo montaña arriba, luego del Pueblo de los Cazadores, tarde o temprano podía alcanzarse la cima del Tushquelná Ina y, llegados a ese punto, era posible bajar por la falda del otro lado de la montaña, dejar los límites de Malpaso y caer, como quien rueda, en las tierras también convulsas pero al menos no sitiadas del resto del país, el territorio sobre cuyo mapa impera la república, la patria luminosa de que hablaba el poeta, metido él mismo en el sueño de cantar lo que no existe, el país que sus versos inventaban del todo, sin dar sitio en ellos a la realidad, o a otra realidad que sus palabras doradas.

Esa noche, por primera vez desde que nos encontramos en un borde polvoso del camino, discutí con mis virgilias la posibilidad de huir de la provincia y sus calamidades. Por primera vez les hablé del mundo de donde vengo, el mundo donde podríamos vivir con sólo subir la montaña y caer del otro lado. Se miraron como si les pidiera volar, como si les hablara un loco, o un ingrato, o un traidor cuya infracción sacrílega les quitaba el habla. Perdieron el habla, en efecto, por unos segundos. Dijeron luego, poco a poco, que no eran ni podían ser nada fuera del lugar en el que viven. Lo dijeron incrédulas y rabiosas, como quien reprocha un olvido, como si el autor de la solución propuesta fuera el autor del problema, el que hubiera inventado a Malpaso, a Nonoshco, a la montaña y, por tanto, a ellas. Se volverían aire, dijeron, nada podrían ser fuera de aquí: un espejismo, un arcoíris, unas manchas en un papel. Fuera del color de estas tierras, no tendrían color, dijo Bernarda. Fuera de los amaneceres que las despiertan en estas tierras y del sotol de estas tierras que las llena de vida, no son nada, nada pueden ser, sólo fantasmas.

—Un espejismo de desierto sin desierto —dijo Cahuantzi—. Un arcoiris sin lluvia. Una mancha de papel viejo.

—Sin esta tierra no hay nosotros —dijo Bernarda—. Sólo existimos aquí.

El tono fantasmal de mis virgilias me nubló la vista, y luego el pensamiento. No pude pensar más, salvo unas cosas fantasmales que iban por mí como un humo sin forma, soplado por unos pulmones sin propósito.

Fui a casa de María Solís y de Pujh en busca de aliados para la huida de Malpaso que había entrevisto como posible en la montaña. Los encontré metidos ya en su propia fuga, servidos hasta la empuñadura de los sotoles de la tierra.

María Solís estaba sentada en una estera, contra la pared de adobe del único cuarto largo de su casa. Miraba hacia delante con la mirada fija de una virgen de terracota, mal acabada por el pulgar torpe de un artesano. Pujh le tenía puesta la cabeza de bisonte en el regazo, y ella lo abrazaba, tratando de hacerlo caber en su pecho, como a un monstruoso niño.

—Podemos morir —les dije—. Pero podemos huir. Si no hacemos nada, vamos a morir.

María Solís me miró como una madre que oye disparatar a su hijo febriscente. Dijo:

—Yo he sido la monja de este lugar sin conventos, monógama de noche y día. Soy la monja soberana de mi propio convento, la sierva de mi pasión por este hombre llamado Pujh. He sido esclava voluntaria de esta pasión que secuestró mi libertad y alegró mi vida. Lo que él diga, yo haré, salvo dejar de quererlo.

Juzgué conveniente hablar a solas con Pujh, dado el estado borroso y un tanto fatalista de su mujer. Pero Pujh estaba más borroso aún que su pareja, como podrá inferirse de las palabras que produjo ante el retrato de inminente muerte que le hice.

—Bienvenida la muerte si ciega la luz de mis ojos y el fulgor de mis sueños —dijo, con voz de bajo loco—. Sé a medias quién soy, y absolutamente quién no he sido. He visto pasar mis años persiguiendo sueños que no pude cumplir, asomado al hoyo negro de su incumplimiento. He sido superior a mis hechos e inferior a mis ilusiones en todos los campos, como todos quizá, salvo en la pasión que María Solís tuvo por mí, la pasión de mi vida, que es la suya. En mis años frescos aquella pasión me pareció normal, incluso merecida. Hoy resulta lo único superior a mis sueños. Hablo, canto, grito el amor de María Solís como la obra de mi vida. A sus enaguas de niña quiero volver como un joven corsario cuando muera, a sus enaguas húmedas que son la única enjundia respetable de mi vida. Fue mi muchacha tierna cuando yo era un hombre, fue mi mujer lozana cuando mi hombría empezó a perderse. Es la mujer entera de mis años rotos, los años de la inepta juventud que es la vejez. Sólo sus ojos incondicionales pueden curarme de estos años mortíferos. En nada he sido digno de mis sueños sino en la mirada de esa mujer que sigue soñando conmigo. Al final de mis sueños de grandeza, ella es mi única grandeza, la medida sin medida de lo que quise desmesuradamente ser. Llévala contigo en tu fuga, y yo iré atrás de ustedes, o adelante, abriéndoles paso.

Salí esa noche a las calles de Nonoshco, por una vez desiertas, sintiéndome, sabiéndome, inconsoladamente solo en medio de mi sueño solitario. Y sentí el aire frío, colectado en la serpentina oscura de Nonoshco, cruzar mi pecho con la simpatía helada de un fantasma que cruza otro fantasma.

Soy de usted, apenas verdadero entre fantasmas
rúbrica

272

Carta 39

Excelencia:

Peor aún.

Por el resto de un periódico viejo de la capital de la república que tomé de las alforjas de un prisionero, supe anoche, ahora, que el gobierno de su excelencia ha dejado de existir hace algún tiempo, según sugiere o puede inferirse de la fecha del diario. Yo soy ahora frente a este hecho como los astrónomos que siguen el brillo de estrellas que han muerto. O como las mujeres que escriben a sus hombres en el frente sin saber que la guerra se los ha llevado. El gobierno de su excelencia ha quedado aprisionado en el tiempo de este papel periódico, viejo de semanas. ¿Qué dice este periódico improbable que tengo en mis manos, ante mis ojos? Dice que su excelencia ha sido detenido y está preso esperando su ejecución. No tengo periódicos de los días anteriores ni sé lo sucedido en días siguientes. Su excelencia está congelado en el momento de su prisión en este resto de papel impreso, luego del golpe militar que lo ha depuesto, a la espera de que se cumplan las órdenes del fusilamiento, previsto para la mañana del lunes venidero. El pedazo de diario que tengo entre las manos, ante mis ojos, corresponde a una edición de las últimas semanas del otoño, el inicio del frío en el hemisferio norte. A partir de esto puedo imaginar el lunes de invierno que aguarda a su excelencia, la madrugada inminente, amortajada por la niebla que cubre los ahuehuetes del lugar fijado para la ejecución. Una escarcha ligera, leve hielo de rocío precursor de una nevada, debe cubrir el pasto señalado, un yerbazal selvático si manos diligentes no lo han civilizado en estos días de revuelta y desorden, el lugar último donde pondrá sus plantas su excelencia, no sé si todavía con las polainas del atuendo de gala con que fue detenido a la mitad del baile cívico, último de su mandato, o descalzo, lanzado a la muerte andrajosa como un indigente, o con unos zapatos ripiosos, desechos de la prisión en que los carceleros de su excelencia habrán trocado los de gala para ganar ese usufructo. No puedo saber tampoco si la niebla, frecuente en las mañanas de esas horas del invierno, permitirá a su excelencia ver con claridad, o sólo borrosamente, como en un sueño, los rostros de los soldados que están de pie frente a su excelencia, apuntándole, y si podrá su excelencia medir, ponderar, sus expresiones de miedo, molestia, saña, tedio, tristeza o alegría, y deducir por esa observación si han decidido apuntarle a su excelencia a un ojo de la cara, para añadir desfiguros a su muerte, o buscarle el preciso corazón, o tirar a otra parte errando el tiro, o herirle en un hombro, sólo por cumplir, para quedar íntimamente a salvo de la culpa de esta muerte. Todos esos disparos habrá posiblemente en el cuerpo de su excelencia el lunes inminente de su muerte, no llegada aún, el lunes del fusilamiento que anuncia este periódico. Y es la magia de mi voluntad pretender que ese lunes está aún por suceder, y que usted pende todavía de su inminencia, como el brillo de las estrellas cruza el firmamento hasta nosotros sin saber que ha muerto la estrella que la emite o el amor de las mujeres viaja en una carta rumbo al hombre que ha muerto en el campo de batalla, sin que el amor intacto que lo busca, sellado en esa carta, pueda saber que el destinatario de esas ilusiones se ha ido de este mundo.

Se preguntará su excelencia, como cualquier gente en su

juicio, por qué sigo dirigiéndole estos memoriales cuando el gobierno a su cargo ha desaparecido y hace varias semanas que usted espera su fusilamiento para el lunes siguiente en una prisión. La respuesta es que, hoy como ayer, no dirijo estos memoriales sólo a un gobierno y al jefe de ese gobierno, sino a los ideales de vida y esperanza que esas cosas encarnan, o siguen encarnando para mí. Me refiero al hecho de que esas formas ideales, aun vaciadas de su credibilidad y su sentido por la torva experiencia, son, siguen siendo, serán siempre, la llama inmóvil, el resplandor lejano capaz de bañar nuestra pequeña vida con algo más potente que ella, algo que pueda darle sentido y valor, el valor de lo que seguimos amando luego de haberlo perdido, el imán de las cosas idas que siguen tironeándonos el alma con sus siluetas vacías, la huella vacante, el no lugar al que queremos volver, porque en realidad no hemos salido nunca de sus perímetros fantasmales.

Como podrá imaginar su excelencia, mi vena melancólica de estos días se ha visto reforzada hasta la asfixia por este golpe inesperado del periódico de que le hablo, un golpe que me afecta sólo a mí, pues sólo yo sé lo que he perdido. Deseo a su excelencia un lunes venidero impávido, tan sereno ante las certidumbres de la muerte como fueron los días de su excelencia ante las incertidumbres de la vida.

Suyo soy, en la hora temida
rúbrica

275

Carta 40

Excelencia:

Han pasado dos meses desde mis últimas palabras, dos meses como un siglo. Los hechos de estos días son radicales y se dejan condensar sin incurrir en omisión. Son así:

Pastor Lozano tomó el Pueblo de los Cazadores, montaña arriba, y restableció el derecho de esa gente a cazar y hacer leña en los montes de la ciudadela. Los cazadores del pueblo han sido predadores magníficos del monte que nosotros les negábamos, pagando tributo a sus protectores, los hombres de Pastor Lozano, que se avituallan desde entonces de lo que cortan y cazan sus feroces protegidos, es decir, de lo que no pueden cazar ni cortar ahora los encerrados de Nonoshco. Luego, en una maniobra decisiva, los hombres de Pastor sometieron a un batallón de huitzis que cuidaba el acueducto; cortaron sus cabezas y las echaron a rodar por la canaleta hasta el aljibe de la ciudadela. No había ya en Nonoshco carne ni frutos del monte; a partir de ese momento, no hubo tampoco agua de la montaña. El hambre, la sed, y la imaginación del hambre y de la sed, se apoderaron de la ciudadela.

Para dar de comer a los encerrados de Nonoshco han sido sacrificados los animales familiares, vecinos inocentes de patios y establos. Basilisco y la vivandera bizca defendieron a su oveja como a una hija. Cuando unos nonohsqueños llegaron a reclamarla para el matadero, Basilisco los enfrentó con sus estocadas saltarinas, haciéndolos correr de regreso, pálidos y escarmentados. Luego de los animales familiares, la ciudadela comió ratas y ratones, que abundan en las casas, y todos los pajarillos que pudieron sorprender con resorteras y pedradas en árboles y techos. Se han comido insectos como el chapulín o saltamonte, que puede tomarse verde y sin freír como si estuviera frito, aunque amarga, al igual que las hormigas, los huevos de las hormigas, las arañas que son diarreicas, y las crujientes mariposas. Comieron caracoles de tierra, gusanos de maguey, sapos de charco, lagartijas y camaleones, todo lo que vuela y lo que se arrastra, con excepción de las serpientes, que abundan entre el zazcabache, pero no pueden comerse porque son animales sagrados por mandamiento de Tata Huitzi.

Salvo para buscar lo que no hay, o para quitar a otros lo que no tienen, las familias dejaron de salir a la fiesta continua que eran las calles de Nonoshco. Empezaron las muertes provocadas por el hambre, sobre todo de enfermos y viejos, y de niños. La nueva cacofonía de la ciudadela fue la de llantos ahogados dentro de las casas y cortejos rezanderos en las calles. Aclaro que la gente aquí sufre y llora para sus adentros, no para los demás. A la vista de los otros no hay lágrimas, ni quejas, sino una seriedad escueta, que mira con los ojos absortos de quien ha despertado de una pesadilla y se dispone a volver a ella.

Llegado cierto momento, de todas partes empezaron a salir perros buscando los cadáveres a medio pudrir o a medio enterrar que deja la hambruna. Chuchos trotones, famélicos, sonambulescos, con un perfecto instinto para la carroña. Fueron muertos en jaurías sucesivas por los proyectos de cadáveres que buscaban depredar. Con lo que quiero decir que Nonoshco comió perros carroñeros al tiempo que se volvía carroña para los perros.

Desde los primeros días, los hombres armados requisaron los bienes de los desarmados. Concentraron lo obtenido en los cuarteles de Anselmo y en el santuario de Tata Huitzi. Anselmo decidió dar la poca comida que había a los combatientes, que no combatían, apartando para sí el aguardiente, que bebe en secreto sin compartirlo. Tata Huitzi mandó a sus guardianes a sacrificar serpientes para comer él, violando sus propios códigos. Declararon venenosos unos hongos que no lo son, para que puedan comer de ellos Tata Huitzi, Anselmo y sus cercanos. Yo llevé una cuota de esos hongos a la casa de Macabeo y otra a mis virgilias, quienes se rehusaron a comerlos porque eran venenosos, dijeron, negándose a creerme que no lo eran. Entendí una vez más, por esta minucia dogmática, que en efecto son parte de su tierra. Viven, como todo en ella, en la celda de ilusiones creada por su historia; no pueden ni quieren levantar el velo de sus ojos, aunque sea su padre quien echa los velos y ellas quienes viven en la casa que es el origen de los velos. Acaso por ello.

Renato Macabeo decidió no comer de lo escaso, ni aun cuando hay, es decir, cuando Basilisco trae de los cuarteles o yo de la jefatura. A los once días, empezó a delirar, murmurando unas palabras tiernas, musicales pero sin sentido.

—Habla mi lengua nativa —dijo la vivandera de Basilisco, despejando el enigma.

Le pregunté lo que decía Macabeo.

—Se dice un chupamirto —me respondió—. Y le pide a su madre flores que chupar.

Leyó rectamente con su ojo bizco mi sonrisa incrédula y salió enojada de la casa. Trajo unas corolas frescas de la madreselva que crece como un emparrado sobre el patio y las puso en la boca de Macabeo para probar lo que decía. Macabeo las chupó con un dulce aturdimiento, aguzando unos labios de impensable colibrí.

Delirar se ha vuelto la especialidad de la ciudadela. Escuché de Tata Huitzi este discurso, dicho a sus duendecillas putanescas con el tono de quien llama a sus gallinas en el patio:

—Hijitas mías, brujitas mías, oigan lo que les digo sin pensar que lo entiendan. En sus almitas incompletas he encontrado lo que faltaba en la mía. De sus manitas sin pecado, han salido mis pecados. De sus nalguitas novicias, mi saber. Y cuánta santidad de tanta putería. Niñitas mías, tortolitas mías: píquenme con el veneno de sus picos inocentes. Ustedes que todo lo chupan de mí y me van dejando en huesos, denme suficiente de ustedes para que puedan chuparme hasta el final.

Este otro discurso le oí a Yecapixtle, un soliloquio de sus cínicos tormentos, sólo retóricamente dirigido a mí:

—¿Quién es, Avilán, ese que todo ha matado sin nada creer, este que a todos manda y a nadie satisface? Soy yo, ya lo sabes, no me mires así. Les he dado lo que quieren de mí sin querer lo que ellos quieren. He cultivado su hambre sin saciarla. He matado por sus sueños sin compartirlos. He peleado por lo que quieren sin quererlo. Y al final de la calzada de los muertos dejados a mi paso, solo sé, solitario y sorprendido, que me guía la estela de mi hermano Pastor, cuyo odio alumbra el mío, y el mío el suyo. Somos sombras que peleamos a la luz del día. Otros mueren nuestras muertes, mientras nosotros vamos tras de nosotros, cazando nuestras vidas.

Cuarenta noches después de la primera del sitio, los colorados reanudaron su ofensiva contra la ciudadela. Atacaron una posta de vigías de Pueblo Nuevo, con siniestro resultado para nuestra causa, pues todos los sorprendidos fueron presos y la posta quemada. Una patrulla huitzi que exploraba el monte fue perseguida por los colorados hasta bien adentro de las calles de Nonoshco, donde los perseguidores fueron repelidos con grandes bajas. Los asaltos se volvieron cosa de todos los días, un combate aquí, una escaramuza allá. Cuando vinimos a ver, el sitio de Pastor se había vuelto una lucha continua en nuestras calles.

Vi pelear a Anselmo una vez que lo escoltábamos para una inspección en las afueras. De pronto, al voltear una de nuestras calles serpentinas, vimos frente a nosotros un pelotón de colorados, riéndose cachazudamente por su absoluta mayoría de hombres y armas. Anselmo avanzó sin pausa alguna sobre el primer colorado que tuvo a la mano, lo tomó por el cuello y le metió el puñal en el ojo hasta el fondo del cráneo, sacó el puñal y lo clavó bajo la oreja de su presa, en el mismo lugar que me había dicho en la cueva, al final de la mandíbula, de donde salió un chorro de sangre como una fuente. Anselmo puso la cabeza que había herido junto a la suya para mojarse en aquel chorro con un alarido. El horror de la escena hizo correr a los colorados como pajarillos ante el halcón.

Más allá de estos triunfos imprevistos, el hecho es que los asaltos de Pastor mellan nuestra resistencia y, también, como he dicho, nuestra lucidez. El viejo loco, Tata Huitzi, convocó a una asamblea de sus oficiantes que llamó la "reunión de las ánimas". Trajo a las gigantas, a las familias de sus pequeñas huilas, rapó a los hermanitos para despejarles los cerebros, y les pidió urdir un ensalmo adecuado a los apremios del momento. ¿Cómo salir del sitio? ¿Cómo salvar Nonoshco? ¿Cómo destruir a nuestros enemigos con un vuelco del cielo?

—Hemos de ahogarlos en aguas —instruyó el anciano a sus falanges—. Las aguas venidas del cielo llevarán a nuestros enemigos al infierno.

Entre las gigantas no vi a María Solís. Me sorprendió su ausencia, pero me cuidé de preguntar, pues en la atmósfera de recelo universal que vive la ciudadela hasta las cosas más simples son sospechosas. Mientras deliberaban con sus altos rezos, de cuyas eficacias sólo he sabido bajo el influjo del sotol, salí del santuario de Tata Huitzi. El cura Demediado esperaba fuera, voluntariamente lejos del cónclave de marras.

—¿Cree usted en estas cosas o sólo las tolera, como yo? —me dijo Demediado.

—¿Con qué fin las tolera? —respondí, evadiendo con una pregunta mi respuesta. Una artimaña simple, pero el cura quería hablar más que oír, y la aceptó.

—La superstición es necesaria para la fe —me dijo—. Y la fe es el motor de todas las causas. Se preguntará usted cuál es mi causa aquí. Mi causa aquí es una anticausa. Odio el mundo del que vengo, el mundo de curas y monjas donde crecí, el mundo del fraile Mendizábal y su iglesia alcahueta de allá afuera. Odio ese mundo más de lo que creo en este. Aquello para mí es tierra conocida y repugnada. La de aquí es tierra conocida a medias, a medias virgen. Pero en ninguna parte, fuera de este lugar, encontrará usted unas creencias, incluso fantásticas, como han de serlo en algún grado todas las creencias, más pura y llanamente asumidas. Nadie cree en sus cosas como los huitzis. Véalos estos días dispuestos a morir como cristianos primitivos. Véalos dispuestos a creer en la vida frente al muro de la muerte. Mire esta tela cruda que me han tejido.

Me mostró una túnica que tenía unas cenefas bordadas con lo que en esta provincia llaman ojos de dios, unos rombos flamígeros que rodean unos botones oscuros bordados en relieve hasta que parecen, en efecto, los ojos de un insecto cósmico. Recordé el romance de los ojos del malogrado cronista de Malpaso, infinito en su saber, y en mi memoria. Rendí después insinceros elogios a la prenda que Demediado me mostraba.

—Pueden usarla usted y su anfitrión Macabeo cuando yo no la necesite —me dijo, enigmáticamente.

Esa misma noche, al final de la reunión de las ánimas, el cura Demediado se colgó de la viga ondulante de su choza, dejándole una carta a Tata Huitzi y otra, confidencial, a Macabeo, sellada con una resina de árboles de hule.

Me inquietó la fortuna de haber sido su último confidente, de haber tenido con él aquella asamblea final de renegados, yo de la iglesia de la república, él de la de su infancia fantasiosa y su juventud dogmática. Tata Huitzi supo de nuestra conversación y me llamó a contársela luego de las exequias otorgadas a su cura réprobo. Nada le dije, salvo con la mirada, interrogándole respectivamente sobre el secreto que brincaba entre nosotros, del que nadie podía tener las claves sino él, a saber: por qué había huido de este mundo el cura Demediado.

—Pregunta a tu vecino Macabeo —me dijo Tata Huitzi, con maligna mirada, es decir, con su mirada.

Le pregunté esa noche. En lo que entendí al principio como una de las olas altas de su ayuno, Macabeo me dijo:

—Me curé de la sombra de Macaria, uniéndome a él, vencido por la fuerza de su amor. Desde entonces, el incomprendido Demediado ha sido mi razón para estar aquí, y yo la suya. Voy a morir mañana o pasado, porque quiero. Él decidió irse antes, eso es todo. Dime si te dio una túnica bordada para mí.

Caí entonces en la cuenta de la intimidad de aquella cofradía, aquel pacto amoroso de salida recíproca del mundo.

—Todo se derrumba —dijo Macabeo—, pero nuestra voluntad cruza el derrumbe, y construye su propia realidad.

Como he dicho repetidamente, a estas alturas nuestra realidad, la única que podíamos producir y tolerar, era el delirio.

—Él ha muerto porque yo decidí morir —abundó Macabeo—. Quiero que me pongas esa túnica para el trance, la túnica que él usó para morir. Y quiero que la uses tú, cuando yo me vaya. Es una túnica hecha por manos amorosas, y ha sido honrada por Demediado con la elección de nuestra muerte.

Macabeo murió de un suspiro la tarde del día siguiente, un día luminoso, servido de una luz radical, gemela de la blancura de su frente. Macabeo tenía una frente noble, alta, conforme con sus noches, sus luces y sus días. Circunvalando ese campo inerte la vivandera bizca puso la cinta de esparto que disciplinaba sus cabellos y en el flanco de la estera donde yacía, el cayado con que Macabeo solía acompañar sus pasos. Lo enterramos en el huerto de su casa, que ahora era la nuestra, sin la estera ni la cinta ni el cayado ni la túnica que había cubierto también el viaje del cura Demediado.

En la posterior contemplación de esos objetos, y en la confidencia de Macabeo sobre el significado clandestino de la túnica de Demediado, tuve una hermosa visión de estos hombres secretos, el menos defendible de los cuales era Demediado, unidos por la cinta de su mutua afición, inexpresable e inaudible en medio de la gritería de la guerra por cuyos resquicios fragorosos, sin embargo, ellos mantenían viva su mutua devoción.

Pienso que una cinta igual de fina e invisible me une a mí con mis virgilias, salvo que nuestra cinta mira hacia delante, quiero decir: no se ha rendido aún al atropello inminente de la muerte, sino que sigue unida, con un cordel de hierro, al sueño inexplicable y absurdo de estar vivos.

Soy de usted, inexplicablemente
rúbrica

Carta 41

Excelencia:

No hubo los aguaceros fulminantes convocados por las gigantas en la "reunión de las ánimas". No hubo tregua, por tanto, en los asaltos de los colorados sobre la ciudadela. Tampoco hubo tregua en el hambre. Los últimos días del sitio crecieron como una muralla de sal. La partida del cura Demediado abrió un hoyo en el piso del anciano Tata Huitzi, como si le quitara una prueba de fe, o de orgullo, o de simple complicidad. La adhesión del cura había llegado a ser para el anciano loco tan importante como la obediencia ciega de sus fieles. Era un triunfo oculto para él tener en su séquito a este cura renegado, cuya deserción del otro mundo daba una carta de verdad a éste. Quizá para reponer las certezas que le daba Demediado, Tata Huitzi empezó a salir a las calles de Nonoshco en busca de adhesiones. Había procurado siempre aparecer en público de noche, a la luz de antorchas benévolas, cómplices de su misterio. Ahora se puso a caminar la ciudadela por el día, buscando en el fervor de sus fieles un alivio para la merma de su fe. Bajo la luz desnuda de los cielos se mostró como era, esmirriado y molido, lo cual encogió su majestad y su figura, que era legendaria, entre otras cosas, por su ausencia metódica de la vista de sus fieles. En aquellas salidas a mitad de la mañana era visible el anciano torcido, turbado en su paso y torpe en su memoria, incierto de su propia majestad, rodeado de las niñas putanescas que regaban al pasar, como flores podridas, las risas de su oficio precoz.

Al final de una de aquellas procesiones, de vuelta en su santuario, Tata Huizti cayó desinflado en su estera. Las niñas putanescas se le echaron encima para animarlo, frotándole las partes que solía agradecer. Supusieron que lo agradecía con la risa lerda, aceitada de babas, que le ensució la cara. Lo atacaron doblemente para obtener sus premios habituales de monedas y vituallas. El anciano siguió sonriendo, agitándose como un cangrejo panza arriba. Siguieron los tactos dulces y escabrosos de las niñas, y él siguió estirando las patas y los brazos, como un cangrejo dije, también como una tortuga, y como un armadillo boca arriba. Ellas mantuvieron sus cosquillas penetrantes, sin darle respiro, hasta que el anciano patriarca dio una tos de tísico, tuvo un vómito de niño y murió panza arriba con las piernas abiertas, los brazos tiritantes, los ojos saltados, llenos de las razones de su muerte.

La muerte de Tata Huitzi fue ocultada a la ciudadela por los hermanitos y las gigantas, para no desinflar su moral, pero la supo Anselmo, con mal disimulada alegría, en realidad con júbilo sin disimulo, pues yo fui el informante que lo vio reaccionar como si le anunciaran el fin de su tormento.

La guerra tiene simetrías inexplicables. Una de ellas fue que, a la mañana siguiente de la muerte del anciano Tata Huitzi a manos de sus niñas putanescas, entró amarrado a Nonoshco, en una cuerda de prisioneros, el fraile Mendizábal. Venía irreconocible, sin sus ropas monjiles ni sus barbas cerradas, en harapos de soldado, como un colorado del montón. Pujh lo vio pasar en una de las cuerdas de rehenes, camino a la plaza donde sería lapidado, sin pelos en la cara y sin hábitos sobre el cuerpo, como dije, pero con la misma mirada vehemente, los mismos ojos profundos, las mismas narices afiladas, las mismas muñecas corvas, cuyo frotar nervioso y cavilante nadie recordaba tanto como Pujh, pues bajo las órdenes impacientes de aquellas manos había sido machacado alguna vez, en un trance mortífero del que yo lo rescaté por azar, como he contado en otra parte.

—Ése es mío —dijo Pujh, según la crónica de Basilisco, que estaba con su vivandera bizca en la misma línea de mirones, y vino a contarme. El gigantesco Pujh sacó al fraile Mendizábal de la recua de presos y se lo echó a la espalda, es decir, sobre los hombros, como un leño vivo, pataleante y colérico. En los hombros de atlante de Pujh, la rabia del fraile pesó lo que el mohín de una muchacha. Basilisco vino a contarme el hecho y yo corrí a casa de María Solís, pensando que un rehén de ese tamaño podía ganarnos algo en la mesa de intercambios con Pastor Lozano, pero también por instinto de conservación de mi conciencia, renuente a la barbarie en medio de la barbarie. El hecho es que corrí por el fraile Mendizábal como quien corre por la salvación de un inocente. Llegué a tiempo, antes de que Pujh y sus convocados hubieran acabado con él. Entre los convocados cito a María Solís, a la vivandera bizca de Basilisco con su oveja, más todos los lugareños de la calle que querían matar y ver matar. Cuando llegué, Mendizábal gritaba desde el tablón saliente del techo de la casa, donde lo habían colgado de las muñecas, pero no pedía clemencia ni chillaba por su vida. En realidad gritaba maldiciones y predicaba los castigos del dios de su fe contra los infieles que estaban reunidos en torno a él, prestos a quitarle la poca vida que le quedaba. Poca, digo, pues le habían hecho una abierta grande en la cabeza y otra en el lomo, de las que goteaba una sangre oxidada y oscura, de olor mineral.

Di mis razones en favor de bajar al fraile de su tabla y entregarlo a la comandancia para que ésta negociara su vida o su muerte.

—Morirá de lo que ha matado —dijo Pujh, sin dar espacio a mis razones.

La noticia de que el fraile era un alto secuaz de Pastor Lozano nubló más que encender el cálculo sobre las ventajas de tenerlo preso. Busqué en María Solís un gesto de solidaridad con mis argumentos, pero María Solís me devolvió una mirada exhausta, donde leí una infinita resignación. La fiesta del linchamiento de Mendizábal me hizo ver que nadie pensaba ya dentro de la ciudadela sino en el furor de cada día. Había sido borrada toda noción de futuro, trato o sobrevivencia. Nadie pensaba en salvarse, ni en ganar. La sombra de la fatalidad mandaba en la cabezas, no había luz al final del túnel, la ilusión de mañana o porvenir, sólo la mancha del presente, la oscuridad punteada, como un imán cegador, por la llama del sacrificio.

La combustión fúnebre del espíritu huitzi fue clara para mí en el martirio de este fraile irredento, un canalla ortodoxo, que acaso merecía morir de lo mismo que había matado, como dijo Pujh, pero cuya lapidación, vista de cerca, me resultó intolerable. Ahorraré a su excelencia la descripción de aquella escena, pues bastante sangre inútil y escandalosa ha corrido ya por estas crónicas. Diré sólo que el fraile fue linchado por los huitzis presentes, entre ellos muchos niños, que ejercieron su porción del rito con alegría imaginativa.

Pocos días después, Anselmo decretó llegada la hora de la resistencia final.

El cerco de Pastor se había estrechado. Los ejércitos de la república habían arrasado paso a paso el Pueblo Nuevo, cuyos prófugos escurrían a Nonoshco por las noches, como caravanas de fantasmas. Las hogueras cercanas nos decían de las casas y los barrios conquistados. Una noche quemaron el perímetro de las jacarandas. Los penachos de fuego nos alumbraron toda la noche, advirtiendo que empezaba la ocupación final. Así fue. Bandas incesantes de colorados fueron tomando Nonoshco en círculos concéntricos, de afuera hacia adentro, casa por casa, quemando lo que ganaban, encerrando a Nonoshco en un anillo de fuego contráctil. Cada casa tomada suponía la muerte de sus defensores, que no se rendían, y cada hoguera era, por tanto, una pira funeraria.

Cuando sólo quedaron fuera del cerco las manzanas del centro de Nonoshco, Anselmo dispuso que los no combatientes, las mujeres y los enfermos, los ancianos y los niños, fueran concentrados en el ovillo donde estaba su cuartel general, con los alimentos que quedaban. Dispuso luego que todos los hombres en condición de pelear se reunieran en la plaza única de la ciudadela.

Cavamos en la plaza una zanja cuadrada para apostar a los tiradores de la última batalla, y otra zanja, también cuadrada, dentro de la primera, para replegarnos cuando el embate del enemigo fuera abrumador. Yo estuve cerca de Anselmo hasta el día en que los combatientes tomaron su posición en el primer cuadrado. Quedaban ciento trece hombres, casi todos heridos, armados hasta los dientes con las municiones de las cuevas de la montaña, la mitad de las cuales no habían podido utilizarse. En la noche anterior a la primera batalla dada en esas zanjas, Anselmo me llamó aparte y me dijo:

—Todos los de esta plaza vamos a morir, Avilán, pero no todos los de esta ciudad. He aquí tu última tarea. Serás el general de los que no participen en nuestra última batalla. Serás el general de las mujeres, de los niños, de los enfermos. No hay seguridad de que todos vivirán. Pero alguien vivirá. Acaso tú, Avilán, que no eres nuestro, y quizá mis hijas, cuya compañía anhela Pastor. Dicen que es un anhelo contra natura el de Pastor sobre mis hijas. Yo digo que es un anhelo natural, pues qué más natural que el amor de nuestra propia sangre. Algo respetará Pastor de nuestros despojos, aunque sólo sea por vanidad, para que los derrotados lo vean en su victoria. Matará a los que sobren, pero no a todos. A mis hijas no, ni a ti, Avilán. Querrá a mis hijas para él y a ti para que lo mires tenerlas. Sé que de todos los hombres que hay en esta tierra, el único que quiere a mis hijas tanto como Pastor, eres tú Avilán. El único, por tanto, que puede tener una oportunidad en este juego de barajas adversarias, una oportunidad, digo, una entre miles, de lograr que mis hijas vivan, incluso por las malas razones, como esclavas de su tío, pero vivas. Y has de ser por eso el general de lo que sobra en esta guerra, el que no morirá en estas zanjas, sino esperará en el ovillo con los otros sobrantes de todo esto. Tu misión, Avilán, es que algunos de esos fantasmas sigan viviendo. Mis hijas en primer lugar. Luego, tú. Y después de ustedes, los demás.

Anselmo tenía media botella de caña en la mano y la otra media adentro. Me dispuse a no hacerle caso. Salí de las zanjas de la plaza y pasé con mis virgilias las horas que sobraban de la noche. Les confié las órdenes que había recibido de su padre, pero no mi decisión de desobedecerlas. El mismo Anselmo vino más tarde a despedirse de ellas, pero no se despidió. No hubo en su encuentro una palabra de pena o de adiós, una lágrima, ni un suspiro. Mis amigas estuvieron un rato largo pegadas al pecho de su padre, sentadas junto a él sobre la estera. Anselmo durmió una hora inquieta y escasa. Al despertar, Cahuantzi se empeñó en cortarle el pelo, Anselmo consintió de mala gana. Bernarda le hizo cambiarse la camisola sucia que vestía por una limpia, que debió refrescarle el pecho. Todavía de noche se marchó. Antes de salir de la pocilga, volteó hacia nosotros su pecho enorme, agrandado por el blanco fosforescente de la camisola nueva, alzó las manos hasta su cabeza, miró con fijeza a sus hijas, a una primero, a la otra después.

—Vivan —les dijo, y mirándome a mí—: Es una orden.

Los sollozos y el llanto de la despedida quedaron de mi lado; duraron el resto de la noche, hasta los primeros tiros que anunciaron, al amanecer, el inicio de la batalla. Me uní con mis virgilias en un abrazo sin aspavientos, midiendo con mis manos la flacura de sus talles disminuidos por el hambre, las ojeras de sus ojos, el solitario hueso de sus narices, más soltero que nunca, y los de los pómulos y las mandíbulas, triunfantes sobre el pellejo de papel de las mejillas, y los labios, partidos y sedientos. Eso vi, pero nada de eso subió a mi cabeza, ni a mis ojos, sino la memoria radiante de esos huesos en sus tiempos de gloria, el aura recordada, aquella magia joven, las fechas invencibles del amor bien tenido que nos sigue hasta la muerte.

Suyo soy, hasta el fin de esto
rúbrica

Carta 42

Excelencia:

Extiendo mi narración en pliego aparte para evitar que me olvide, y para no darle la impresión de que lo he olvidado. Dondequiera que su excelencia esté comprenderá el sentimiento de estas horas.

Basilisco y Pujh pasaron la noche en el ovillo, igual que yo, despidiéndose de sus mujeres. Pujh de María Solís, cuya mirada sin mañana me había dado la lección final sobre Nonoshco; Basilisco de su vivandera bizca, y de la oveja niña, dueñas de su corazón de topo. Salí del ovillo a las primeras luces de la mañana, con los primeros disparos, y atrás de mí, o al ritmo de mi paso, salieron Pujh y Basilisco, con quienes pasé los días anteriores cavando en la plaza las trincheras donde íbamos a pelear. Marchaban hacia ella, igual que yo, como se había dicho que hicieran todos los hombres aptos para la batalla, lo que quería decir, en este caso, aptos para morir.

Nos apostamos en la primera línea de tiradores, por donde parecía venir la carga mayor de nuestros atacantes, pero apenas me hinqué ahí con nuestras armas, dos hombres de Anselmo me tomaron de los sobacos, me sacaron de la zanja y me llevaron en vilo veinte metros atrás, fuera del perímetro de la plaza, a unos pasos del ovillo.

—No estás autorizado —dijo uno, como quien niega un privilegio.

Los colorados desataron en ese momento su primera carga sobre la plaza, con tan nutridos escopetazos que juzgué imposible volver a la batalla. El camino libre que me quedó enfrente era el que llevaba al ovillo, y allá fui. Cuando volví la vista comprendí mi error, acepté mi cobardía. Los hombres que me habían sacado de la plaza corrían de regreso a ella, en medio del tiroteo, y a su lado corría Basilisco Pereyra, que había venido con ellos mientras me sacaban y regresaba con ellos una vez que me habían puesto a salvo. Basilisco había sido mi perro guardián todo el tiempo; también en aquella última aventura había venido conmigo para velar mi suerte, pero en el último momento, como huitzi irredento que era, volvía a su puesto en la zanja para pelear y morir.

Entré al ovillo a ver lo que Anselmo me había encomendado. Era una asamblea de sobrantes, en efecto, como había dicho Anselmo, gente que estaba ya más cerca de la muerte que de la vida, enfermos con fiebre, mujeres molidas, niños avejentados, viejos que temblaban como niños palúdicos, todos muertos de hambre. Estaban arracimados, mirándose entre sí, con resignación atónita. Nadie se quejaba ni escondía la mirada a mi inspección. Les dije unas palabras de aliento, que no creyeron ni yo dramaticé.

No había señales externas de vida en el ovillo. No hubo tampoco resistencia al paso de los colorados. Ni un tiro, ni un grito. Los colorados siguieron de frente por la calle de nuestro refugio sin mirarlo, suponiéndolo abandonado. Anselmo les había hecho saber que esa mañana estarían en la plaza todos los habitantes de Nonoshco, esperando a pie firme, dispuestos a la batalla sin prisioneros que quería Pastor Lozano.

Para los encerrados en el ovillo ese día fue todo oír. Los escopetazos del principio se volvieron ráfagas; las órdenes, alaridos; los gritos, maldiciones. En lo alto del mediodía los disparos del combate eran una granizada. Retumbaban en el cielo y en nuestras sienes, en el piso, en las paredes, en los nervios. María Solís lloraba como si sudara, silenciosamente; los chamacos que había junto a ella la miraban con ojos asustados: los ojos negros, de pestañas lacias, brillantes como luceros, de los niños de Nonoshco. ¿Van a morir?, me preguntó Cahuantzi. El ruido atronador impedía oírla, pero yo pude entenderla porque, en medio de la hecatombe, a pesar de ella, seguía siendo experto en las variaciones de su boca. La vivandera bizca tenía a la oveja echada sobre el pecho, perdía su mirada contrahecha en la pelambre armónica, de vetas sonrosadas, de su niña. En un grupo echaban huesos adivinatorios unos ancianos enjutos. En otro cambiaban prendas deleznables, con avidez de apostadoras, las niñas putanescas del anciano Tata Huitzi.

Antes del atardecer la granizada de la fusilería se hizo un aguacero, luego una lluvia, luego una cohetería de iglesia. Llegó por fin el silencio, el silencio impecable de la derrota de Nonoshco, que María Solís rompió con enjundia elegiaca.

—Benditos sean nuestros muertos —gritó—. Cada uno de ellos. Y malditos cada uno de sus vivos.

Los niños la miraron inolvidablemente, como a la maestra que hace oír a sus alumnos por primera vez unos versos perfectos del idioma. La oveja de la vivandera dio un balido bizco, que causó risa y pena, como los ojos de su dueña.

Oímos el silencio media hora, una eternidad de media hora. Era un silencio punteado por gritos de victoria, pero no oíamos esos gritos salvajes sino su trasfondo, el salvaje silencio de los muertos. Entendí que debíamos salir y mostrarnos a los ocupantes de Nonoshco antes de que prendieran fuego al ovillo y a lo que quedaba de la ciudadela. Dije a los sobrantes del ovillo lo que había planeado Anselmo, su apuesta a que alguien podría sobrevivir, una supervivencia improbable, pero no imposible. No expliqué el detalle de sus cálculos de aquella sobrevivencia, que incluían sobre todo a sus hijas, luego a mí, luego al resto de los que me escuchaban. Dije que los fuertes cargaran a los débiles, los sanos a los enfermos, y que todos levantaran la cabeza al caminar. Me dispuse a predicar con el ejemplo y a morir bien vestido. Me eché encima los mejores andrajos que tenía, es decir, el sayal de tela cruda que había quedado del cura Demediado, la cinta de esparto para disciplinar mis pelos de araña, heredada del sereno Macabeo, las sandalias de cuero curtidas por mis propios sudores, y el cayado, vástago también de Macabeo, que añadía a mis canillas de evangelista una dignidad externa de lo mismo.

Salí del ovillo con mis amigas a los lados, al frente de aquella procesión de sombras. Grupos de colorados bebían y celebraban en la soledad de pólvora quemada que era ya la ciudadela. Nos vieron asomar por la calzada que daba a la plaza como quien ve aparecidos. Cuando llegamos al primer grupo, se abrieron a nuestro paso. Dije en voz alta y clara, ordenando su sorpresa:

—Quiero ver a Pastor.

Un colorado señaló hacia la plaza. Era una ruina de humo, rescoldos, piedras sueltas y cadáveres.

En los postes de un extremo de la plaza izaban varios cuerpos. A lo lejos, por el color y el tamaño supe que uno, gigantesco, era el de Pujh; el otro, macizo y casi enano, era el de Basilisco Pereyra. Lo supieron también a la primera ojeada María Solís, la vivandera bizca y mis virgilias. Ni un grito, ni un sollozo, ni un gemido salió de sus bocas. Caminamos hipnóticamente por el flanco de la plaza, atraídos por el horror, que tiene imán. Pujh había recibido tiros en el pecho y el cuello, tenía un corte de bayoneta a lo largo del vientre, del ombligo al plexo solar. Basilisco tenía un tiro en la sien, otro en un ojo, y le habían cortado el brazo derecho, su terrible brazo, saltarín y justiciero. Las ropas de ambos, como sus cuerpos, estaban embreadas de lodo y sangre. María Solís entonó en su lengua un canto triste de la tierra. Todos la siguieron menos yo, que desconocía la lengua, aunque no su fondo de pena de pueblo llano, perdida en un banco de niebla.

El canto de los fantasmas atrajo a la escolta de Pastor. Me tomaron y ataron de los brazos, lo mismo que a mis virgilias; el más avivado de ellos me puso la bayoneta en el cogote. La bayoneta usada, debo decir, con pistas de tamo y sangre.

—Quiero ver a Pastor —dije, con la misma voz de mando de la primera vez.

Añadí, imperiosamente:

—Te pagarán si me llevas vivo, te matarán si me matas.

El miedo abrió una rendija de luz en la oscuridad de su cabeza, y por esa rendija nos colamos todos, hasta el otro ángulo de la plaza, donde despachaba Pastor. Estaba rodeado de gente que iba y venía frente a él recibiendo órdenes. Cuando nos vio se abrió paso entre el enjambre y empezó a reír, con los brazos en jarras, zapateando con sus piernas de pájaro un júbilo polvoriento. Acabó de apartar a sus leales, como quien espanta gallinas, para franquearnos el paso hacia el bulto que había atrás, tirado en el suelo, tapado con una cobija. Pastor tomó el extremo del sarape que cubría el pequeño túmulo y, mirando fijamente a mis virgilias y a mí, no al túmulo que nos mostraba, lo apartó con un suave movimiento destinado a helarnos la sangre. Como puede imaginar su excelencia, lo que vimos al descorrerse el sarape fue el cadáver de Anselmo Yecapixtle. Mejor dicho, su rostro y su cuerpo.

El rostro no tenía heridas, raspones ni magulladuras. Lo habían limpiado de tiznes hasta hacerlo brillar. Estaba vuelto hacia arriba, perfectamente derecho y equilibrado respecto del cielo. Tenía los ojos cerrados plácidamente y el perfil limpio, pues habían disciplinado sus pelos de león con efectivos aceites, echándolos rigurosamente para atrás de su frente magnífica. Tenía los labios cerrados, se diría que en el principio de una sonrisa, sin que pudieran verse los dientes rígidos, propiamente cadavéricos, que sin duda había debajo.

El rasgo alucinante de aquel rostro plácido, escultórico, que pedía a gritos el resto de la estatua donde pudiera perpetuarse para el fin de los tiempos, es que estaba separado del cuerpo, limpia y claramente, como si lo hubieran cortado con un bisturí. Flotaba con su serenidad rígida en un espacio contiguo pero segregado del resto de su cuerpo. Habían secado toda la sangre y la linfa del corte practicado. Podían verse a un lado y otro, sin gota de líquidos, las venas y cartílagos seccionados, de modo que entre el cuello donde terminaba el cuerpo y el cuello donde empezaba la cabeza había una pulgada de aire, un abismo transparente, mínimo y puro, la distancia transparente de la muerte. Mis virgilias miraron los despojos quirúrgicos de su padre sin darle a Pastor el gusto de una queja o de un llanto. Miraron fijamente, nada más.

Pastor soltó el sarape y vino hacia nosotros. Le midió los dientes a Bernarda, abriéndoselos con el índice y el pulgar, como a un caballo. Tiró del huipil de Cahuantzi, para mirarle las chichis, disminuidas por los huesos de un esternón hambreado. Se puso en la dirección del ojo izquierdo de la vivandera, y luego en la dirección del derecho.

—Hago esto para asegurarme de que me miras —le dijo, lo cual produjo una risa servil entre sus observantes y también, confieso a su excelencia, algún golpe de comicidad en mi propio pecho.

Cuando llegó a María Solís, Pastor le dijo:

—¿Cuántas vueltas locas has dado para volver a lo que eres, renegada? ¿Dónde están tus maldiciones y tus hilos nocturnos? ¿Dónde? Te ha costado la vida de tu hombre perder las fantasías que han arruinado tu vida. Era más fácil, renegada. Yo tenía la razón desde el principio. Y ustedes sólo la fiebre de los sueños que han derretido sus cerebros.

Finalmente se encaró conmigo:

—Sabes ahora que quien anda a medias en todo, queda mal con todos. Mejor el enemigo acérrimo que el aliado pusilánime. He visto siempre en tus ojos el peor de los agüeros: el agüero de la duda, el gusano pernicioso de la irresolución. Dime ahora, convénceme con tu lengua intermediaria, por qué habría de dudar como tú y no darte muerte. ¿Por qué debo ahorrar tu cuerpo al cementerio universal en que he convertido Nonoshco? ¿Por qué ahorrarle a este cementerio hambriento la vitualla de tu cuerpo?

Lo llevé a un lado para hablarle sin que nos oyeran. Le dije en el perfil:

—Tengo lo que nadie puede darte.

—¿Y eso qué es? —preguntó.

—La cuenta del sufrimiento de Nonoshco.

—Puedo ver con mis propios ojos el daño que les he causado —dijo Pastor, rompiendo nuestra secrecía—. No necesito tu testimonio.

Lo acerqué con un gesto de la cabeza, pues tenía las manos amarradas a la espalda.

—Has visto a tus enemigos muertos, a salvo de tu rabia —le dije—. Yo los he visto morir poco a poco. Los he visto pelearse, ser indignos, traicionar. La muerte no fue lo peor en esta ciudadela. Fue sólo lo último, como dicen que dijiste alguna vez.

—Lo dije —admitió Pastor.

—Yo puedo contarte no la muerte que ves, sino el sufrimiento de tus enemigos que no viste.

—Concedo que puedes hacer lo que propones, aliado —dijo Pastor—. Eres pudiente con la desgracia ajena. ¿Qué quieres a cambio?

—Que los dejes vivir —dije, señalando con la cabeza a los sobrantes de la caravana.

—Morirán todos los huitzis —sentenció Pastor, gritando ahora a los cuatro vientos—. No quiero su semilla suelta por el mundo.

—Deja vivir a tus sobrinas —pedí, murmurando de nuevo en su perfil.

—¿Tus amigas? —dijo él, volviendo al mío.

—Tus sobrinas —repetí yo.

—Mis sobrinas son huitzis a medias. Muerto el díscolo de Anselmo, ha muerto esa mitad de ellas. No pueden sino mejorar. Y las quiero mejoradas para mí. Ellas no morirán, aliado. Nada más los huitzis.

Se apartó de mí y fue hacia la caravana. Gritó a sus hombres:

—Morirán de estos prisioneros todos los huitzis, menos mis sobrinas.

Los escoltas de Pastor procedieron a la pizca de los perdonados. Apartaron a mis virgilias y a María Solís, que no era huitzi como Pujh, sino su enamorada. Apartaron también a la vivandera bizca que no era huitzi tampoco, como Basilisco, sino su viuda, y a la oveja niña, cuyos balidos demostraban su ignorancia de otra nación que no fuera la suya. Por la noche supe que Pastor había ahorrado también la vida de las niñas putanescas, pues olió en ellas la apropiación de un placer desconocido.

Suyo sin más, y sin menos
rúbrica

Carta 43

Excelencia:

Repito para sus oídos, dondequiera que esté, que fueron muertos todos los sobrantes de Nonoshco, salvo las niñas de Tata Huitzi, y los demás que digo. Las niñas fueron llevadas a lugar incógnito. Los demás fuimos puestos en cautiverio común, atados a las ruedas o uncidos a los yugos de una carreta, en las afueras de la ciudadela, donde acampaba el grueso del ejército.

Luego del primer cuento que le hice a Pastor de los sufrimientos de Nonoshco, convenientemente recargados, decidió darme papel para que pusiera por escrito lo que le decía. Esta peripecia deleznable de agrandar las miserias de gentes con las que me había jugado la vida explica que pueda todavía garabatear pliegos para su excelencia, pensando en que pueda leerlos, aunque nunca se los mande, dondequiera que esté, y aunque no esté en ninguna parte.

A María Solís la uncieron al tiro de los caballos, que en nuestro caso eran mulas, y le daban de beber y comer sin desuncirla, como a una mula. A la vivandera viuda de Basilisco la amarraron a la rueda de la carreta y a su oveja niña se la unieron al tobillo derecho con cuerda de animal de patio, lo cual dejaba a la oveja rondar y balar, convocando la piedad, la risa y la simpatía de los enemigos que nos rodeaban. Los balidos de la oveja huérfana fueron causa eficiente de que no muriéramos de hambre en las primeras horas moradas, indescriptibles, de nuestro cautiverio. A la oveja y a su madre bizca los custodios les trajeron agua y alimentos que nos hubieran negado a los otros. A mis virgilias las amarraron entre sí, lejos de la rueda donde yo quedé, con la cuerda suficiente para que se acercaran pero no pudieran consolarse con mi tacto ni consolarme con el suyo. Sobre todo esto último.

Había un calor de sartén en el invierno solar de la ciudadela, y en el sartén nos ponían a asarnos sin beneficio alguno de sombra. En esas condiciones de asadero, mis virgilias recibían un trato cruel que, sin embargo, nos parecía a los demás cautivos un privilegio, y esto es que, cada dos o tres horas, venían unos esbirros de Pastor y echaban sobre ellas unos baldes de agua fresca. Les pasaban luego unos trapos que nosotros sentíamos tan acariciantes como las aguas. Mis virgilias se sacudían ante estos remojones como perros salidos del agua, y las pringas transparentes que despedían sus cabelleras y sus cuellos iracundos eran la única frescura que llegaba a los otros cautivos de la carreta. Teníamos guardianes constantes, escoltas aguzados de Pastor, que hacían penosas nuestras conversaciones, inaceptablemente sentimentales. Al tercer día de nuestro cautiverio se llevaron a mis virgilias a un lugar desconocido, que yo uní en mi cabeza traicionera con el sitio a donde habían llevado a las niñas putanescas de Tata Huitzi.

Días oscuros los del cautiverio, señor, cualquiera que sea. Los míos se agrandaron porque venían a buscarme intermitentemente, cada vez que Pastor tenía necesidad de mi relato, para que le contara la versión magnificada, entre más magnificada más grata para él, de las penas y traiciones de Nonoshco. Yo tenía entrenamiento en la materia, pues para lo mismo me habían convocado Tata Huitzi y Anselmo en el círculo mohoso de su rivalidad. Venía entonces, con el mayor cinismo y la mucha habilidad adquirida, a decirle a Pastor lo que quería oír, llevando al nivel de su odio lo que yo había visto sólo al nivel de mi desencanto, pues mi desencanto, con ser grande, era menor que su odio.

En el séptimo día de esta práctica obscena, la décima o duodécima ocasión de mis confidencias ampulosas, Pastor hizo venir a mi presencia a mis amigas, sus sobrinas, a las que yo había visto la última vez demacradas y escasas, uncidas a la carreta donde penábamos el inicio de nuestro cautiverio. Las había visto en aquellos días, lo confieso sin pudor a su excelencia, indigentes y jodidas, como la primera vez que saltaron a mi carromato pidiendo clemencia y exigiendo justicia. Ahora que Pastor las hizo venir, entraron como rejuvenecidas por el buen trato que a mis espaldas había dispuesto para ellas el triunfador de Nonoshco. No parecían rubicundas y radiantes, sobradas de carnes o cubiertas de telas espléndidas, sino simplemente limpias, esbeltas, con el fulgor modesto de un lavado reciente, con ropones frescos de algodón, las caras aceitadas por un mago lubricador, extraordinariamente mejoradas, en suma, por los tratos higiénicos que les habían brindado y que me las hicieron parecer, al verlas por sorpresa, cautivas y cautivadoras, abiertas al buen ojo en todas sus formas, hambrientas todavía pero deslumbrantes para cualquiera con algún saber previo de sus cuerpos. Quiero decir que aun para los abstinentes más virtuosos, las virgilias, mis amigas, estaban lujuriosamente mejoradas por las atenciones a que habían sido sometidas.

Les eché una mirada de deseo y ellas a mí una de amor, si es que pueden separarse estas cosas. Recordé entonces las previsiones de Anselmo, que casi había olvidado, en el sentido de que Pastor dejaría vivir a mis virgilias para tenerlas, y a mí para que lo viera en posesión de ellas, lo cual era un precio alto que pagar, pero no mayor que el de sus muertes, intolerables para Anselmo y también para mí. Acaso por la guerra o por cinismo, o por el cinismo que la guerra siembra como ninguna otra calamidad, el padre de mis amigas y yo habíamos llegado al extremo opuesto de la sabiduría barata que sostiene que morir de pie es mejor que vivir de rodillas. Habíamos aprendido, simplemente, que la vida es superior a todos sus límites y, en todas las circunstancias, superior a la muerte.

Los brillos de estas sapiencias miserables creí percibir también en las miradas de mis virgilias, que habían cruzado el foso de la humillación y el dolor para llegar a la orilla sucia de la sobrevivencia.

—Me han puesto tus mujeres, mis sobrinas, sólo una condición para ser mías —dijo Pastor Lozano con aires triunfadores—. Y es que respete tu vida, y que te conceda el uso de lo único derecho que queda de ti.

—¿A saber? —pregunté, con soberbia gemela, procedente de la suya.

—Tu cuchillo de pelar reses —dijo Pastor, sacando mi arma hermana de una funda invisible de su espalda.

—Te mataré con ella cuando pueda —le dije.

—Cuando puedas matarme, me matarás, aliado —dijo Pastor, sonriendo—. Mientras tanto, te hago entrega de tu prenda, que me entrega las tuyas.

Puso mi daga en su funda y me la puso en la mano. Se retiró después con mis amigas, haciéndome una venia satiricona. Apenas se esfumaron mis amigas, los custodios se echaron sobre mí y rescataron la daga. El más avivado de ellos, que los guiaba, se la puso en la espalda, como la traía Pastor. Me regresaron a mi carreta con las debidas risas y los debidos empujones. No pensé entonces ni pienso hoy lo que pasó con mis virgilias en los cuarteles de su tío, aunque no había ni hay mucho que pensar. Había, en realidad, que no pensar.

Cuando me devolvieron a mis amarras laxas en la carreta, pues tenían instrucciones de dejarme garabatear los pliegos de mi historia para Pastor, envidié la concentración lunática de María Solís, que llevaba días repitiendo ensalmos, mascullando en voz baja, como la loca que ya era, el molinillo sin fin de su cabeza. Decía jaculatorias o su equivalente hipnótico en la hipnótica lengua de la tierra. La vivandera bizca, que entendía la lengua, me tradujo, por enésima vez:

—Canta pidiendo las aguas.

Escribí toda la noche a su excelencia, para no pensar. Le escribí esa noche no sé si el anterior de estos memoriales o el anterior del anterior. Podrá verificarlo compulsándolos, ya que en el esfuerzo por contarle lo que he visto sin adornos ni indulgencias, cuentan poco mis penas privadas y mucho, sólo, mi compromiso de decir verdad. El hecho es que esa noche de mierda, con perdón de su excelencia, mientras escribía alguno de los pasajes de los memoriales anteriores, esa noche de todas las pérdidas, se acercó a mi carreta, con gestos furtivos, una sombra. Cuál no sería mi sorpresa melancólica al descubrir que era Rosina, el amor del cronista de Malpaso, Antonio Calabobos, cuya presencia crece a medida que falta. Traía un bulto envuelto en trapos bajo el brazo, como un bebé.

—Son los cuadernos —dijo, extendiéndome el bulto, con una falsa familiaridad de viuda y un falso toque de nostalgia en la voz, o acaso con la sinceridad que sugerían sus gestos y su voz, pues el corazón de las viudas es impenetrable.

—Nadie los cuidará como tú —dijo Rosina, sugiriendo una comprensión profunda, o exacta, de la amistad que me unía, o me había unido, al cronista de Malpaso. Agradecí con la cabeza, dejándole sentir la frialdad de mis dudas, imponiéndole la modestia con que se retiró, por entre las mismas sombras que la habían traído. Antes de retirarse dijo, sin embargo, con prisa delictuosa:

—No fui yo la culpable de su muerte, a lo mejor la víctima.

Fueron unas palabras enigmáticas cuya verdad no quise desafiar, pues la presencia de Rosina me había echado encima otra vez, como una tolvanera, la sombra de la ausencia de mi amigo.

Palpé los trapos y adiviné los lomos de los cuadernos de Calabobos, los cuadernos de la historia natural de Malpaso que en algún momento había extrañado Renato Macabeo. Tuve un viento de reparación dentro de mí cuando comprobé que eran en efecto aquellos escritos, la involuntaria biblia de la provincia, la huella definitiva o probatoria de la verdad de nuestra travesía.

Era la noche y no podía leer. Al día siguiente sería la mañana y mis custodios no me dejarían leer, pues tenían instrucción de no dejarme maniobrar otros papeles que los que escribía yo mismo, condenándome diabólicamente a consumir sólo mi propia escritura. Pude palparlos a escondidas, sin embargo, e imaginar solitariamente sus resplandores secos, ajenos al sentimentalismo y al énfasis, hijos directos del ojo y el oído, en su precisa codificación del mundo.

Suyo soy, dondequiera que esté
rúbrica

Carta 44

Excelencia:

Retomo la crónica, en pliego aparte para no abultar, y para no dejar que se me olvide lo que pienso ahora que no podré olvidar, como tantas cosas que he olvidado, y para no dejar a su excelencia, donde quiera que esté, con el mismo sabor de asunto adverso o inconcluso con que podría decirse que le ha dejado el mundo.

Digo entonces que una mañana de cielos incendiados, alegres y luminosos, como si celebraran nuestra derrota, iniciamos el descenso de las ruinas de Nonoshco al cauce seco del río Tatishnú. Llegamos días después, luego de cruzar el trabajoso cinturón de zazcabache, que ignoraba la derrota de la ciudadela a la que había defendido, hasta el paraje del río Tatishnú donde alguna vez fuimos derrotados a sabiendas. Era la única franja propicia en varias leguas para cruzar el cauce del río y remontar el farallón frontero, donde tantos muertos habían cobrado nuestros tiradores en los días en que Pastor Lozano empezaba el ataque de Nonoshco. Debíamos subir por el desfiladero de enfrente para volver a la región de los valles, al desierto, y a la provincia toda, propiedad ahora de la república, tal como ésta encarna mortíferamente aquí en la figura de Pastor Lozano. Pastor se negó a cruzar el Tatishnú y largarse de Nonoshco por el lugar por donde había venido. Decidió marchar por el cauce del río, bajo sus altos farallones, en desfile de triunfo, hasta la embocadura del río seco con la ondulación amable de los valles, varias leguas después.

—Quiero que estas rocas nos vean caminar y reconozcan a sus nuevos dueños —dijo.

Marchamos, pues, río abajo, aunque no había río ni deriva del río, nada más el cauce inmenso, olvidado centenariamente por las aguas, con los triunfadores de Nonoshco gritando su victoria contra riscos y peñascos, y obteniendo por respuesta sus ecos minerales.

Al segundo día de marcha empezó una lluvia inesperada, fuera de estación.

—No es tiempo de lluvias —dijo Pastor Lozano a sus lugartenientes.

Yo estaba en esos momentos con Pastor en una de mis visitas de rapsoda. A esas alturas, se saciaba menos con mi relato desalmado que con la comparecencia a que invitaba a mis virgilias cada vez que llegaba yo a su tienda. Todo había pasado, era obvio, entre Pastor y mis amigas, aunque no sé qué fuera todo ni lo que hubiera pasado, pero eso todo que evidentemente había pasado no había hecho sino endurecer la dulzura en la mirada de mis amigas. Me veían ahora como desde el fondo de una serenidad oceánica, azotando sus ojos con adhesión impasible sobre el acantilado de nuestros amores, una piedra erguida fuera del tiempo, de sus sueños o los míos, a salvo de la ilusión, la queja, el odio y la inconstancia.

Pasó aquel día de lluvia, llegó la tarde y entró la noche sin que la lluvia se marchara. Toda la noche de ese día llovió, mojando nuestra carreta como un trapo, a tal punto que, para proteger mis utensilios de cronista y los cuadernos de Calabobos, hube de sobornar al vivillo de mi guardián. Le prometí quejarme de su dureza con Pastor Lozano, lo cual mejoraría sus bonos, a cambio de una lona de arpillera y una pita de sosquil para amarrar una bolsa hermética a las

308

aguas donde tener secos nuestros documentos. Este mismo guardián vivillo es el que se había quedado con mi daga de pelar reses. La había forrado de cuerdas para hacerla nugatoria, pues la portaba en la cintura por la espalda y le gustaba estar cerca de mí, hablarme como colega, darme la espalda y estar seguro de que no podría birlarle la daga en una de esas confianzas, con resultados funestos para él.

La lluvia no había parado cuando amaneció, pero Pastor ordenó seguir la marcha de su victoria por el cauce ahora húmedo del río. La marcha era más que nada una procesión de soldados borrachos que seguían celebrando, desplegados a lo largo y lo ancho de una fila de carretas que cargaban los despojos de Nonoshco. Al frente de la columna iba Pastor con su impedimenta de jeque árabe, es decir, con sus tiendas embaladas, sus vajillas solemnes, su recua de mujeres, entre ellas mis amigas y las niñas del anciano Tata Huitzi. A mitad de la hilera íbamos nosotros, los únicos prisioneros de Nonoshco: María Solís, la vivandera bizca y yo, atados a nuestro armatoste y a nuestra desgracia. Al final de la columna, con la tropilla de las soldaderas, iba la reata larga del ganado que se sacrificaba cada tanto para dar de comer a tanto inútil. Descamisados y borrachos, los piquetes de la república triunfante de Pastor Lozano hacían caso omiso de la lluvia y del honor.

La lluvia no paró en todo el día. Al acampar esa noche, multiplicó su ritmo. Empezó a llover a cubetazos un agua espesa y dura que no dejaba ver; por momentos, ni respirar. Reparé entonces, en medio del estruendo del aguacero, en los sonsonetes que habían punzado mis oídos todas las horas de ese día y todos los días de esta marcha, quiero decir, los ensalmos letárgicos que María Solís mascullaba desde el primer día de nuestro cautiverio, como si le hubieran comido el seso. Me pregunté si algo tenía que ver este aguacero, tan fuera de estación y de tamaño, con los ensalmos de María Solís y con los de aquella asamblea de las ánimas, convocada por Tata Huitzi, días antes del fin del sitio de Nonoshco. ¿Algún mensajero torpe de las altas esferas había transmitido tardíamente las rogativas de las gigantas y los hermanitos, y obtenido esta respuesta positiva demasiados días después de las fechas decisivas? No lo sé. Lo que puedo decir con certeza es que al doblar el día siguiente seguía lloviendo. El agua sonaba al caer como si hablara; en realidad, como si rugiera, y su rugido dominaba, duplicándose, los ecos que devolvían las paredes altas del río. Llovió el siguiente día y el siguiente. Pastor mandaba ir a marchas forzadas a la columna para llegar lo más rápido posible al fin de los desfiladeros, donde se desvanecían los farallones de la montaña y empezaban los valles de la provincia, pero las cortinas de agua apenas dejaban caminar a hombres y bestias, que se abrían paso trabajosamente, como luchando con los vientos de un tifón.

Pastor me llamó a su presencia.

—¿Qué es esto, aliado? No es tiempo de esta agua.

Lo preguntó como si yo supiera el secreto de aquellas lluvias, y como si en el fondo fuera su adepto o su vasallo y estuviera obligado a decir lo que sabía. Mis amigas me miraron con su nueva mirada, indiferente a sus fatigas, con un fulgor de secreto compartido.

La primera ola grande del río vino al mediodía siguiente, el mediodía más nocturno que recuerde. Fue una ola que oímos antes de ver, tronando por encima de los vientos silbadores de la lluvia. La sentimos después en el temblor del piso, como si avanzara hacia nosotros una falla geológica. Finalmente la vimos: era una pared de agua de varios metros de alto que traía en su copa ondulada un fleco de animales y carretas.

Pude saltar sobre mi guardián vivillo, que estaba deslumbrado por el agua, y sacarle de la cintura mi daga de pelar, la daga del día de mi triste memoria. Un instante después, empezó a llevarnos la corriente. Quité las cuerdas nugatorias con que él había forrado mi cuchillo y corté mis amarras. El revolcón de la avalancha me impidió llegar hasta María Solís y la vivandera bizca, que seguían atadas a nuestra carreta, ya un volantín arrastrado por las olas. Las aguas me llevaron tras ellas. En una voltereta pude cortar la cuerda que unía a la vivandera con su oveja niña, dejando a esta última libre, esclava en realidad de los vuelcos del oleaje. No vi más a María Solís. En un tumbo subsecuente del agua, vi a la vivandera bizca poniendo a su oveja niña sobre un zócalo de madera que se había desprendido de una carreta. Se hundió después en un embudo de espuma sucia, echando una última mirada contrahecha sobre el mundo. La oveja niña flotó en su cuna de moisés sobre las aguas, dando balidos potentes que podían entenderse al mismo tiempo como de valor y desamparo. Me acerqué como pude hasta aferrar esa balsa errante y seguimos juntos, la oveja y yo, dando tumbos por la corriente salvaje, entre bueyes ahogados y sardos hundidos por el peso de sus armas. Nos detuvo una saliente de lodo en un costado del farallón. Ahí estuvimos un tiempo recobrando el respiro. La corriente creció otra vez y volvió a llevarnos. Tragaba agua como un camello, y al tragar me quedaba en los dientes un residuo terroso como el del sotol de mis virgilias, salvo que éste no me sacaba del mundo sino que me hundía en él.

El viejo río Tatishnú acabó de aparecer bajo nosotros echando otros dos empujones de agua sobre los ejércitos y sobre los prisioneros de Pastor Lozano. Los prisioneros no merecíamos un trato misericordioso de las aguas, pues éramos culpables, puede decirse, quizá coautores, de nuestro cautiverio abominable. Pero las aguas tuvieron piedad, acaso porque habían cobrado ya su cuota en nuestra carne con la vivandera bizca y María Solís, acaso porque nos tendían una trampa de esperanza para cobrarnos adelante. Lo cierto es que la segunda marejada nos depositó a la oveja y a mí, como si nos escupiera, sobre un terraplén ancho del desfiladero, por el que era posible subir varios metros antes de que volvieran a cerrarse los caminos y no hubiera sino la pared escarpada. Esos metros de gracia nos permitieron ver sin recibir el envío de la tercera y última avalancha del Tatishnú, que ocupó majestuosamente su antiguo cauce con un chorro potente cargado de espuma, contra todo lo que usurpaba su paso o resistía su revancha.

Al subir nuestro zócalo de madera al terraplén, noté que la lluvia había cesado. El cielo empezaba a abrirse generosamente sobre nuestras cabezas. Toda la furia de las aguas llovedizas bramaba ahora en el torrente del río, unos metros abajo de nosotros. Acaso todo aquel torrente no fuera sino para hacer propicia la conspiración de los espíritus que lo habían convocado, pues al serenarse la tercera marejada, en el chorro mezclado y vigoroso, vi fluir a nuestra orilla la carreta de mis virgilias y a ellas prendidas detrás, siguiendo el armatoste como rabos de cometas, medio ahogadas y medio vivas en el mazacote de la corriente.

Con la armazón de un tiro de carreta desprendido que pasaba por la orilla del terraplén, improvisé un gancho para detener la barca que arrastraba a mis amigas. Recobré a Cahuantzi tomándola del brazo izquierdo, el brazo esbelto y suave que llevaba tanto tiempo de no tocar, y ella con el derecho recobró a Bernarda. Así, como quien saca del agua con un garfio una chalupa de flores ahogadas, pude tener a mis dos amigas, exhaustas pero ilesas, en la orilla chamagosa del terraplén donde el azar del río nos había reunido. Terminaba de poner a Bernarda en el piso donde pudo por fin respirar, junto a su hermana, cuando vi aparecer por el centro del río, dando tumbos, el carromato de Pastor Lozano. Pastor venía parado en el pescante, iracundo y equilibrista, como si quisiera galopar las aguas y ordenar su curso, domar su traición. Lo vi extender el brazo y señalar nuestra orilla como diciendo que terminaría atracando en ella, pero el agua se lo llevó en su curso resoplante haciéndolo desaparecer por la curva donde acababa el terraplén y doblaba el cauce del río. Pensé que las aguas conspirativas lo conducirían hasta el lugar más hondo y legamoso de sus avalanchas.

No fue así. El terraplén donde estábamos seguía después de la curva. Pastor alcanzó a galopar efectivamente hacia él. El caso inverosímil, salvo porque hubiera sido diseñado por los cantos de María Solís o las reuniones de los espíritus de Nonoshco, es que apenas habíamos recobrado el resuello mis amigas y yo, e intercambiado tiernos reconocimientos, cuando vimos venir por la curva del terraplén que daba vuelta con el río la silueta de Pastor Lozano. Venía exhausto por el esfuerzo de su propio salvamento pero resoplando, rotundo en sus propósitos. Pensé que podría enfrentarlo con suficiencia, dada su fatiga, y simplemente despeñarlo de nuevo al río por el borde del terraplén para que cumpliera en esas aguas el destino que los espíritus le habían erigido. Esperé que se acercara para hacer esto, pero mis amigas no esperaron. Se echaron sobre él para sacrificarlo en tierra, con prescindencia rabiosa de las aguas.

Pastor hizo dar una vuelta de saltimbanqui sobre su cabeza a Bernarda, aprovechando su impulso cuando ésta lo embistió, y puso a Cahuantzi en el piso con un golpe en el pecho. Fue por una piedra del tamaño de su propia cabeza para terminar su obra en la hermosa cabeza de jícara de Cahuantzi, y en eso estaba, con los brazos en alto, cuando yo lo alcancé con mi daga en la garganta, mejor dicho, rumbo a la garganta, pues la hundí debajo de la oreja, donde Anselmo su hermano me había enseñado, y la corrí después hacia su nuez de adán que tronó como si cortara un bambú tierno. Pastor cayó al suelo fulminado, mirándome al caer, mostrando en cada fase de su desplome distintas e increíbles cosas, las cuales sólo puedo referir con precisión a su excelencia divididas en tres. Su mirada descendente mostró, primero, una sorpresa incrédula ante mi valentía, es decir, ante el hecho de que yo lo hubiera terminado. Hubo luego en su cara, segundo, una aflicción de niño descarriado prometiendo compostura en adelante a sus mayores. Hubo por fin, tercero, una resignación de santo, dispuesto a dirigirse serenamente al más allá. Todo esto fue lo que Pastor me dijo con la mirada, o yo entendí que decía, en el curso de su primera y última caída frente a mí, con los ojos vidriosos y encendidos de la muerte.

Caído en el suelo, boca arriba, como si el toque de la tierra lo avivara, lo ocupó del todo la pasión absoluta de su vida que había sido el odio.

—Traidor hasta el final —me dijo, tartajeando entre los tragos de su propia sangre.

Ésas fueron sus últimas palabras, de oprobio y orgullo para mí.

Suyo soy, en esta orilla, camino de la suya
rúbrica

Carta 45

Un pliego más, excelencia, nada más:

Era la tarde vieja y hacía frío, pero aun así dormimos, anestesiados por el cansancio. Al despertar sentí un yugo de fractura en la clavícula. Mi mano exploradora descubrió la razón. Era esta: durante la peripecia del río había traído encima, cruzada sobre el pecho, la alforja de lona con mis utensilios de escriba y los cuadernos recobrados de Antonio Calabobos. Me los había terciado como canana en un momento que no recordaba, como a veces no recordaba mi nombre. Tuve aquella inconsciencia provechosa como un agüero de bien. Como si me hubieran devuelto intacto el peso lacerante y jubiloso de mi alma.

Estábamos todavía en el terraplén y era de noche. Mis amigas dormían a mi lado, la oveja niña sobre sus regazos. Me quité la alforja del pecho y esperé la luz del día. Tardó en llegar. Cuando amaneció se había ido la rabia del agua, el río renacido era sólo una planicie de lodo que corría apaciblemente hacia los valles, dos leguas abajo.

Habíamos tirado el cuerpo de Pastor a la corriente luego de verlo morir, y no quedaba otro rastro suyo que un manchón color canela con la forma de una mantarraya sobre la arena pedregosa donde había caído, desangrándose, en el terraplén. Esperé a que volvieran en sí mis amigas, lo cual fue con el sol alto del día. Les dije que debíamos echarnos a la corriente, ayudándonos con el zócalo de madera, y dejarnos llevar por las aguas hasta alguna orilla de los valles. Así lo hicimos, con el único comentario de los balidos precautorios de la oveja, que iba de pie sobre las maderas y se mostraba, desde luego, renuente a la maniobra.

Bogamos juntos, aferrados al cuadril de madera donde iban la oveja y mi alforja, a salvo de las aguas. Bogamos con admirable suavidad hasta el fin de los farallones y los primeros remansos con orillas a la altura de las aguas. Los primeros tramos de aquellas orillas eran el verdadero campo después de la batalla, pues ahí se habían ido adhiriendo a las riberas los despojos del terrible Tatishnú. Como peces muertos echados a la playa por la revulsión de un mar de leva, podían verse flotando, enredados en los juncos de las orillas, los cadáveres de los hombres, las mujeres y los animales en quienes se había cifrado hasta unas horas antes el triunfo de Pastor Lozano y su república, que no es la nuestra. Una alfombra de astillas y desechos, restos de carretas, ropas, alimentos, llenaba el horizonte legamoso del río como un mar de sargazos.

Salimos del río, caminamos por las orillas buscando algún indicio de María Solís y de la vivandera bizca, la viuda de Basilisco. No vi sino sardos boca abajo. También, en el enredo indiferente de algunos juncos, un chal color de berilo que me recordó cierta prenda de Rosina, preferida del cronista de Malpaso. No había rastros de Pastor Lozano, ni los busqué. Había en cambio, pastando en la orilla, un chivo sobreviviente de la avalancha, y un borrego. Cahuantzi atrapó al chivo y Bernarda le puso un dogal de espadañas al borrego. Luego Cahuantzi dijo:

—Conocemos aquí. Éste no es lugar para vivir.

—Tenemos que ir a la siguiente cañada —dijo Bernarda—. Donde está el ojo de agua.

—Tendrás que levantarnos un tejabán —dijo Cahuantzi.

—Y cazar para nosotras —dijo Bernarda.

—Para tus hijos —prometió Cahuantzi.

Confieso a su excelencia que un ánimo de fundación me tomó el alma al influjo de esas palabras, en medio del cementerio húmedo y el aire pestilencial de la guerra perdida, en medio de los muertos y los fantasmas de los muertos que son ahora los únicos habitantes de esta provincia. No quise escuchar más sino ponernos en camino de la cañada que había dicho Bernarda. Eso hicimos y aquí estamos, en el principio de ninguna parte.

Como he dicho antes, de la recua de animales que venían atrás de la columna para alimentar a la tropa se salvaron un chivo suelto y un ovejo veterano. Al chivo lo sacrifiqué el primer día, para calmar nuestras hambres. Me miró con su ojo asustado y tierno antes de que lo degollara con mi daga. Nos duró su carne cuatro días. El borrego lo hemos conservado para la oveja niña. Tiene los párpados narcóticos, el pecho inflado de dignatario, la cabeza nostálgica de galán envejecido, pero unas bolas grandes y orgullosas escoltando una tripa venérea como un berbiquí. Es mucho más grande que la oveja huérfana de la vivandera, pero a la hora de ayuntarse la chiquitina parece crecerse al castigo y da balidos y lengüetazos de banquete bajo la mole de su galán hercúleo.

Mis virgilias me han dicho el nombre de esta cañada, en nuestra lengua y en la de la tierra. Pero los he rehusado, y no los repetiré, como ninguno de los que han regido hasta ahora la nomenclatura de la provincia. Los cuadernos de Calabobos han de hablarnos suficientemente de ese mundo perdido, a cuya memoria volveremos siempre, como a la del cronista infinito de Malpaso. Pero hemos de empezar de nuevo en todo, incluso en la visitación de esos cuadernos, aun cuando sepamos ya que todo inicio es una repetición, que no hay lugar en el mundo para el mundo que sueña, infatigable, nuestro cerebelo. Hablo del mundo mejor, el mundo luminoso que usted y yo, durante tanto tiempo, soñamos bajo el ropaje luminoso de la república.

Como cualquier idea inventada para reinventar a los hombres, la república es un ideal y un cementerio, un indulto y un cadalso, una libertad en potencia y una opresión en acto. Nuestros ideales, señor, son una sombra y un relámpago, suman la mierda y la gloria, y no garantizan nunca otro resultado que la infelicidad de constatar lo que pasó frente al orgullo de haberse empeñado locamente en que pasara lo contrario.

No juzgo útil para usted ni pertinente para nuestra causa referirle los estragos, los detalles, de nuestra nueva vida aquí, en el quimérico culo del mundo, por lo que juzgo necesario anticiparle que no le escribiré más. Lo que sigue de esta historia no ha de ser sino la repetición de aquello que prometí que nunca sucedería, a saber: mi deserción final a la causa de la república, a la que creo, sin embargo, haber servido con fidelidad, y a la que llevo con amor en mi memoria, salvo que no va más.

Mis virgilias me han dado hace un momento el primer trago de sotol de nuestra nueva vida, luego de días de recolección de raíces y cocimiento de yerbas. El monte polvoriento de enfrente empieza a ponerse verde. Las cabras ariscas que saltan entre los pedruscos de la cañada empiezan a entonar cantos de sirenas. Bernarda y Cahuantzi corretean por el prado húmedo con la oveja preñada, cuyo ejemplo, pienso, pronto seguirán. Y un viento fresco que hincha los árboles como velas de barcos, nos alivia del pasado y del futuro, de nuestra memoria y de nuestros miedos, y eso es todo, y nada más.

Marzo de 2007

Índice

Próximos títulos de
HÉCTOR AGUILAR CAMÍN
en Grupo Planeta:

La guerra de Galio

★

Morir en el golfo

★

Las mujeres de Adriano

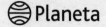
Planeta

España
Av. Diagonal, 662-664
08034 Barcelona (España)
Tel. (34) 93 492 80 36
Fax (34) 93 496 70 58
Mail: info@planetaint.com
www.planeta.es

P.º Recoletos, 4, 3.ª planta
28001 Madrid (España)
Tel. (34) 91 423 03 00
Fax (34) 91 423 03 25
Mail: info@planetaint.com
www.planeta.es

Argentina
Av. Independencia, 1668
C1100 ABQ Buenos Aires
(Argentina)
Tel. (5411) 4382 40 43/45
Fax (5411) 4383 37 93
Mail: info@eplaneta.com.ar
www.editorialplaneta.com.ar

Brasil
Av. Francisco Matarazzo,
1500, 3.º andar, Conj. 32
Edificio New York
05001-100 São Paulo (Brasil)
Tel. (5511) 3087 88 88
Fax (5511) 3898 20 39
Mail: psoto@editoraplaneta.com.br

Chile
Av. 11 de Septiembre, 2353, piso 16
Torre San Ramón, Providencia
Santiago (Chile)
Tel. Gerencia (562) 431 05 20
Fax (562) 431 05 14
Mail: info@planeta.cl
www.editorialplaneta.cl

Colombia
Calle 73, 7-60, pisos 7 al 11
Bogotá, D.C. (Colombia)
Tel. (571) 607 99 97
Fax (571) 607 99 76
Mail: info@planeta.com.co
www.editorialplaneta.com.co

Ecuador
Whymper, N27-166, y A. Orellana,
Quito (Ecuador)
Tel. (5932) 290 89 99
Fax (5932) 250 72 34
Mail: planeta@access.net.ec
www.editorialplaneta.com.ec

Estados Unidos y Centroamérica
2057 NW 87th Avenue
33172 Miami, Florida (USA)
Tel. (1305) 470 0016
Fax (1305) 470 62 67
Mail: infosales@planetapublishing.com
www.planeta.es

México
Presidente Masaryk 111, 2º piso
Col. Chapultepec Morales
Del. Miguel Hidalgo
11570, México, D. F.
Tel. (52) 30 00 62 00
Fax (52) 30 00 62 57
Mail: info@planeta.com.mx
www.editorialplaneta.com.mx
www.planeta.com.mx

Perú
Av. Santa Cruz, 244
San Isidro, Lima (Perú)
Tel. (511) 440 98 98
Fax (511) 422 46 50
Mail: rrosales@eplaneta.com.pe

Portugal
Publicações Dom Quixote
Rua Ivone Silva, 6, 2.º
1050-124 Lisboa (Portugal)
Tel. (351) 21 120 90 00
Fax (351) 21 120 90 39
Mail: editorial@dquixote.pt
www.dquixote.pt

Uruguay
Cuareim, 1647
11100 Montevideo (Uruguay)
Tel. (5982) 901 40 26
Fax (5982) 902 25 50
Mail: info@planeta.com.uy
www.editorialplaneta.com.uy

Venezuela
Calle Madrid, entre New York y Trinidad
Quinta Toscanella
Las Mercedes, Caracas (Venezuela)
Tel. (58212) 991 33 38
Fax (58212) 991 37 92
Mail: info@planeta.com.ve
www.editorialplaneta.com.ve